全国少数民族文学创作

骏马奖

获奖作家作品精选集

东西 主编

作品精选

QUANGUO SHAOSHU MINZU WENXUE CHUANGZUO

JUNMAJIANG

HUOJIANG ZUOJIA ZUOPIN JINGXUANJI

鲍尔吉·原野

作品精选集

广西民族出版社
Gvangjsih Minzcuz Cuzbanjse

《全国少数民族文学创作骏马奖获奖作家作品精选集》

丛书编委会

作者简介

鲍尔吉·原野，蒙古族，内蒙古赤峰人。中国作家协会散文委员会副主任，辽宁省作家协会副主席。1981年开始发表作品，以散文见长，他的散文真诚、幽默、灵动而有节制。近年来亦创作了多部儿童文学作品。出版作品120余部，包含散文集、短篇小说集、长篇小说等。曾获第五届少数民族文学创作骏马奖、第七届鲁迅文学奖、第十六届百花文学奖、第二届蒲松龄短篇小说奖等奖项。

《全国少数民族文学创作骏马奖获奖作家作品精选集》

序言

◎ 邱华栋（中国作家协会党组成员、副主席、书记处书记）

这是一套获得全国少数民族文学创作骏马奖（简称骏马奖）的作家作品精选集。骏马奖是由中国作家协会和国家民族事务委员会共同举办的，旨在奖励全国少数民族文学创作优秀成果的国家级最高奖项。骏马奖自1981年创立至今，已连续评选13届，对推动中国少数民族文学创作和提高优秀民族作家创作积极性产生了良好效果。这一奖项的设立，体现了党和国家的民族政策，体现了中华各民族的大团结，体现了各民族文学交流互补、共同繁荣的盛世气象，对中国的改革开放和祖国的统一发挥着积极的推动作用。

党的十八大以来，各民族作家在文学作品中自觉弘扬中华优秀传统文化，中华民族共同体意识显著增强，都在努力讲好中华民族共同体故事；继承和发扬爱国主义传统，自觉维护祖国统一、民族团结。许多作品展现了中国式现代化文明的新成果，全面、及时反映民族地区的发展变化以及中国式现代化的伟大成就，引发各族人民的共鸣、共情。

此次广西民族出版社推出的《全国少数民族文学创作骏马奖获奖作家作品精选集》，主要收录党的十八大以来，历届骏马奖获奖作家中的部分优秀作家所创作的作品，以此推动我国少数民族文化建设，增强各民族读者的“五个认同”，推动各族人民相互了解、相互尊重、相互包容、相互欣赏、相互学习、相互帮助，像石榴籽一样紧紧抱在一起。相信这些弘扬主旋律，有正能量、有感染力，能够温润心灵、启迪心智的文学作品以丛书的形式集中推出，能起到推动新时代民族文学融入现代传播格局，加强民族文学阵地建设的作用。

精选集包括了八位作家的中短篇小说集和一位作家的散文小说合集。这九位作家都是当代极具实力的创作者。他们分别是：满族作家于晓威、回族作家石舒清、藏族作家梅卓、仡佬族作家肖勤、回族作家马金莲、壮族作家陶丽群、蒙古族作家鲍尔吉·原野、布依族作家潘灵、壮族作家黄佩华。所收录的作品可以视为这些优秀作家近年来的代表作。这些作品各具特色，思想性和艺术性都比较突出。

有些作家的作品，呈现的是一种普遍的人类境况，或具有民族共同体成员的普遍性特征，深入人的心灵世界。如满族作家于晓威专注于对人性或人的命运与境遇的勘探，其《裙子的那种蓝》将两位人物的复杂内心与行为动机通过有意无意间的只言片语揭示出来，余音袅袅。《马桶》表面写的是男性和女性的不同思维方式，但背后是人和人的隔阂与疏离的现实，以及对沟通与爱的渴望，而深潜其中的忏悔、内疚与辩解纠缠在一起，呈现出心理的幽暗、隐微与内在冲突。《L形转弯》里对人物心理复杂性的描述，借助对真相抽丝剥茧的层层推进于峰回路转中完成，对那种爱恨交织的幽微精神世界的把握举重若轻。

回族作家石舒清对普通人、边缘人命运的关注，使其作品获得了一种超越一时一地的具体事件的普遍性意义。《淘书纪事》中，摆旧书摊的人是为了谋生获利，而淘书的人当时只是为了乐趣和喜欢，两种看似完全不同类型的人竟因书产生了一种不自觉的紧密联系。那些摆旧书摊的人，他们的命运，他们人生的意义，就这样与一位写书的作家关联到了一起，作家记录他们的行迹，也是为了映照自己的人生，从而形成了一种奇特的共生关系。而其《九案》选取九件旧案为题材，反映人生的各种乖张错谬，在那些看似离奇怪异、不易理解的人和事背后，几乎都有一个共同点在指引着读者对作品的理解，即事与愿违。《淘来的故事》及《慢光阴》的命意和叙事策略与《九案》相仿。如《记工分》一篇，本来似乎是一句道歉就能解决的小事，竟因当事人的固执与偏狭，导致了家破人亡的惨案。令人唏嘘之余，却也引人沉思，到底是哪些不可逆料的因素参与导演了悲剧。

现代教育与文化的普及，产生了一个重要结果，就是女性和男性一样，受教育程度和文化水平普遍得到提高，即使是在偏远的少数民族地区也不例外，所以涌现一批批少数民族女作家也就是顺理成章的事情。藏族作家梅卓的小说多以传统的安多地区为背景，既有融合历史、传说与现实的魔幻叙事作品，也有书写社会和时代巨变引发的人们思想意识和行为模式的剧烈变化的现实力作。《神授·魔岭记》将在藏族、蒙古族等少数民族间广泛流传的英雄史诗《格萨尔》中的英雄除魔故事，与藏族少年阿旺罗罗成为神授传唱艺人的历程交叉叙述，形成一个有机的双线（复线）结构，表现的其实是普遍的人类命运及人类理想。《在阿庆与多拉雪山之间》里，年轻一代接受了现代的文化教育，已经不再将传统的信仰视为神圣不可动摇之物，像才让甚至有可能是表面装着相信，其实却是借机敛财。作家虽然故意以模棱两可之辞制造悬念，才让的不辞而别显然已道破玄机，而他在外乡办学校的传闻，又使故事的含义变得暧昧与多重。

仡佬族作家肖勤的小说多以乡村、基层干部和群众的生活为题材，充满人世间的烟火气，同时常常以“曲终奏雅”来收束全篇。《你的名字》以人的名字与身份、命运的关系为切入点，在一种貌似戏谑的笔调背后，是对正道与人情的呼唤。《所有的星星都有秘密》写的是关于农村合作医疗资金被套取的故事，属于反腐题材，但作家没有停留在事件的表面，而是深入表现故事背后人物复杂的关系与内心。《丹砂》里的堂祖公为人驱魔却驱不了自己的魔，但他其实是个真正的好人，喜欢说“收了米油在手，不如存了丹砂在心”，免费教村里的孩子认字。当然，故事的核心是，有些秘密即使已经不是秘密，也还当其是秘密才能减少对人的伤害。

回族作家马金莲的作品多以底层弱者为关注对象，描写贫穷对人生活与生命态度的影响，特别是含辛茹苦的妇女形象让人印象深刻。《醉春烟》用多重视角来反映复杂的人际关系，姐姐和男孩的成长具有象征意味。中篇小说《日夜之间》设置了类似悬念又不能完全称之为悬念的叙事障碍，主人公赫莲如来到偏僻的乡下山野，为的是要“杀”自己的父亲——一个怪人。但在与父亲的相处中，她逐渐改变了自己的认识和态度。在大自然和人类自然情感的相互作用下，她开始与父亲和解，同时与自己和解。《暂借》里年近四旬的李小梅，吃自助火锅时偶然与一位男青年坐在一桌，最后误打误撞被别人当成了他的“女朋友”。善良的她没有揭破真相，有一些瞬间甚至感到无由来的幸福。小说通过一个意外事件将人内心的微妙复杂展现出来，构思精巧。

如果说马金莲笔下多以女性形象为主，壮族作家陶丽群则更加专注于对女性人物与命运的描述，有些篇章对人物心理的刻画非常深入。在《母亲的岛》里，岛是母亲走向经济独立、获得自我新生的空间。那个从异地嫁来的母亲，一直默默忍受丈夫和子女们的使唤，但有一天突然只身往孤岛去，自己开荒种地，养殖家禽。小说并没有交代她的动机，也没有指出结局，但非常明显的是，她想寻找属于自己的空间，而不愿再被当作丈夫和子女的附属品。《净脸》则是描绘人类对温暖的需要，莫老太给临终之人或逝者家属以安慰，而自己也从中获得某种解脱与宁静。几位女作家的写作，给读者的普遍印象就是细腻、幽微，甚至精致。

由于历史的原因，中国的少数民族普遍聚居于中国的边疆地区，对维护祖国的统一和领土的完整起着至关重要的作用，而其在生产方式和文化上既具有东方或中华民族的共同特征，也具有自身的独特性，展现出中华文化的丰富性和多样性。收入丛书的蒙古族作家鲍尔吉·原野的作品，既有散文，也有小说，主要以书写草原生活为主，视野开阔，气韵生动，而又情真意切，诚挚感人。《把干净的字排在一起》里写道，“鸟类、蚂蚁和月光都不需要说教，它们按着自己的轨迹轮回”，这可以说是对大自然最高的礼赞了。当然，我们的作家也没有天真到认为人类不会试图主导世间的一切。《草原上的小黄羊》里，善良的牧民收养受伤的小黄羊，因为没有报告有关部门而受到了批评，原因是不能“私自收养”。《跑步者》一篇，把一般人视为单调枯燥的跑步写得趣味盎然，但也涉及人的身体运用的复杂性，并不是简单地为健身和运动背书。

布依族作家潘灵的小说虽然也有边疆生活的背景，但每一篇都能自出机杼，别开生面。《太平有象》一语双关，将人民对美好生活的期盼写了出来。《奔跑的木头》通过两个各有残障的年轻人之间的故事，讲述历史变化与个人际遇的复杂纠葛，同时赋予人物性格一种复杂性。《被遗忘的戍者》读来令人唏嘘，那个“不知有汉，无论魏晋”的清代守边战士的形象让人难忘，相形之下，民国殖边队的几个人物反而有些面目模糊。小说最有意思的地方在于，守界者能活着并完成自己的使命，其实有赖于越界者。

壮族作家黄佩华的早期小说表现边远地区人们的生活与风俗习惯，如《远风俗》一篇就是代表，以一种古老的风俗“以弟为子”为出发点。他近期的小说以普遍性的题材为主，如《落叶》着眼于主人公的暮年生活，由其中风所引发的一系列情节，促使读者去思考如何养老这一现实问题。《乡村大厨》围绕着乡村创业展开，其背后是命运的转机问题。

总体来看，收入精选集中的作品题材丰富、风格多样，反映了新时代作家们的创作成果，是当代中国文学的重要收获。期待作家们创作出更多更优秀的作品，不负时代的重托，永攀文学的高峰。

是为序。

2024年7月7日星期日于北京

目　录

我有一匹马

节选自散文集《鲍尔吉·原野散文》

今年大年初一早上，窗外雪片飞舞。在我们赤峰这个地方，好几个冬天没下雪了。大街上，人们拜过年还补充一句“下雪了”，彼此咧嘴笑。小雪花不止于降落，它们在风中像小蜜蜂一样左右乱钻，最喜欢钻进人的脖梗子里暖和一下。

这一天是我妈乌云高娃的生日。中华人民共和国成立前，她14岁参加革命，如今84岁。我妈戴上纸王冠，吹灭红色的生日蜡烛，双手捂着脸，流下眼泪。

雪越下越大，我爸那顺德力格尔看着窗外，说：“这时候我们到塔湾了。”他的话很奥妙，像电影独白——“这时候”说的是1948年，即71年前。这个时间包括辽沈战役。“这时候”他是内蒙古骑兵二师的战士。在沈阳西北角的塔湾，他们连接到进攻命令，士兵们扔掉多余的东西，这是要拼命了。我爸脚伤不能行走，连长罗宝把他扶到马车上，给了他100发步枪子弹。说到这，我爸瞪大眼睛："100发子弹，从来没发过这么多子弹，这仗不知道多残酷呢。"他眼看着连队全体上马，举刀，隐没在炮火里。作为孤独的伤员，他准备打光所有子弹，死在这里。

然而我军胜利了。在战场上，士兵用耳朵判断胜负——枪炮声渐弱，周遭宁静，硝烟在雪地上渐渐变淡。我爸根本没用完100发子弹，一发都没用。他今年91岁，头发茂密高耸，鼻管挺直，如高加索的猎鹰。他透过玻璃窗往东看，东边是我姐塔娜住的小区以及他想象中更远处的沈阳塔湾。

这里是阳光小区，我和父母住在这里，我媳妇在沈阳照顾她母亲。我们仨聊天，我说四五十年前的事，他们在说六七十年前的事。而竟日开着的电视机，在播报当下的新闻，比如港珠澳大桥全长55公里，是世界最长的跨海大桥。这场景像一部先锋话剧，我们轮流上场，讲述时光的往事。时光在某一瞬间重新组合时，平淡的生活会变得庄重起来，你成了历史的讲述人。

父母老了，越来越想念自己的故乡。我不敢带他们外出旅行，我的任务是访问他们的故乡，带回照片和见闻向他们汇报。去年春天，我拜访我妈的出生地——巴林右旗巴彦塔拉苏木宝木图嘎查，这里也是著名诗人巴·布林贝赫的故里。宝木图嘎查党支部书记孟克白音带我看过我母亲出生的院落，面积20亩许，当年是她祖父平乐爷爷的宅院。孟克白音说，有人想租这个地方办企业，村里没同意，建成了养老院，叫平乐养老院。我妈听到后高兴得跳起来拍掌（80多岁的人，一高兴竟能跳起来）。她说平乐爷爷一定赞成。她有50多年没听过这个院子的消息了。今年1月，我到科尔沁左翼后旗朝鲁吐镇的胡四台嘎查探望病中的堂兄朝克巴特尔。这里是我爸的出生地。回来，我向我爸汇报："经过胡四台嘎查所有人的不懈努力，把你老家给建设没了。"我爸惊讶并愤怒："什么？"我告诉他："你经常回忆的白茫茫的沙坨子没了，现在除了玉米地就是林地，没空地。狼和狐狸也没了，胡四台嘎查5里外就是高速路。现在，胡四台嘎查跟朝鲁吐镇连上了。"

"咋回事？"他问。

"房子和房子连在一起，变成一个大镇了。"

他的表情变化有如云影从草地上滑过，那是几十年的光阴倏尔而逝。他说："嗨，这帮兔崽子。"

我去过一些地方并在那里跑过步，算一下，履及国内188个市县区。我喜欢顺着江水流淌的方向在江边跑步，水快则快跑，水慢就慢点跑，按规律办事。汉江流域的汉中、安康、襄阳和武汉的江边都留下过我的足迹。我觉得汉江应该认识我——看，那个跑步的蒙古族人又来了。在汉中的江边，两只朱鹮一前一后从我头顶飞过，它们通体橘红兼带粉色，翅膀和尾羽舞动流苏。朱鹮知道我们这些名为人类的生物轻易见不到它们，故不高飞，并慢飞。我想如果我是古代人，此刻一定纳头便拜，但那会少看好几眼啊。我看朱鹮融入天际，而它们在天空又俯瞰到什么呢？明代修造的梯田里长满金黄的稻子，稻子们此刻正隐藏在柔纱一般的白雾当中。在安康的江边，往左手看，莽莽苍苍的大山是秦岭；往右手看，莽莽苍苍的群峰是巴山。巴山、秦岭终日对视竟千万年，由此雄浑。我在广州的珠江边上夜跑，被搅碎的灯光在江流里神秘眨眼。江边有卖水果的摊子，情侣们倚着栏杆相互对视。

我把这些见闻讲给父母听，我爸说：“嗨，咱们国家大啊。”我妈说：“咱们国家好。国家不好，大有啥用？还不如不大呢。”在谈吐上，我妈每每显得比我爸高屋建瓴。我爸想半天，说：“嗨，就是。”他们说的好是安宁，虽不能囊括当今中国全部的强大，但身为百姓，生于斯土，所求者不过斯民安宁。他们受过太多的苦，遭过太多的罪。

中国太大了，走也走不完。我坐车穿越大兴安岭，从车窗看到在森林里拣蘑菇的人，脚穿令人羡慕的高筒红雨靴，左胳膊挎着蓝布里子的柳条筐。我想下车变成他，从此生活在大兴安岭。有一位诗人说，他喜欢抱树。我也是，虽然不会写诗。我见到那些粗壮的带红色鳞片的松树，见到长着奇怪的独眼的新疆杨，就想上前拥抱并跟它们贴一贴脸。在新疆和布克赛尔蒙古自治县的江格尔广场，我见到4个年轻人（2男2女）紧凑在一起跳一支舞。他们不用音箱，以喉音哼唱一支蒙古族民歌。他们抵肩，手臂下探，然后转身，双手向上摆动，面庞对着天空微笑。巨大的广场上，他们4个人只占一点点地方，肩膀和手几乎挨在一起。他们当中有一个人是我就好了。这时候，沾染金光的云朵在北方天空堆建城墙，英雄江格尔的塑像向远处眺望。我觉得，比看到美更好的是经历美，它是人生的花冠。

我退休后，母校赤峰学院请我去当教员，堂皇的说法是特聘教授。当年我是赤峰学院前身的前身赤峰师范学校1977年入学的中专生。那时候学校只有200多个学生。现在它成为有23个独立学院、1万多名学生的全日制本科院校。学院与我商议为学生们开什么课，我说讲汉乐府诗也好，俄苏文学也好，都不过是一个切入口，我们需要给孩子们阐述美。美不软弱，更不虚无，我们通过诗文告诉孩子们国土广阔之美，文章渊深之美，还有人生的刚健之美、善良之美和朴素之美，我觉得这可以是一个持久的话题。在中国行走，放眼高天厚土，万壑群山，我们不能对之无视、无感，不能放弃从中汲取善的力量。

6月初旬，查娜花（芍药）在牧区开放。雪白的、茶碗大的查娜花像天上的星星收拢翅膀留在草原过夜，忘记回家。73岁的牧民班波若指着窗外的山坡对我说："这么好的花开了，我们的孩子却看不到。城里多了一个大学生，牧区就少一个年轻人。这么辽阔的草原，以后留给谁呢？"说着，他用掌根抹脸上的眼泪。我什么都说不出，屋子里静得像能听到泪水流淌的声音。我听到我的眼泪落在采访本上。牧民们多爱自己的家园啊，除了家园，还有哪样东西可爱呢，是钱吗？说到钱，牧民们脸上常露出微笑，说它是"东奔西跑、无家可归的'觉日查斯'（有图画的纸）"。他们爱小满时分从南方飞回的小黄鸟，爱芒种时分飞回的小蓝鸟，这证明他们的家园美好，小鸟都抢着飞回来。他们忌讳往河水和火里扔脏东西，砍一棵树要请求神灵宽恕。他们转移蒙古包、拔掉系绳索的木桩时，把留在地上的洞填土踩实，以期明年长出青草。

我在翁牛特旗海拉苏镇采访。镇政府食堂的女厨师给我端来一盘馅饼，说这是她哥哥用野芹菜汁泡软羊肉干和的馅，她烙的饼。“那么你哥哥呢？他为什么这样做？”“他从门缝看你一会儿就回家了。他说你是咱们民族的作家，蒙古文、汉文的中学课本都有你的文章，呜（语气词，表示赞叹）——”“你哥哥怎么来的？”“骑马，30多里路呢。”

我到巴林右旗和阿鲁科尔沁旗采访。几位牧民为我一个人举办赛马活动，7匹骏马在细雨中哒哒跑远变成小黑点，又从小黑点哒哒跑来变成骏马，好几圈。我心想快结束吧，感觉愧对马。有一个镇的干部们带家属在美丽的罕山脚下为我举办蒙古语的诗歌朗诵会。有一个村为我办过篝火晚会。从四面八方骑马、骑摩托车来的牧民们，大人和孩子，一个一个从我身边走过，借篝火的光亮看我长什么样。我实在忍不住，躲到远处的老榆树的阴影里痛哭不已。是的，我在接过馅饼、听他们朗诵、看到细雨里的奔马时都流下了眼泪。这时候，所谓深入生活，实为生活深入到你心里。像山坡吹来的风、像瓢泼大雨那样抱住你，冲刷你身心的污垢。你会像蒙古黄榆一样坚韧，脸上有牧民那样淳朴的笑。

几天前，我给我爸放一段音乐：“刀扫刀，刀扫刀米刀，刀来米刀，米来米刀，米米刀来米骚……”“爸，你听出啥没？”我爸问：“啥呀？”我说：“这里有你们啊。”我爸吓了一跳，问：“这是啥呀？”我告诉他：“这是《骑兵进行曲》。”

“嗨，我们这些骑兵，其实只有一匹马，一杆枪，一把哈尔滨生产的战刀。我们哪，1948年冬天围困长春，身上就穿一件单衣服，白土布用黄炸药染的，哪有手套，哪有帽子，哪有棉鞋？人家——”我爸指着蓝牙小音箱，“一听都是大皮靴。我们那时候，除了人厉害，别的啥都不厉害。”

我爸总结得多好：“除了人厉害，别的啥都不厉害。”我爸就属于这样的人。20世纪80年代，他发起成立昭乌达译书社，搜集整理从成吉思汗时代至改革开放期间的历代蒙古族文学作品，译成汉文出版，一共12本，开创国内少数民族出版史上民译汉的先例。现在他已忘了这些业绩，念念不忘者，是他的老家胡四台嘎查和他的战马——“夏日拉咩饶”——带一点杂色的白马。老家太远，他的战马已阵亡于朝鲜战场。国庆前夕，我打算在蒙古餐馆给我爸办一桌席。席间由我同学向我爸献花、献民歌，发表讲话——在实事求是的基础上对我爸加以拔高赞美，墙上挂横幅——“庆祝著名翻译家那顺德力格尔参加开国大典阅兵式七十周年”，播放铜管乐《骑兵进行曲》，最后向他赠送纪念品——一个小小的陶瓷的白马。我爸必定目瞪口呆并怀疑自己是在梦中。我不知道参加开国大典阅兵式的官兵今天还有多少人活着，如果他们活着并从电视上看到庆祝中华人民共和国成立70周年阅兵式该有多么幸运。他们是没在战争中阵亡又活了70年的人。1949年10月1日，我爸是开国大典受阅部队之一——内蒙古骑兵白马团方阵的受阅士兵，那年他21岁。

近来我脑子里一直有一个东西嗡嗡响，它叫《诺恩吉雅》。这是一首蒙古族民歌的名字，也是一个蒙古族女人的名字。这首流传百年的民歌与《嘎达梅林》堪称双璧，俱为瑰宝。赤峰市正在筹划创作交响曲《诺恩吉雅》，由赤峰交响乐团演出，我来准备文学脚本。我在查阅资料时，把这首曲子听了上百遍，越听越觉得这不只是一个姑娘出嫁的故事，是思乡，是依恋父母，是河流与大地。歌者可以在歌声中放入所有美好的怀念。我发现，诺恩吉雅其实也是我，我或我们同样爱着家乡，爱父母，爱草原上的万物。人老了才知道，人不仅是自己，也不仅是叫作“我”的此身。你是很多人，包括你喜欢和不喜欢的人。你需要找到你爱的一个人或你爱的树，走向他（它）并变成他（它）。

下面我要说一说我的马。我有一匹马，这匹鬃发飞扬的蒙古马此刻正在贡格尔草原上吃草或奔跑。去年8月，我的散文集《流水似的走马》获得第七届鲁迅文学奖，赤峰市委宣传部专门召开现场直播的表彰会，对我褒奖。面对直播镜头，我一时慌乱，不知从何说起，只想大哭。我在答谢词中说：“我是西拉木伦河岸边的一株小草，是旭日的光线把小草的影子拉得很长，使它像一棵树。”会上，赤峰市委常委、宣传部部长代表市委、市政府授予我“赤峰市百柳文学特别奖”，并奖励我一匹克什克腾旗的铁蹄马。颁奖词为：“你把自己交给了文学，让露珠般的文字缀着乡音在中国文坛传扬；你是打着赤峰烙印的流水似的走马，带着长生天赋予的灵性，由高原走向高峰。昨天你以赤峰为傲，今日赤峰以你为荣。向你致敬！”后来我看直播的视频，发现我的长相开始像马了，窄长脸，眼神机警而有野性。对我来说，马是更好的归宿。作为马，我已没有追风的神勇，我是草原上温驯的老马，低着头，驮着我爸、我妈和我的文化使命，慢慢往前走。可庆幸者，这里有让马喜欢的草、风和流水，这里是我可爱的、飞速发展的故乡赤峰。

我想我的马

原载《光明日报》2023年8月25日15版

大群牛羊拥挤在公路上，汽车鸣笛也不躲开。牛羊满山遍野，边走边找草吃。今年旱，6月中旬了，草还没盖住地面，白音温都的牧民正赶着自家的牛羊转场去塔林花草原夏营地。看到这样的场景，我下意识地想告诉老父亲，接着心里咯噔一下，父亲已经去世了。

在镇政府，我看见一个2岁的女孩在大厅纳凉，她庄重地伸出手，跟往来办事的牧民握手，好可爱。我想说给我父亲听。他一定是盘腿坐在床上，身体摇晃，露出微笑，仿佛见到了小女孩。但是，父亲去世了。心又咯噔一下。

父亲去世4年了，我尽量回避与他有关的事件和物件。这几年，我没去草原，去了会想起父亲，仿佛他就在那里。草原上，干牛粪发出草药的气味，排队飞行的大雁，翅膀反射着阳光。被晒得灰白的木轮车边上，牵牛花（蒙古语叫媳妇花）开放了，傍晚它们会收拢花瓣，像一支支雨伞。我想把看到的一切都告诉父亲，却无处说，我感觉自己孤孤单单。

父亲性格刚直，说人论世，言语激昂。进入80岁，他变得柔软安静。到90岁，他几乎不说话，趴在窗台上看绿地上的花朵和天上的白云。父亲度过91岁生日后，开始说他的战马。马的名字叫沙日拉，意思是带点黑灰斑点的白马。

父亲说，辽沈战役打沈阳的时候，国民党的黑飞机飞得像树梢那么高，机枪连串扫射。骑兵目标大，没地方躲，好多战友牺牲了。战马低头嗅主人身上的血，不离开主人。他说："战争啊，比电影看到的残酷。"炮弹爆炸，四处是残破的血肉。按理说动物应该在炮火中逃散，但是马不离开自己的主人。我父亲说："沙日拉是一匹多好的白马！"

我怕父亲情绪激动，扶他到床上躺下，说："你别想过去的事了，享受幸福的晚年吧。"

父亲说："沙日拉爱用鼻子嗅我身上的味，我也喜欢马的汗味。我想我的马。"

2019年7月，父亲身体开始虚弱。10月1日上午，电视直播庆祝中华人民共和国成立70周年大会。我们早早把父亲扶到沙发上，他坐不住，身体两边放了两床棉被。10点整，电视播放1949年开国大典纪录片。70年前的这天，我父亲参加开国大典阅兵式，他是内蒙古骑兵白马团的战士。我父亲目不转睛地看完电视画面，说："我没找到我的马。"

那天晚上，我们看完电视准备休息，父亲从卧室走到客厅，站着，像要宣布一件事。他说：“我的马……”“马”字没说出来，眼泪已在他脸上流淌，灰衬衣像雨衣一样挂在身上，空空荡荡。我上前扶他，感觉他在颤抖。他说：“我的马在哪儿？”

母亲说：“快睡觉吧，你说你的马在抗美援朝时被送到朝鲜去了。”

父亲躺在床上说：“我想我的马，我感觉孤孤单单。”我最近听章琴瑙日布唱的一首歌：“说起唯一的故乡，眼泪落下来，自己都没察觉。说起唯一的马，眼泪落下来，自己竟不知道。”这好像在唱我父亲。父亲以前说起马兴高采烈，夸马的眼睛、马的鬃毛。现在提起马，他的脸上挂着泪水也不擦，浑然无觉。

我父亲活了91岁，经历九死一生。走到生命的终点，他忘记了世间所有的荣辱，却忘不了那匹战马。父亲说：“我的马也会想我。”

一个月后，2019年11月8日，父亲溘然辞世。如果有天堂，他会在那里见到他的马。在天堂的绿草地上，他和白马一同徜徉、云游。

留在心底的声音

人们也许记不住第一次听到声音是在哪一天，但这个声音必定来自妈妈。

婴儿睁开眼睛，眼前的世界是混沌的，看不出所以然。

有一个声音传来，叫你“宝宝”。那时你还没有名字，但你感觉到，“宝宝”说的就是你。

从这一刻起，你第一次听到了声音，那是妈妈的呼唤。从此以后，“宝宝”这样的呼唤环绕在你耳边，伴随这个声音的，是你享受到的母乳和妈妈的爱抚。

第一个声音来自妈妈，来自爱。从此你把声音当成进入这个世界的阶梯之一。

你长大了，学会了说话。学会说话之前，你首先学会的是倾听，辨析每一个发音包含的意义。你听懂了这些声音的含义，学习发出有规律的声音给别人听。

这时，声音吐露了你的心声。虽然简单，但真切。你说："我饿了，我要玩具，我要出去玩。"

你一点点长大，声音的丰富如同世界的丰富，一点点传到你耳边。

你不记得第一次听到鸟鸣是在什么时候，那时，一声清脆的鸟鸣传到你耳边。你循着这个声音往树上看，绿树枝叶婆娑，看不到声音来自哪里。终于有一天，你知道这是小鸟发出的鸣叫声。

鸟的鸣叫和人说话不一样，但这一声鸣叫来自在天空飞行的小鸟，让人何等欣喜。

下雨了，然后雨歇。屋檐淌下的水滴，一滴一滴地滴在檐下的石板上，那么清脆，又那么短促。这是雨水的鸣叫吗？不，这是雨滴的声音。这时候你知道水也会说话。是的，等你来到小溪边，会听到小溪穿过白色、黑色、褐色的鹅卵石发出的潺潺的水声，如同小溪的笑声。你觉得小溪很小，它的声音也很小。可是等你长大了，你来到海边，会听到海浪的轰鸣声。海的声音无法形容。如果刮起八级风，海发出排山倒海的呼啸，这也是水的声音。而水在静默的时候，比如茶缸里的水，安静得像一张白纸，无声无息。

声音就是这么奇妙，它来自一切地方。凡是有声音的地方均有静止，就像大海有风平浪静的时刻。

既然我们说到声音，就要谈到音乐。音乐用人的歌声和乐器的声音组成一个美好的世界。在那个"只闻其声，不见其形"的世界里，有巴赫建造的大厦，也有中国竹笛描绘的江南小景。这不仅仅是声音的组合，里面有作曲家、演奏家和歌唱家的情感，这些声音里有神灵。我们被乐曲打动，是因为我们从这些声音里“看”到了自己的人生，也“看”到了别人的人生。所以，你在听过二胡曲《二泉映月》后，心里会酸楚。

你听勃拉姆斯的《德意志安魂曲》，能听到更为复杂的情感，里面有悲伤，有回忆，有祈祷，有命运的风暴。它是勃拉姆斯对命运的思考。勃拉姆斯的乐曲传遍了世界，世界各地的人虽然没见过勃拉姆斯，也不了解他的生活，但听懂了其中的乐思，为之吸引，为之感动。他们在勃拉姆斯的音乐中“看”到了深刻和丰富的世界。

声音会深刻吗？这样说好像不能令人信服。但是你在一个交响乐队演奏的乐曲里，从小提琴、中提琴、大提琴、单簧管、双簧管、长笛、小号、拉管和法国号的演奏中，真的感受到作曲家表达出来的深刻，这是毋庸置疑的，当然也是奇妙的。

如果回忆心中最珍贵的声音，不一定是乐曲，也不是雨声、风声和海浪的声音。最珍贵的声音一定来自人，来自父亲、母亲、哥哥、姐姐以及朋友。你在他们的呵护下长大成人，在这些声音里获得爱。

所以，无论你听过世上多少声音，听过多少人说话，你最熟悉的声音是亲人的声音。这些声音和你的心在一起，藏在心房深处，最为珍贵。

语言是庇护所，是金黄的麦田和蔚蓝的天空

原载《光明日报》2024 年 1 月 26 日 15 版

那是2009年5月末，我乘汉莎航班飞德国。在系好安全带的那一刻，我后悔了。我觉得我一定会想家。

飞机起飞，穿过中国大西北的上空，飞越葱岭。又飞了很久，飞机下面是欧洲平原了，我到达德国了。我要去的地方是德国斯图加特市的索利图德宫学院。

抵达目的地，我就开始想家了——即使这个学院是一座美丽的旧王宫，周围浅绿的草坪和深郁的森林十分宁静；即使我的房间非常整洁，洁白的床单和枕套浆洗得平整熨帖。我受德国外交部的邀请来到这里，将在索利图德宫学院住一个月。

这里很安静，房间里没有电视机。可能因为太静了，我的脑子里涌出了好多音乐旋律。这些旋律在我脑子里赛跑，最后获胜的是蒙古族民歌。它们盘踞我的大脑，日夜播放，让我更想家了。

我躺在洁白的床单上，回想我去过的中国城市、乡村的每一个地方，回忆我认识的每一个人的面孔。如果思绪停下来，心里就不安稳。身处异邦，心还停留在故乡。

我待到第四天，思乡症大爆发。我想念烙饼、手擀面、西红柿鸡蛋卤，想念朝鲜族咸菜、老龙口白酒、鸡爪子，想念连绵不断的中国话。

我在沈阳的家挨着滴江早市。夏季，从凌晨4点半开始，便传来各种吆喝声："香瓜啊，不甜不要钱""西红柿两块了""冰糖啊，快来买吧""咸鸭蛋，个个冒油"……还有招揽着卖菠菜的、卖带鱼的、卖电池的、修手表的。

以前我不喜欢这些叫卖声，没有文采，杂乱无章，然而现在想起来是那么亲切，如同一幅热气腾腾的风情画。我多么想念这些话语，而我现在什么也听不见。

你如果有出国的经历，会知道，最初最轻的想念是吃，最后最重的想念是语言。

在这个房间里乃至方圆1万公里内，最稀缺的是中国话。后来，我开始在房间里大声朗读从国内带来的中文书。在我的朗读中，我的耳朵听到了亲切的、丰富的、美丽的中国话，我有了安全感。我最喜欢朗诵长篇小说《卢布林的魔术师》。在德国，我把这部书朗诵了两遍。比如"院子里的草长得绿油油，繁花盛开。一簇簇鲜花在微风里摇曳。灌木长得几乎同房顶一样高。蝴蝶一会儿向这儿飞，一会儿向那儿飞。嗡嗡的蜜蜂，从一朵花飞到另一朵花上。每一片叶子、每一条花梗上都有一条毛虫或一只甲虫。雅夏对这种现象一直感到惊奇，它们都是从哪来的？它们怎么能活下去？它们在夜晚里干了些什么？一到冬天它们就死了，但是随着夏天的到来，它们又成群结队地来了。这到底是怎么回事呢？……苹果树的叶子被露水洒得湿淋淋，好像是晨光里的小蜡烛那样闪闪发亮。”

这本书是小说家伊萨克·巴舍维斯·辛格写的波兰乡下的故事，却为我画出了我的家乡的图景。家乡是由小东西组成的——花朵、昆虫、露水，还有汉语与蒙古语中的花朵、昆虫、露水。

领你回家的不是风景，而是语言。没有语言，何来故乡？

就这样，我早晨去森林里跑步，7点钟时已经跑完10公里。剩下的时间里，我洗澡、做饭、睡觉，然后大声读书，模仿不同的播音员的腔调读汉乐府诗、《江格尔》。朗读了半个月，我觉得墙上粘满了透明的汉字，屋子沉浸于温煦的中国氛围。吃完了30袋螺旋藻片（它们摆在桌上，我每天都数一遍），终于等到了回国那一天。

我特别兴奋，我要回家了，回到我的语言里。

语言是庇护所，语言是金黄的麦田和蔚蓝的天空。语言里有河对岸的星辰和白云的故乡。我们说想念故乡，实为想念语言，语言是披在身上、搂在怀里的毛茸茸的故乡。

在热水遇见诗人安谧

节选自散文集《流水似的走马》

1979年，我从赤峰师范学校（中专）（今赤峰学院）毕业参加工作，在昭乌达人民广播电台（今赤峰广播电视台，以下简称“广播电台”）汉编部从事农牧新闻的编采工作。这项体面的工作是我爸以落实政策的名义请盟里领导安排的。

我爸在“文革”中受过残酷的迫害，盟政府领导才吉尔乎、结实和盟广播局领导高连元同情他的遭遇，让我成为新闻记者。广播电台的编辑们多为“文革”前最后一届大学生，比我年长10到15岁。他们毕业于内蒙古大学生物系、历史系或内蒙古师范大学中文系。还有山东大学中文系、河南大学中文系、中国人民大学新闻系和中国医科大学的毕业生。我是中专生，写稿子经常出现错别字。以往我一直按我的理解写这些字，原来在他们眼里还有另一套标准，即《新华字典》的标准。他们把我写的错字一一纠正过来，也有鄙夷。我没感觉到自卑，而觉庆幸。仅听他们天南海北的闲聊，就让我大开眼界。尽管写新闻稿有错别字，我仍偷偷抱有文学理想。

那时我没发表过文学作品，如果非给自己加一个和文学相关的标签，只好说我有文学理想。除了理想，我在知青点写过两首七律和一首十六字令，朱继新和陈希国用彩色粉笔抄在走廊的黑板上发表。入职广播电台后，我写过简讯和消息，还没达到采写通讯的地步。1977年，我考入赤峰师范学校（中专），读过一些文学的书。

他们说，文学之路起步于黑板报的人，要攻克的第一座高山是《昭乌达报·青纱》文艺副刊（以下简称《青纱》），这比上黑板报难一万倍。在《青纱》发稿后，可以奢望在昭乌达盟文化局代管（文联还没成立）的文学期刊《百柳》上发作品，不光诗歌、散文，还可发表小说。如果（进一步如果）在《百柳》上刊发过作品，可把作品投到副省级城市包头的文学期刊《鹿鸣》和呼和浩特的文学期刊《山丹》上，如发表，这人差不多快成作家了。直到某一天（这一天不同寻常），他的作品登在内蒙古自治区最高的文学殿堂《草原》上，至此功成名就，也许满头白发了。

1980年初春，我记不清从哪里听到一个消息，说内蒙古文联的《草原》杂志社要在宁城县的热水镇开办文学笔会。我回家跟我爸说了这件事。我特别想认识作家们，盼望能见到他们的面孔，听他们说话，见到他们走道的样子、吃饭的样子和写字的样子。

我爸请求王栋允许我参加这个笔会。我爸当时在昭乌达报社蒙编部当编辑，王栋是作家，著有短篇小说集《查干河在欢笑》。他是昭乌达报汉编部政文组组长，同时兼任盟内文学活动的领导者，负责承办这次笔会。

王栋委婉但坚定地告诉我爸，为参加这次笔会，各盟市竞争激烈，盟里好多作者想参加都没办法，你家孩子肯定去不成。我爸对王栋说："嗨，都一样！我孩子想参加就让他参加吧！"

40年过去了，每当想起我爸说的这句话我就想笑："嗨，都一样！"什么都一样？怎么会一样呢？我爸没说，但都一样。王栋坚决地拒绝了我爸的请求。如是者，王栋拒绝两三次，我爸请求四五次，我终于参加了热水镇文学笔会。

我坐火车到达宁城，全盟各旗县出席笔会的作家一路同行。他们比我年长10来岁，谈笑风生，我一句话都插不上。那时我21岁，不会谈笑风生。到了热水镇，入住一家宾馆，这是昭乌达盟银行系统的培训机构，也是热水镇唯一的一座三层楼房。热水之名盖因当地出温泉。

宾馆里住着两种人，一是十七八岁的小姑娘，有五六十人，成群结队，嘻嘻哈哈，挤满走廊和餐厅。她们是来参加培训的银行新员工。二是自治区各地参加笔会的作家们，十几个人。他们有的人三四十岁，也有人50多岁。见到作家，我本想如章回小说所说"纳头便拜"，但没人向我介绍这些作家，不知道谁是谁，只好远远地望着他们惆怅。

我和本盟诗人鲍喜章、王燃、石犁住在一个房间。鲍喜章笔名德·巴雅尔，昭乌达报汉编部《青纱》副刊主编，他是不会说蒙古语的翁牛特旗西部蒙古人，相貌俊逸，行走轻捷。王燃在团盟委工作，大脸阔嘴，带着沉静的微笑。石犁面黑，说话有点儿大舌头，每天望向窗外唱三四遍《喀秋莎》。他们刚进入房间就转入诗歌创作，令我惊讶。一人在地上往来踱步，口诵新作的诗，诵毕，其他人疾速评判，毫不留情。说累了，他们互相调侃，被调侃的对象一般是石犁。

我惊讶于诗歌原来是这样创作出来的，他们都能背诵自己的诗，不止一首。他们仔细安排每一个词、每一个字，这些诗像拆开后盖的手表，各种齿轮一起动，技术相当复杂。

说到这里，我要介绍一下《草原》杂志社的编辑，他们备受出席笔会的作家们的景仰。

《草原》的主编是作家照日格巴图，也是这次笔会的领导者。他风度翩翩，汉语说得很好，音色浏亮。他出版过骑兵题材的长篇小说。小说组长是汪浙成，南方人，北京大学毕业，身材高大。他和夫人温小钰共同创作的小说在国内反响很大。小说组编辑有丁茂，小说家。他讲的后山话像用刻刀雕刻硬木工艺品，执拗婉曲，但我一句都听不懂。另一位小说编辑是上海人，名韦魁元（韦苇），他是我的短篇小说《向心力》的责任编辑。诗歌组的组长是诗人安谧，又名安米，山东省阳信县商店镇人，出版过多部叙事长诗和诗集。

安谧的目光像一直在看着远方，又像沉浸在自己心里。鲍喜章、王燃、石犁私下对安谧十分敬重，也有点畏惧。他对稿子要求高。

笔会开始后，人们三三两两地分成好几堆，人总是要扎堆的，不在这个堆就在那个堆。我也想扎堆，但不认识别人，扎不进去。作家们把自己写的稿子呈送编辑审读，编辑拍板留用或退作者修改，空气比较紧张，人们不怎么说笑了。我两手空空。笔会开到第三天，或许因为我跟诗人住在一起，或许有不能破解的机缘，我忽然写起诗来，写了七八首，一气呵成。我把这些诗抄在几张白纸上，准备改10遍。有人说每改一遍就进步一下，那么改10遍进步会很多。但我实在改不进去，不知道怎么改，眼盯着诗句，竟一个字也改不了。最后，我壮着胆子把诗交到安谧的手上。安谧拿过诗，看了一眼，放在桌子上，什么也没有说。他从橘色烟盒拿出一支青城牌没过滤嘴的香烟，点燃，吸起来，吸完也没说话。

吃过晚饭，作家和编辑们照例到招待所后面的干河套散步。安谧找到我，他身旁还有包钢的诗人纪征民。我见安谧的眼神里流露慈爱，他看我看了许久，如果他再看一会儿，我估计会转身跑掉。安谧说："你的诗写得好。"没想到他会这样说，真不敢相信自己的耳朵。我想请他再说一遍，但没敢。安谧说你写的是真诚与自由，写得好。这回听清楚了，但还是不敢相信自己的耳朵。耳朵里就跟打雷似的，脑袋震得嗡嗡响。纪征民看出我的心思，说："安老师赞赏你的诗写得好。”我出汗，用手背和袖子擦脖子的汗、额头的汗、两鬓的汗，双手忙不过来。纪征民说：“你很幸运，这种幸运不是人人都有的。”我因为太激动了，什么也说不出来。我应该说“是的是的，谢谢谢谢，谢谢安老师，谢谢纪老师，我一定好好努力”，但我的嘴像吃了哑巴药，说不出话来。

那是3月份，冬天还没过去。但我的棉袄很快就湿了，衬衣粘在后脊梁上。纪征民说：“你怎么出这么多汗？”他对安谧说：“你看原野头发梢上挂着大颗的汗珠。”他又问我：“你怎么啦？”我无言以对，只擦汗。纪征民说：“你有手绢吗？”这时候我终于说了一句话：“没有。”安谧把他的手绢掏出来递给我，我又说了第二句话：“不用。”我们从小到大都用袖子擦汗，不用手绢。往下我不知道该咋办，安谧看我的目光好像从我的脸膛进入我的内心，并从我内心走到我生活的场景，再从生活场景走到很远的地方。纪征民说：“你回招待所擦擦汗吧，休息一下。”我如释重负，跑回招待所。回到房间，刚好他们三人都不在。当时我想朗诵，大声朗诵，又想跳舞。我觉得更能表达我感情的是翻跟头，或者站在床头棉被上往地下跳；或者到干河套拣树杈子点一堆篝火。

这些激动人心的情绪渐渐消失了，汗也停了，此刻我理智地想到一个问题：我的诗歌能在《草原》上发表吗？我反复回忆安谧、纪征民说的话，他们每一个字都没提到发表还是不发表。写得这么好，还不能发表吗？或者他们在好言安慰我，离发表还很远？我焦虑起来，想跑到安谧身边问这个问题，但没敢。

掌灯时分，鲍喜章、王燃、石犁回屋来，他们说谁的作品被《草原》留用，谁的被枪毙，谁的在修改。他们不再那么活泼，埋头打磨自己的作品。我没敢跟他们说安谧对我作品的褒奖，他们不会相信的，我不过是和他们同房间的一个小孩而已，他们忘记了我的存在。

第二天早上，我盼望看到安谧的身影。我吃过早餐，见安谧和纪征民走入餐厅，他们坐在桌边吃馒头，喝小米粥，手剥煮鸡蛋。我心想他为什么不告诉我作品能不能发表呢。我坐在餐厅的角落里，看他们边吃饭边说话，时而哈哈大笑。纪征民是很能说笑话的人，他个子比安谧略高一点，鞍山人，灰白的头发从额前倔强地探出来，梳不回去。

他俩吃完饭，离桌走到走廊，我尾随其后，跑到安谧身边，说："我的诗能发表吗？"可能说得太快，安谧没听懂，他站住脚看我，我又说一遍："我的诗能发表吗？"安谧显出困惑。纪征民大笑，说："原野问他的诗能在《草原》上发表吗？"安谧笑了，说："你这组诗都能在《草原》上发表，头题位置。"我多么希望安谧把这番话再说一遍或者两遍三遍，说十遍都是好的。与其说高兴，从内心讲是想大哭一场，但这不是什么悲痛的事情，不能哭。哭这种东西从来都是比笑更强烈的情感表达。我觉得应该独自享受一下。我跑下楼梯，一直跑到干河套，从干河套跑上山坡，站在山坡向四外眺望，再从山坡跑下来。那一刻，热水的风光在我眼前完全不一样了，那座楼房、河套两边的榆树、天空飞翔的小鸟都充满生机，富有灵魂，让我至今难忘。

从第二天开始，我获得与安谧一起在鹅卵石堆积的干河套散步的资格。纪征民走在安谧左侧，我走在他右侧，平行地一起往前走。不消说，我激动着，以至于踉踉跄跄。我把对文学的所有疑问，一股脑儿向安谧提了出来。安谧慢悠悠地走路，耐心解答我的提问，但我一句也没记住，我提过哪些问题我也记不住。我觉得脑子里有一个类似380伏工业用电的电流嗡嗡作响，就是我们在木头电线杆子边上听到的那种声音，打通了任督二脉，全身巡行。其实和安谧散步不必提问题，但在那个时代，提问显得好学上进，其实是麻烦别人。没有经过生活的磨炼，别人提供的答案对你来说都不是答案。我身上的汗出了一气儿后，心里安稳下来。我曾经听说人出汗在8分钟左右停止，我在澡堂子测试过，确实是8分钟左右。我偷偷地观察安谧。我想用“深深”二字形容他的目光，他深深地注视着山峦、村庄和树。在我看来，3月份的宁城大地一片荒凉，没什么好看。但是你顺着安谧的目光看过去会发现好多生机，或者叫诗意。比如他停下来，面对天空流露赞赏。我疑惑：他怎么会对空气微笑呢？我看过去，远处有一个黑点，细看是一只小鸟在逆风飞行。这只鸟像逆流而游的鱼，几乎停留在空中，急速扑扇翅膀。我哪里知道天空还有一只小鸟在做这样的功课？后来，我从安谧的诗里读到很多关于自由，关于不屈服的诗句，这件事可为他的诗作注脚。我们路过村庄，一只小猫沿墙根儿偷偷摸摸地跑进院外的柴火垛里，安谧驻足看那个柴火垛。我刚刚开始作诗，不知道诗人看柴火垛应该用多长时间。我陪同看，被雨水浇得发白的玉米秸秆的缝隙里露出小猫的半张脸，白额黑腮。小猫警惕地看我们，而安谧对着小猫笑。那时候我隐隐约约明白一个道理：诗歌不在人的脑子里，也不在词语里，它藏在生活中，你一定瞪大眼睛把生活的方方面面察看仔细。诗歌貌似词语但不是词语，它是生长在大地上的鲜活的美。记得几年前读到诗人特朗斯特罗姆的一段话，说语言其实对诗歌有很大的伤害，他说要逃离语言。此时我又想起了安谧。

我们住的招待所，每至傍晚，银行系统的姑娘们会下来做游戏。姑娘们一旦多起来，比如超过3个人，就出现叽叽喳喳的声音，好像一把吉他、一支单簧管和一把小提琴在演奏乐曲，安静而喧哗。这些姑娘们在楼前组成一个三四十人的圆阵。她们一律伸出双臂，手腕交叉一体，仰面朝天。这是做什么呢？她们在防止一个排球落到地上。排球被不同的手臂托起，再托起，球无论落到哪里都有手臂把它托起，伴随呐喊，总之不能让排球落地。而姑娘们的手臂如同彩色袖子的车轮辐条，手腕露出白皙的皮肤。

安谧远远望着这些姑娘。那时我觉得看一个女孩子不应该超过3秒钟，最多4秒。所以安谧看这些打排球的女孩子时，我在看自己的脚尖儿，我不好意思陪他一起看姑娘们。我从侧面看安谧的脸，他脸上露出的笑容，跟看小鸟，看天空的白云，看墙角的小猫是一样的，在赞叹生活无时无刻不在流淌的美。我觉得安谧很勇敢，我告诫自己也要做一个勇敢的人。

不算安谧和纪征民，笔会上还有两人对我友善。一位是乌兰察布盟（今乌兰察布市）的蒙古族作家甫澜涛，他管我叫小原野。他说甫澜涛这个名字是蒙古语而非汉语，“澜涛”是“榔头”的音译。他给我讲察哈尔部落英勇善战的历史。甫澜涛戴眼镜，留两撇威风的胡子，30多岁。他性格沉默，跟我说这么多话，我已经偏得了。

还有一位叫李尧。熟悉澳大利亚文学的人大多知道李尧这个名字。他是英美文学翻译家，前额宽阔，留背头，气质洋气，穿一件中式带襻扣的罩衫，也是30岁左右。我记得我们俩晚上常在培训中心3楼的会议室里聊天。他改稿子，我假装创作，房顶的日光灯发出嗡嗡的交流声。李尧改累了跟我说话，他说他正在翻译美国女作家欧茨的短篇小说。他说这是一篇现代派小说，采用意识流的手法，翻译起来很困难。他开始讲这个小说的开头，我接他的话头往下讲，一直把这篇小说讲完，有1万多字。他极为惊讶，我记得他脸好像有些白了，他问我怎么会知道这篇小说。我说我读过这篇小说。他说：“这篇小说在美国《纽约客》杂志发表不到两个月，你懂英文吗？”我说不懂英文。我哪里懂英文？懂英文的中专毕业生在全世界都不多见，英国除外。但我特别高兴有人问我这个问题——“你懂英文吗？”我告诉李尧我在广播电台资料室读过欧茨这篇小说。他感到失望，他的小说还没译完，别人的译文已经发表了。他问什么杂志，我说《外国文学》。他又问我怎么记得这么真切呢。我说我不知道。

顺便说，我年轻时记忆力比较好，好到什么程度呢？我读过一篇作品，可以把它背诵下来，错不了几个字。看一部电影能记住所有台词。我的大脑好像能把眼睛看过的文章复印下来，能记得哪句话在第几页第几行。我对李尧背诵欧茨这篇小说，措辞、语气、人物、对话详细入微，李尧越显惊愕我越锐不可当。他说“你怎么能……”，说了一遍又说“你怎么能……”。然后他掏手绢擦汗，我愉快地走出会议室，带着我的大脑复印机的功能。

我那时记忆力很好，不光文章过目成诵，听一首西洋乐曲能记住各乐器在不同声部演奏的旋律。后来我有意掩饰这种能力，这是记忆，而不是创造，而且得罪人。我背下一篇文章——如李泽厚、刘再复的最新发表的文章（其实没背，读的时候自动拷贝进入脑海屏幕）——向别人转述，却引起别人的气愤，好像我是有语音播放功能的复印机。后来我不搞这一套了，再后来，此异能消失，用进废退真是不假。现在背一首古诗须用很长时间，有时还想不起别人的名字——“哎，你是小谁来？”显得浑朴自然。在音乐上，我现在还有很好的听力，这也属于记忆力范畴。比如一段乐曲由弦乐齐奏进入木管与铜管齐奏，中间一支单簧管停了两小节，我立刻能听出来。笔会之后，李尧在他主编的《敕勒川》杂志上发表了我的中篇小说，由这篇作品我结识了一位新朋友——在乌兰察布盟清水河县插队的北京知青马小刚，通过马小刚结识了干面胡同9号红日的路毅和王志杰等，不过这是后话了。

我在热水笔会创作的组诗《假如雨滴停留在空中》和短篇小说《向心力》先后在《草原》杂志1981年8期、10期发表。我在刊物的目录页找到自己名字的那一瞬间，如电流贯穿全身。我小时候随父母在“五七”干校生活时，听大人董贵山说，人摸到电，身上的虱子最先被电死。我在《草原》连续发表诗歌和小说，电流滚滚，足以把我身上的虱子电死好几个来回，而且几年之内不招虱子了。

作品发表后，如安谧所说：你会陷入痛苦。是的，我陷入长时间的苦闷，不知道下一步怎么走。初学写作者常遇到这种情况：歪打正着，不具备可持续发展能力。

回到赤峰，我时常给安谧写信并接到他的回信，他的每一封信我都读上10遍20遍不止。他说：“你写作所感受的痛苦是你领受的丰美的果实，你慢慢就知道痛苦对于成功的滋养作用。”他说最值得坚持的并不是创作本身，而是用真善美的文学眼光体察人生。他说比发表作品更重要的是懂得美，找到美。他说最好的诗人听得见大地的呼吸，那里有森林、河流和民众的心声。他说善于发现美的眼睛同时能发现民众的苦难并视同自己的苦难。他说最高级的美学风格是质朴，但好多作家穷毕生之力也难以企及。他说要永远站在民众这一边，他们是沉默并生长万物的大地，有时是岩浆。安谧告诉我，值得终生阅读的一本书是惠特曼的《草叶集》。

按照安谧说的，我把《草叶集》读了好多遍，力图学到作诗的技艺。事实上，我没能力接受这么波澜壮阔的意象洪流，也读不大懂这些波涛汹涌的词语背后的深意。过了好多年，或许十几年二十几年之后，我把杜甫的诗和惠特曼的《草叶集》穿插阅读的时候，才明白安谧希望我能够读懂惠特曼背后的雄浑与广大，懂得野生力量的美好，信奉民主和自由是不可抗拒的潮流，在20世纪80年代，安谧说过的话足以让人醍醐灌顶。

安谧比较沉默，但他言说起来很流畅，只是他常常沉浸在自己的世界里，没时间说话。他更多时候在说外国的诗歌思潮，高度推崇外国现代派诗人的技艺。他说起欧洲、拉美的诗人如数家珍，对佩索阿、洛尔卡、希梅内斯、米斯特拉尔、聂鲁达、里尔克、策兰、米沃什、阿赫马托娃、帕斯捷尔纳克一一作出精当的评析。安谧认为，高超的艺术性是诗歌的头等大事，而所谓艺术应该是开放性体系，在艺术方面没有什么可以或者不可以。安谧喜欢说到美，他认为美是人间最难捕捉也是最值得捕捉的东西。那些美藏在小孩子的笑脸上，藏在云彩里、露珠里，在马的瞳孔里，却转瞬即逝。我把安谧所说的话归结一起，得出了一个结论：一个人毕其一生发现美并把它化为文学作品，这一生都没白过。这个结论和人们熟知的建功立业的抱负不大一样。但我相信安谧是对的，追寻美可能一事无成，也可能一生无成，但值得。

这种值得就如同浮现在安谧表情上的那种欢喜，这就是一切。这样的一生即使卑微也比趋炎附势更显赫更愉快，诚实的一生是最好的一生。1980年，安谧的思想和美学理念早早走在其他人的前面，至少超过别人20年。有些人自谓高明，他们与安谧相比，无异于抔土与高山之别。

后面几年，我没写出什么东西。但我知道，安谧对我的指导可以变成石料和木材，能垒一座房子，这座房子就是人们所说的世界观。人住在这样的房子里可以像惠特曼笔下的草叶一样自由地生活。安谧说：“去到达美，要穿过苦难，穿过无人的荒原，以自己为伴并与自己为敌，孤独前进。从美到达美就像从一处森林到达另一处森林，从一处荒地到达另一处荒地。你并没有占领什么，也没多出来什么，你还是一个像惠特曼那样的赤脚的南方棉田的农夫，但你的心灵由此澄澈。”安谧说，到那个时候，诗歌自然而然就成了。

事实上，安谧就是这样的人。粗粗一看他像个农民，但他脸上有非常丰富的表情，他对于周围的一切体察入微。他笑容慈蔼，目光里又有儿童的光亮。有人说安谧刚直不阿，他与人接触却很体谅对方。他穿衣吃饭朴素，但他对诗的追求十分华贵。他的诗句里有最值钱的璎珞珍珠，那是他辛辛苦苦从诗的深海淘洗出来的宝贝。安谧不在意别人理不理解，他如李白一般我行我素。向远方瞭望的时候，他的心在诗里，他一直在心里默默作诗，尽管我们不知道那是什么样的诗。

热水笔会后，我去呼和浩特市（以下简称“呼市”）拜访过安谧。那时候他还没生病，见到我很高兴，设家宴招待。他为主，我为客，就我们两个人。安谧的夫人柴老师准备了丰盛的酒菜，有火锅，以及享有盛名的赤峰陈曲。按照我们赤峰的习俗，请客一般会找来好多陪客的人，既把来客请了，也把其他人捎带请了，比较经济。但安谧只宴请我一人，他是出身内蒙古骑兵的赫赫有名的大诗人，我不过是一个中专生。我们俩坐在他家里边吃边喝。记得我说，我已经会气功了，会发功。我立掌对虚空推两下。安谧笑了，没言语。他的女儿安心像小猫一样在屋里走来走去，用顽皮的眼光瞟我们。

后来安谧生病了，一提起这个，我就不想了，心情沉重。安谧在病床上躺了好多年，偏瘫失语。他生病时正值他的思想和艺术进入最为厚重丰盈的阶段，却不能写诗了。他的一生好像都为此刻的诗歌创作而准备着，但失声。这对他来说有多么痛苦。安谧住院后，我从沈阳到呼市探望过他两次。他高兴，但每次都会流泪。这让我心里很矛盾，怕情绪起伏对他的病情产生不好的影响。但还是想去亲眼看看他，摸摸他的手，看一看他在病床上的样子。我到沈阳之后，给安谧写过几首诗，当时他躺在病床上，由他的家人给他念。有一次我收到了安谧的回信，写在一张A4的复印纸上面，他写道——“原野我想你”，这几个字写满了一张纸。圆珠笔的笔迹弯弯曲曲，不知费了多大的力量，用了多长时间才把这几个字写出来。看到这张纸，我不禁大哭一场。还有一次我去呼市看他，我知道他脑子很清楚，想知道他对一些事情的结论。我问安谧，五四运动以来新诗谁写得好。他说了一个词，我听不懂。他家里人为我翻译说“昌耀”。我说还有别人吗。他摇摇头。我举了一位浙江籍诗人的名字，他摇头。我又举了一位山东籍诗人的名字，他摇头并表示不满。我问他：“你的诗写得好吗？”安谧说不好，这回我听清了他说的话。说着，他的眼泪拉成长条从眼角流下来，慢慢地流，慢慢地流。我知道他内心的痛苦。他的诗艺已经修炼到很高境界，可惜没有机会写了。即使如此，安谧的诗拿到今天看也是好诗。这样说并非安谧当年提携过我。安谧不喜欢拉帮结伙这一套，他认为美是真理，拉圈子则是无聊。安谧写东乌珠穆沁那些诗写得多好啊。时间过了这么多年，今天读起来仍然好。无论是诗意，还是音韵。印象中安谧写了6部长篇叙事诗、4部歌剧、11部诗集，我最喜欢他的诗集《手拉手》和《通天树》，经常拿出来读。

安谧喜欢蒙古族文化，他喜欢东乌珠穆沁草原的牧人和那里的河流与鲜花。他认为东乌珠穆沁是人间圣境。他喜欢蒙古族诗人其木德道尔吉，常常跟我说到他。

有时候我遇到别人提问：在内蒙古谁的诗写得好啊？这个问题不大好回答，你一答就得罪了一片人。即使是这样，我会把我的感受告诉这些朋友：内蒙古文学70年，用汉文创作的诗人，安谧写得好。1976年10月，打倒“四人帮”刚刚几天，安谧在呼和浩特的广场上朗读他的诗《目光是一种物质吗？》，得到在场几千人雷鸣般的掌声。安谧是专业作家，在“文革”中受到屈辱。即使这样的遭遇，也没改变安谧对国家必将走向民主富强之路的期待，没有改变他博爱丰美的精神世界。安谧逝世已经13年，他的诗仍然根植于内蒙古乃至中国最好的诗林之中。

我的老师是安谧，是的，虽然我现在不写诗，但我没有停止过对诗歌的学习。读诗是我生活中必要的功课，我更喜欢读西方诗人的诗。读得越多，越能认识到安谧的宽阔睿智。在散文创作中，我以能写出诗意为荣，尽管这很困难，但这是我写作的理由之一。

有时候我写出一篇好作品，心里想：安谧看到会怎样评价呢？是的，他不评价，看到喜欢的作品，他满意地微笑，长时间地注视你。这就是莫大的褒奖。

诗是什么？我至今说不清楚，但它肯定不仅仅是分行的文字。它是在生活任何地方都可以找到的金矿石，包括在苦难和荒诞中，也包括在幸福和欢乐里。大自然、动物和孩子身上有更多的诗意。我感谢安谧为我奠定了好的美学观念。我也感谢自己按着安谧指引的路径一直往前走，没犹疑。我觉得在老师的目光下，投机取巧的东西、不诚实的东西、以文学为工具的想法都不值一提。

我走上文学之路已有40年，庆幸一开始就遇到了安谧。感谢作家王栋和我父亲，他们让我前往热水遇到了诗人安谧。想起安谧，如同阿古拉泰诗中说的，如“仰望一朵白云越飞越高”。

致童年

如果给童年写一封信，我不知道用哪些词来描述它。对儿童来说，童年像超宽屏幕的电影，从眼睛进入心灵，而不是名词和形容词。

童年，我透过玻璃窗看到高高的向日葵。它有硕大的脸盘儿，脸上爬满像蜜蜂一样褐色的花蕊，而它的花瓣像厨娘的帽子，用短而尖的黄颜色围住这张圆脸。它的花太大了，大到让它弯下了腰。

在向日葵那里，我认识到世上有一种穿黑黄格衣服、带翅膀的精灵，它叫蜜蜂，在耳边嗡嗡叫。我觉得它的名字应该叫嗡嗡。

世界广阔啊，童年每往前迈出一步，就看到世界各个角落里的秘密。这些秘密不光是藏在果树绿叶里的桃子，不光是燕子，还有人的年轻和衰老的脸，体面与贫困的身份。

我慢慢知道，人和人之间，有友善也有冲突，有信任也有背叛。我听到了人间的哭声和笑声。

冬天下雪了，雪不满足于盖满大地，继续下。即使夜里看不见任何东西，雪也在下。

雪晶莹，雪留下人的脚印，雪在阳光下变成黑泥。原来世界这么神奇。世界啊，你还有什么奇迹？拿出来给我们看吧！

现在想来，我仍然认为第一次看到向日葵，看到蜜蜂，看到桃子，看到燕子，看到白雪是最可爱的经历。

但是这些东西就在那里。古往今来，无数人都见过了它们，它们并不激动。

世上最宝贵的不是万物，而是儿童的好奇心。好奇心比向日葵、蜜蜂、桃子、燕子和白雪都宝贵。

有的人，从童年到成年，一直保持好奇心。有的人却把好奇心丢掉了。童年关上大门的时候，他再也找不到开启童年大门的钥匙，只好变成一个浑浑噩噩的人，世界在他眼里不那么可爱。

但世界仍然是可爱的，儿童和保持童心的人一直都能发现它的可爱。

把干净的字排在一起

节选自散文集《星星上的盐》

如果打开一本散文集，看到目录上写着春天序曲、日出、麦子、水、干草的香气、荷花、柳树、向日葵、夏天的光影、蚂蚁们、蔬菜、小虫、狗在人间、风的舞蹈、玉米、鱼、光的翅膀等，我会觉得宁静回到了身边，好像自己是多尾的金鱼，在清水里游弋。

大自然有它独有的喧闹，鸟儿啼鸣，雨水落在树叶上沙沙响，蚂蚁无休止地劳动，都在喧闹。但对人类来说，这些风景非常宁静。人厌倦了人间的喧闹，进入大自然的喧闹中反而感觉安静，这就是大地的治愈力。

是的，上面的目录是我的散文集《星星上的盐》中的篇目。尽管我是作者，但当我看到这些汉字排列在一起——夏天的光影、蚂蚁们、日出、麦子、水，我觉得每一个字都很干净，这些字也会喜欢排列在一起。

在这本书里，没有一个字写勾心斗角、互相倾轧，没有哲理、说教和标语口号。鸟类、蚂蚁和月光都不需要说教，它们按着自己的轨迹轮回。

实话说，写大自然很困难。蚂蚁怎么写？阳光怎么写？写大自然至少需要三样能力：敏锐的观察力、熟练的描写能力，重要的是对万物的持久的爱的能力。我不一定能做得好，但我一直在努力。

我愿意为这本书的读者带来一些清风明月的气息，如同掀开窗帘的一角，说：来看啊，窗外的风景多么清新，多么美丽！是的，大自然美不胜收，人即使用尽了全身的气力，他写的文章也比不上大自然的一株青草。在天地大美面前，艺术家常常是悲哀的。

就像手里捧着金子

原载《光明日报》2023 年 3 月 24 日第 15 版

说到“童年”这个词，我觉得应该洗洗手。仿佛这个词是金子做的，我要用手把它捧起来。

我童年时代用过的洗脸盆很大，是搪瓷盆，盆底有一条大金鱼的图案。往盆里倒入清水，鱼的尾巴就仿佛晃动了起来，好像在游。我会在这样的水里洗很长时间，说是洗脸、洗手，不如说是用手捧水倒在鱼身上。

如今我60多岁了，身边的一切和我童年时完全不同。但说到“童年”这个词时，我常常关掉房间里的灯，眺望星空。60多年过去了，只有夜空里的星辰没有变化。它们明亮又模糊。60多年的时光很长，但星辰并没有离我更近一点，也没有更远。跟太阳和月亮相比，星星是夜空的儿童，它们永远长不大，从远方发出只有儿童能听到的神秘低语。

这是3本散文集：《河对岸的星辰》《云的故乡在草

原》《马群在傍晚飞翔》。

《河对岸的星辰》写的是我的童年的故事。在那个世界里，向日葵有巨大的花盘，它的花瓣有炫目的黄色。而我在童年见到的蜜蜂比现在的大，它们扇着让人看不清的翅膀在花朵上耕耘。蜜蜂、向日葵、蚂蚁、麻雀、土块和青草构成了我的童年世界。在那样的世界里，有幻想，有令人激动的发现，还有远方。

在童年，除了我们双脚下的这片小小的土地，其他所有的地方都是远方。在这本书里，远方回来了。我们假设远方是一匹匹马，或者它们干脆就是公园里的木马。它们从那个名叫“远方”的地方来到了我们面前，我们在和它们的对视中回到了童年。

《云的故乡在草原》写的是草原。草原是云的故乡，也是我的故乡。如果从字面上理解草原，它代表辽阔和宽广。可是你到了草原，会发现这里太空旷了。目光所及的一切都是草原，一直连接到地平线。你的耳朵甚至会对这种空旷出现不适应。寂静让人的耳朵发出嗡鸣声。

草原不仅仅空旷，它还无比丰富。那里有蒙古族人的笑脸，有像彩色的绸子在翻卷飘舞的蒙古族民歌，当然还有静静的羊群和奔驰的马群。牧区的人，早上醒来喜欢看天空。蓝蓝的天空上堆砌着丝绵一般的云朵。假如你牵着马去河边，会看到远处的河水像天空一样蓝。水面几乎不流动，河不想弄碎倒映在河面上的蔚蓝。

这样的草原，用笔写是写不出来的。每当我写草原，就觉得自己能力不够。最好的方法是用歌把它唱出来。草原上的蒙古族民歌和天上落下的雨水、木轮车轱辘、散发着草药气味的干牛粪饼、马喷出的响鼻是一回事。如果带着这部书去草原，边读边听民歌，你会觉得走进了草原的心里。它虽然看上去那么辽阔，那么恒久，但它又非常年轻，它会用云的表情和你对话。它的语言像民歌一样在你心里生根，开出草原的花朵。

说到草原，我几乎迫不及待地就要提到马。《马群在傍晚飞翔》这本书，所有的篇章写的都是马。这也许是第一部完全写马的散文集。

走进了草原，只能说你对蒙古族文化有了一点感性认识。走近马，才是走到了草原的深处。草原的豪迈、深情、细腻，可以在马身上找到佐证。当一群马哒哒跑来，大地在震动。这些马和大地在一起向前冲。对，我想说马带着大地一起往前跑，风把马的鬃毛高高扬起，马的尾巴在风中被拉成一条直线。在草原上奔跑的马多么愉快呀，前方永远是平坦的远方，可以跑到它们想去的任何地方。形容这种状态有一个美好的词——“自由”。天之骄子享受着苍天赋予它们的自由。马群和天边的云彩一起竞赛，跟河流一起竞赛。如果站在山坡上看，马群像一条河流，云彩像一群马，它们都像曲曲弯弯的、蓝色的哈达。

这3本书写出了我的童年、我的草原和我的马群。在我心目中，它们是最珍贵的回忆。我用洗干净的手捧着这些回忆献给大家，就像手里捧着金子。

幻想无用吗？或许它是珍稀的资源

节选自小说《翡翠地》

如果可以回到童年，我情愿生活在这本书的幻想世界里。翡翠地有绿色的天空，飘着蓝云彩、紫云彩和黄云彩。树按着自己的意愿生长，随便长出橙色、黑色和白色的树叶。树的形状可以像一张桌子，也可以像一个柜子。在这里，人和动物交流没有语言障碍，各种动物之间都能互通款曲。这里不一定和平，有欺骗和杀戮，但充满秘密和挑战。生活在这里的人和动物每天都面临谜团，他们以不可阻挡的好奇心和冒险精神，破解这些谜团，迎接新的挑战。

这里的大海看上去没有水，鱼群似乎在空气中不知疲倦地游动。海上航行着鲸鱼大船，鲸鱼肚子的船舱里坐着来自各地的游客。翡翠地的动物相互交融，适应对方的性格和生活习惯。他们有道义和社会准则。这里的动物们尽管没有知识，但比人类更有想象力。

我很小的时候，不认识字也没有图画书看。我曾经长久凝视挂在东墙上的仙女图。仙女身穿浅粉色的上衣，配淡绿色的裙子，站在云彩里，胳膊挎着的小筐装满仙桃。我每天都在想这位仙女生活在什么地方，她要去哪里。我最大的愿望是请她从画中走下来，到我家里生活。即使说几句话，再飞回云端也让我满足。

仙女始终在墙壁上微笑。我用手摸一下，摸到的是光滑的纸张而不是她的绸衣，更摸不到带红尖的桃子。她微笑着面向远方，无论冬夏，天天如此，直到我们搬出昭乌达盟公署第二家属院的房子，仙女画不知所终。而在我梦里，仙女不止一次从画中下来。我是说，她探出一只脚，踩在我家炕上，另一只脚从云朵里拔出，也踩在炕上，手里拎着装满仙桃的筐。我欢呼起来，却惊扰了梦，仙女又消失了。

长大了，我知道我所做的梦是幻想。当我学到数学、物理和化学知识后，我仍然愿意在脑子里保留请仙女从画中走下来的愿望。在这本书里，终于有动物从图画书中走出来，走到我们中间。

第一批从书中走出来的动物是土拨鼠，他们在人间很谨慎，有计划，有纪律。待不了多长时间便返回书里。然而，扁扁的书本里容得下他们的身体吗？他们在书里有一个广阔的世界吗？在那个世界，除了土拨鼠，还有高山、大地、河流和其他动物吗？有没有人？那里的人是什么样子？这本书对这些疑问都做了描述和解答。

书中的故事是通过两位蒙古族少年的经历展开的，他俩的名字叫白音和索隆。他们在假期中拿一本收有各种植物、动物的图录到海拉苏草原看图索物，没想到进到书本里的迷人世界。这个世界和我们所在的人间不一样，需要历险，也有意想不到的奇遇。

我喜欢幻想，我愿意代表孩子们表达他们强烈的幻想的愿望。时代无论怎样进步，物质无论多么丰富，都取代不了孩子们幻想的乐趣。家长认为孩子们的学习最重要，如果你让孩子们说心里话，他们一定说幻想最重要。幻想是没有提纲，没有中心思想，没有边界，没有答案，没有任何条条框框的想象，这是一个孩子之所以成为孩子的本质特征。成年后，只有极少数人仍然保持着幻想的能力，成为马斯克、巴斯德和舒伯特。他们不仅为自己的国家、民族服务，还服务全人类。

孩子们幻想时，他们想到鸟儿自己就成了鸟儿，在蓝天飞翔。他们想到昆虫自己就成了昆虫，在青草里跋涉。他们还可以在幻想中变为老虎，变成在湖泊上游弋的天鹅。李白在《襄阳歌》中写道“清风朗月不用一钱买”，这种乐趣不就是孩子们幻想的乐趣吗？

幻想对孩子们来说，不仅是乐趣，更是创造力的源泉。人类所有最重要的发明都与幻想有关，如果发明者没有幻想的能力，就创造不出那些石破天惊的思想。一个死板的人能想象地球绕着太阳转吗？能想象把病毒提取出来注射到人体中实施免疫吗？能想象发明互联网吗？人类产生过无数幻想，这些想象百分之九十九点九都没有人们所说的用处，但是，当百万分之一的幻想或者万万分之一的幻想变成现实时，人类的生活就可能发生巨大的改变。就他自己而言，也获得了极大的幸福，就像爱因斯坦发现相对论的幸福。李白并没有发明互联网，也没有发现万有引力定律，但他脑子里无穷无尽的关于美的幻想，让中国古典文学洒上了皎洁的月光。

幻想不能吃，不能喝，不能变成钱，不能抵御疾病，也不能改变平凡的命运，但幻想是人类最珍稀的资源。成年人看了我说的这番话不见得赞成，但孩子们会觉得我和他们心心相印。

与大自然相遇

想来想去，人最宝贵的是自己的眼睛。

如果眼睛会说话，它会说："我最爱观察大自然。"眼睛喜欢看到天上的白云时而像城堡矗立，时而像白鲸那样一头一头游向远方；眼睛喜欢看到露珠从草的叶子上滑下来，一只斑斓的甲虫正顺着草茎往上爬；在河边，眼睛喜欢看到河水温柔地流淌，水鸟在河面上来回飞翔，不忍离去。

这时候，大自然的美，就像清清的泉水从眼睛流进心田。心田需要浇灌，那里同样长着青草和树木。如果没有大自然这泓滋养的"泉水"，人们的心田将会荒芜。

对我而言，我的眼睛喜欢看到内蒙古高原。灰蓝色的群山像父亲一样安详，草原延伸到天际。草地上野花烂漫，这些野花摇摆、呼喊，像孩子那样嬉戏。雨后的深灰色的云层下，蒙古包升起一缕白银似的炊烟，四野响起羊群归圈的唤声，空气里弥漫着牛粪火和奶茶的气味，牧人紫铜色的面庞绽放笑脸……此刻，我觉得我的心像一只小鸟一样，收拢翅膀，回到了自己的巢中。我的心里会响起蒙古族民歌的旋律，仿佛我不需要学习就能像歌唱家一样放声歌唱，这时的我同时还成了作曲家，心里响起经久不息的旋律。

这些旋律这么悠扬，是因为草原那么辽阔，仿佛只能用歌声来丈量它的面积。这些歌声那样委婉，因为我在这里见到那么多温柔的情景。河水、野花和牧人们的笑脸都温柔多情，如果我的歌声不够委婉，我是无法表达心迹的。我甚至想放弃说话，用目光、用歌声表达我的感情。

我想说，大自然并不仅仅有山峰与树木，它还是我们的朋友，是我们无须迁徙的家。它给予了我们恒久的安全感。

一个人的眼睛如果仅仅盯着书本，盯着自己家里的墙壁和家具，盯着手机屏幕，对这个人而言，他真是虚度了时光。

我想对孩子们说：进入大自然吧，跟内蒙古高原相遇，你会见到雄浑、广阔、温柔的风景，会读到草原上的传奇故事。你的自然朋友在远方等着你，草原因为你的注视而栩栩如生，而你会因为这场美妙的相遇，心中开满鲜花。这些花的名字叫作淳朴、坚韧、勇敢，用一个字来表达，那就是爱。

爱是力量，爱是智慧，爱是把目光放远，去探索那些未曾探索的领域。爱让你知道，你的目标永远在远方。目标并不是具体的哪一样事物，而是永不停歇地对未知的探索。

远离大自然的人谈不上成功，真正的赢家会在大自然当中汲取无穷无尽的智慧，他们和他们的眼睛因此度过了数不尽的美好时光。

跑步者

·奔跑秀·

我开始跑步是在大街上。可能由于动作艰难、表情苦痛的缘故，行人纷纷朝我跑的前方探望，以为我在撵贼。有人——譬如他们在等公交车，朝前方扫视一遍之后，又回头疑惑地看我，意思是“前边也没人，追谁呢？”。

我心里明白这话里边的意思，但顾不过来，表情虽想放松，但不可能。还有人向我建议：“光追哪行？喊哪！”他的意思是让我喊“抓住他！”。

尽管如此，我并没有停下脚步。刚跑步的人，全身充满了不协调，劲儿没少费，但协调不到“跑”这一简单的事情上。跑步时，我想到一位首长当年谈到部队的臃肿懒散时所指出的：这个样子，别说打仗，恐怕疏散都很难。

我说的意思是，当大脑下达“跑”的指令后，所有神经与肌肉（听说人体围绕骨骼的肌肉有500多块）全乱套了，力量相互抵消，血液携氧量不足。其姿势用沈阳的俚语说是“破裤子缠腿”，上海话叫“拎勿清”，实在艰难。

辞典称，两脚分别向前快速移动叫作跑步。可见，两脚单移、向后与慢速移动都不叫跑步，叫什么不知道。辞典的解释常常这么古怪。跑步被定义为：人类具备腾空动作（双脚同时离开地面）的运动方式。这是评判竞走运动员是否犯规的依据之一。

我刚跑的时候，没多少腾空动作，也没怎么快速移动。符合辞典要求的只有双脚分别移动，左而右，右而左，没有混淆过。

跑了几年之后，事情发生变化——我感到跑步之旨不在用力，而在不用力。这和书法、太极拳以及歌唱的要求一致，用力便错。当然，前提是已经积累了必要的肌肉力量，而且完善了心肺功能（这一点尤其重要）。跑步的快乐在于找到节奏之后，毫不费力地奔跑，仿佛身上安装了锂电池，全身和谐一致，在微微的疲劳中享受快适之感。状态好的时候，连跑步这件事也忘记了，眼前只有跑道的改变，直行、弯道以及视野中楼与树的出现与消失。这时候，感觉到作为一个人能够奔跑，是一件很高明的事情。

·一跑“一年”·

我迎接新年的方式是跑步。

12月31日晚上把衣装准备好，沈阳冷，半夜更冷。准备好双层帽子、双层手套，到了23时30分，我像狗一样蹿出去，开跑。

自23时30分起跑，跑到第二年1月1日0时30分，顶算跑了“一年”，这“一年”没闲着。

如果说困难，冷不是困难。据说医学发现人体有“锅炉”（维持体温、心跳等基础代谢的供热系统叫“人体锅炉”），一般人只有一个“锅炉”，跑步者身上有两个“锅炉”，让人在寒冷的时候觉不出冷。新年之跑的困难在于积满冰雪的路面。沈阳的雪，下一层化一层，再下再化，不是一家的冰雪组成一个连绵不断的大家庭。小冰雹、雪的圆臼、坚硬的冰辙都是跑步者需要小心的地方，摔倒不要紧，骨折就有大麻烦。

跑，人像在镜面上舞蹈，顺弯就弯，别较劲儿。半夜了，大街像一个空荡荡的抽屉，啥都没了。街灯排向远方，多得用不了。街上半天才过一辆车，跟小偷似的一溜烟没影儿了。至于说行人，我只看到打工仔和打工妹，他们是刚刚下班的服务员。他们没钱去歌厅唱歌，没钱下馆子，只在大街上豪迈地走。他们用手机播放音乐，快乐地互相谩骂并踹对方一脚。

跑步者只有我一个人。我的新年之跑坚持好几年了，没在大街上遇到同好。接近0时的时候，温度比白天大约低10℃，脸上除了睫毛和头发不疼，其他部位都冻得生疼。鼻子酸，脸蛋子如同被火燎着了。这时候，你不能用手捂，虽然特想捂。手从手套里抽出来捂脸，脸暖和了，但手被冻得半个小时都缓不过来。脸用不着捂，脸是耐用品。别人对你的喜欢、厌恶都是冲你这张脸来的，冻就冻会儿吧。最需小心脚下的冰雪路面，这时候，脚充满智慧。据说人的踝骨是无比精巧的万向轮系统，它是人体最复杂的骨骼。踝关节的骨骼和韧带及肌肉系统联动，共同处理从脚底下传来的路面信号。它自动生成动作，无须得到大脑指令。我想每个人的踝骨系统都比机器人精巧10008倍，机器人没法跟人比。就这么着，我仰仗我的踝骨，当然还有全身其他部位的骨骼、肌肉、韧带与神经，在冰雪路上愉快地跑一小时，而不需要我决策什么。

跑啊跑，有一回真跑不动了，有点低血糖。但这时眼前突然矗立着一块大牌子，红底黄字——加油站，像是给我立的，只好接着跑。还有一回，我在大马路上听到了新年钟声——当、当、当，真激动，跑着过年了。另外有一回，我跑回家，当然是在第二年第一天的凌晨，心情愉快，见有乞丐在快餐店前的垃圾箱掏食物。我看到很不满意，怎么会这样子？我嗖嗖地跑回家，打开门却没进屋，伸出胳膊对我媳妇说：“把冰箱里的牛肉干给我。”我媳妇吓一跳，问：“干啥？你半夜往外拿牛肉干干啥？”我说：“你别管了，再给我点零钱，5块10块的。”揣上钱和牛肉干，我嗖嗖地跑到垃圾箱边，拽着这个人的大衣，说："好吃的在这呢。"他（头上、身上裹着大量衣物）回头一眼发现牛肉干，视力真好，抢过去塞进嘴里，快乐地发出呜呜声，好像这是赤峰产的风干牛肉干发出的声音。我把钱给他，他熟练地将散钞卷成一个卷，塞进衣服最里层。这时有车开过，灯光照在他脸上——原来是个女的，是她而不是他。

我跑完步回家洗澡，心想：吾乃今年最先洗澡之人；吃东西，也是新年里最先吃东西之人。看电视、读书、听音乐、发短信、做瑜伽、泡脚、掏耳朵、眨巴眼，总之我在新年第一天的凌晨办了不少事，是忙碌之人，原因在于，我从去年岁尾在马路上跑步，跑了"一年"。

· 在库伦沟林场跑步 ·

早晨我从库伦沟林场的招待所醒来，感觉像花朵从露水中醒来。后窗连着山坡，茂密、修长的青草上面长满了野花。花朵好像刚看完戏，还在睁大眼睛回忆剧情。前窗的对面垛着伐下时间不长的红松，树皮还是新鲜的，松脂的香气整夜在我的房间中萦绕，梦境仿佛镶嵌了琥珀。

出门跑步，山坡传来群鸟的喧腾。我几乎不想跑了，想钻进山里把藏在暗处的小鸟一只只揪出来，看是什么样的鸟在唱这些歌。人的眼睛没什么能耐，见到的只有松树，见不到鸟。这里的空气比刚开瓶的香槟气味还香。人在城里待久了，连街道上垃圾的臭味都辨不出，鼻子在这里像一只刚刚被救活的狗。没想到，大地上竟有这么多种香气，让人晕眩，好像香味挤跑了血液里的氧气。香味在脑子里冲撞，人走起路来跌跌撞撞。我有些舍不得大口呼吸，这么好的空气用来跑步呼吸都糟践了，应该慢步走小口吸气，跑步浪费香味。

水泥大道笔直通向远方，没有车过，好像白修了。水泥路上稻草袋子的花纹依稀可辨，真没怎么过车。跑吧，可以把这里当作专门跑步的场地，周围一个人都没有，只有天空上的白云和藏在树里看不清的鸟。皇帝跑步也不过如此待遇——我对自己说——虽然没听说哪个皇帝跑步。正在想，忽见路边房顶站着三四个砌砖的人，他们停下手里的工作，看我跑步。他们的脸像砖一样红，身上彩色的半袖衫已被晒褪了色。我看他们，他们不好意思了，低头砌砖，弯腰时偷觑我。

跑出3公里，路边彩旗招摇。一条横幅写着“欢迎来到××庄园”。我从彩旗的夹道跑进去找这个庄园，跑了两公里也没见到什么狗屁庄园，并想象好多人拐进来找不到这个庄园而折返，庄园因此破产了。当然，真正上这个庄园吃与宿的人，都是开车之人而非跑步之人。因此，他们还是破不了产。两公里的夹道彩旗证明他们活得很好，至少有流动资金买几百面在风里飘的彩旗。

回到大道上慢慢地跑，心情很好，我想唱歌但感到会唱的歌太少。在这么好的环境里，一口气唱100首歌一点不多，把歌唱草原的、歌唱河水的、歌唱爱情的、歌唱母亲的、歌唱友谊的歌唱一遍，才跟周围景色配套，当然还应该歌唱砖瓦匠、彩旗和松树。作曲家为什么不谱曲歌唱砖瓦匠呢？他们住的房子难道不是砖瓦匠建的吗？我愉快地胡思乱想。左边草原出现牛群，三四十头，像红色、黑色的石头堆在薄雾里，牛群后面是一片白桦林。白桦树长在平地而不是山上，它们仿佛只愿意跟修长的青草长在一起。白桦林那么密，像挽着裙子的姑娘们相互拥挤。白桦树纤细秀美，有的两三株长在一起。它们叶子碧绿，比涮火锅的青菜还要绿，衬出树干的皎白静美。人进了白桦林里更应该唱歌了，不一定非唱俄罗斯歌，唱哽咽的日本歌也行。

白桦林边上有小河，呼伦贝尔人称之为“沟塘子”。小河四五尺宽，青草作岸，草长两尺高，仿佛是河的伪装衣，不让别人发现这有一条静静的河。阿荣旗的伟大——但愿我使用“伟大”这个词不会让人惊讶——是由于这里没开矿、没破坏草原。它的土地上流淌着成百上千条小河，藏在深深的草丛里。多么好的植被才涵养出这么多条小河？熙熙攘攘的小河证明这里山深林密，草长莺飞，小鸟和白云在此安居乐业。拨开草丛，见到了河水。河水因为没见过人而害羞，扯过天上的云影遮挡面容。探身看，河里游着土黄色的小鲫鱼，水底有未腐烂的蓝莓果和红色的山丁子。小河是遮着绿色面纱的闺女，她们在草丛下奔跑，去了不知名的远方。站起身远望，大草原似一片无接缝的绿毡，见不到小河的踪影。

在这样的地方跑不了步，跑步大师来到这里也要走走停停。眼前美景太多，把工夫全耽误了。人跑着跑着，心已飞向远处。我不止一次跑下公路，看白桦林、看小河、看草叶上的露水，甚至出现幻觉，想跑到堆在天边的矮矮的云彩垛里瞧瞧。想不到，完好保护自然环境，世间竟有说不尽的美景，这里即使不算仙地，也算一个人一生很难遇到的奇境。

· 一个跑步主义者的自白 ·

一次，我跑步结束后在街心花园落汗。量大了，汗层出不穷，用手巾擦，拧，一汪水；再擦，拧，又一汪水——汗水，不是汽水与矿泉水。

我的这一举动引起3位穿羽绒服老人的关注。他们刚才正研究宇航员在驾驶舱里能不能伸开腿，转而研究我，用严肃的、关注治安形势的目光审视我之作为。

一位老人终于开口："你咋跑成这样？"

我左右看看，俯在他耳边小声说："警察在后边追。"

他们一愣，少顷大笑："哈哈哈……"他们笑得用拐棍捣水泥地。

我想这是说，人跑步之后，心情愉快，步履轻捷，大脑分泌内啡肽（吗啡样物质），使人乐观向上。

我记得有一句古希腊格言是：如果你想强壮，跑步吧！如果你想健美，跑步吧！如果你想聪明，跑步吧！我过去读到此言，认为简直是胡言乱语。跑步怎么能管到体育之外的领域呢？但——几年中，我从一点一滴的跑步中体会出，跑步不光是循环系统、呼吸系统、肌肉骨骼系统的活动，还有助于心灵力量的成长壮大。这种单调的体育活动让人快乐、镇定、坚强和宁静，也有利于身体中各种毒素的代谢。

跑步是穷人的运动，随时随地，抬腿就有。

有档次的人——沈阳人爱说这个词——搞一些游泳啦、网球啦的事。更有档次的人搞的是高尔夫啦、芭蕾啦这些更有档次的事。都挺好，都健身。但咱搞不了高尔夫，就挑省事的办。总路线方针有四个字：多、快、好、省。高明！跑的圈要多，速度要快。身体好，花费省，除了费鞋、费袜子之外，跑步啥也不费。好项目跟腿挂钩，不跟钱挂钩。

当我听说布什总统每天跑3英里（4827.9米）的消息后，心情振奋（仇美之人读至此处可连骂3声“洋奴”）。布什已经60岁啦，属狗，3英里跑21分钟，这个速度相当快，用我们辽大（辽宁大学）跑步者的话叫“挣命”。考查他的业绩，可贵处不在21分钟和60岁，而在“每天”。不只是跑步，天下万事可贵之处都在能不能“每天”，人与人的差别也在能不能“每天”。

说到这儿，意思已经出来了：跑步不只是一项健身活动，还是与精神有关的心智活动，和有钱无关，和没钱也无关，和一个人的生活态度相关。

布什每天跑步，必定有这种需要，这叫生活方式。当年海明威辞世，舆论如潮，说他狩猎、冒险、吸雪茄，还用电报文体写作。后来有一个人出来说了一句话，大伙全肃静了。他说：“海明威是一种生活方式。”别人听了特服气。

看人家说的，真是那么回事。同理，跑步不仅是跑步者的作为，还是——更主要是——一种生活方式。

一件事只有抵达心灵的时候，这件事才值得做，才能够坚持不懈地做，否则就叫“装”。

举举例子吧，啥叫“抵达心灵”。

比如：爱情。

比如：科学家做研究。

比如：孩子们用蜡笔画蓝天、白云。

进入状态之后，这件事才值得做，才能够坚持不懈地做，才不装。跑步和世上其他美好的事情一样，肇始于内心的需求，其次才是毅力呀、坚持呀之流的事情。

然而，跑步多多少少还是需要一点毅力。“毅力”是老百姓的话，学术话语叫“意志力”。

冬天-20℃的时候，我跑步只穿两件衣服——内衣和外衣。跑步不能多穿，怕出汗。身上不冷，跑起来身上跟火炭似的。冻鼻子，当清鼻涕冻出来之后，鼻子开始遭罪；冻手，冬天跑步戴上毛线手套再戴上皮手套，还冻手。有一次（-27℃的时候），我用手套碰了一下脸，回家照镜子一看，脸上有血口子，皮肤很脆弱，一碰就开裂了。这样的天气，跑7公里大约需要40分钟，特别在出完汗冷风吹过来时，一般要咬牙挺一挺。夏天也一样，下午2时在40℃的马路上跑，另有一番滋味。我觉得一个人的耐冷、耐热性增强了，耐表扬、耐谩骂、耐孤独、耐喧哗的能力也都跟着强了，这样人生就不显得太难，就算难也不觉得难，这不很好吗？

在跑步中我结交了许多朋友，俗称“跑友”。他们纯朴、矫健、幽默。我们一起在辽大操场跑。七八年来，辽大一点一滴的变化我都尽收眼底。草坪、花坛、路灯，还有可爱的同学们，使我们感到生活的美好。春天，辽大有金黄的迎春花。夏天，草坪有淡紫色的马兰花。再晚一点，丁香开花，槐树也开花了。晚秋，银杏叶黄了，富丽高贵。我们跑累了之后，手扶双杠四处展望，看手拿汉堡的小崽子们带着矿泉水瓶、坐垫，匆匆忙忙去上课。雪后，一定有韩国留学生上身穿羽绒服，下身穿短裤在严寒里耍酷。我们跑啊跑，我每年在跑道上跑1000多公里。一日忽悟，不管你多能跑，不管你活多大岁数，人在跑道上永远跑不到头，因为它是一个圆，正如人生是一个圆，听说太阳和月亮的运行轨道也是一个圆，永恒无尽。

非典疫情之后，辽大不让我们进了。老白、刘老师、老万、刘宇、老杨、小宣子，还有俩老王，你们还好吗？还在跑吗？

我到外地出差时也跑步，带着鞋和衣服。

住成都文庙，早上跑步。地势不熟，我拟向右向右向右之，在正方形的4条边上跑，归原处。当我在向右向右……向了六七个右之后，还回不到住处，慌了，过一会儿开会，不能让别人等，打车回府。到门口，见一队人马在宾馆门口张望怒视，不用问，全在心里骂我呢。我下车，他们全笑，看我穿背心、裤衩，浑身是汗，打车回来，太可笑了，也就原谅了我。

还有一次，住北京某宾馆，晚上往西跑，折返。后遇警车拦截，警员非常礼貌地让我配合检查。我按照在电影上所看到的，双手按墙，两腿后撤，身体呈45度角。

警员问：“可以检查吗？”

我说：“可以可以。客气啥？”

他们检查了腋下、腰、裤脚，然后放行，并向我敬礼。我向他们还礼。

他们为社会稳定尽自己的本分，检查可疑人士有无枪支、爆炸物品。

我继续跑，边想。忽悟：在我刚才跑来跑去所经过的地方，有一处写着“军事禁区”，该区打了110。

还有一次，我回老家胡四台嘎查。我在早上跑步，老家的道儿坑坑洼洼，驴走都费劲，不用说我了。但跑步需要坚持，我跑。迎着初升的太阳，我在乡路上奔跑。乡亲们纷纷走出来，倚着门框看我，光荣。我没想到会受此礼遇，但，没跑几步，有小孩尾随，狗叫，大人手指前方。

他们以为我在追什么人，比如什么人偷走了我的钱包，偷走了我唯一的一双袜子。不管，跑。我跑了2公里左右回返，进村的时候，乡亲们又倚门观看，这回是往西看。

乡村不需要跑步，或者说，在乡路上跑步是可耻的，如果布什在这儿跑显得比我更傻，更小资，更无病呻吟。

在四川松潘县城跑步的时候，看到祖辈以杀牛为生的人家门口，血色殷红，触目惊心。

跑步之后，我学到了一些知识。比如蛋白质与胆固醇和脂肪的关系，比如心脏和呼吸系统的工作原理。

所谓新知，是打开生活的另一扇窗，吹进新的空气。

也许是我到处鼓吹跑步的缘故，我被朋友称为“跑步传教士”。一次，我和北京的朋友一起吃饭，说起了跑步的好处。事后，一位小姐对我说：“你挺可怜的。”

我问：“咋？”

“你那么诚恳、善良地劝别人跑步，他们都不听，光笑。挺可怜。”

我嘴上说“没事儿”，心里已十分得意。

在我的推介之下，已有数人上套——上了锻炼身体之套。沈阳有王书春、李作明、关捷——后者除跑步外，还上了冷水浴之套。北京的路毅变成自行车狂，我妻子变成走路狂。我跑步的老师是亢捷、刘昊和张延华。

除跑步外，我兼搞游泳、太极拳、冷水浴和雪浴。雪浴偶尔为之，穿着游泳裤站在雪地上，用雪擦遍全身，照相，然后拿相片四处吹嘘炫耀。

几年前，我被评为“辽宁省××体育先进个人”。自打小学三年级被评为全校“捡垃圾讲卫生”先进个人之后，我再没当过模范，这是第二回。我把奖牌钻两个眼儿，穿绳，斜挎在身上，在家里各个房间风光流连。

跑步给我带来了精神和物质的好处。跑吧！哥们儿。

·与杀虫剂无关·

昨日，我赴辽大操场行跑步之乐，跑过5公里，身体内各部分都活跃起来，不管它们叫肝脏、松果体、升结肠还是降结肠。各部分吵吵闹闹地相互走动、开会、交流、发简报。我说：你们弄吧，把新陈代谢的事搞好。尔后，我又搞了一下单双杠、杠铃之类的器械，无所不用其极。

这时我口燥唇干，嘴里没有一个唾沫蛋儿，便穿衣服回家。走到哲经楼下，见一水罐车，上写着“绿化车”，刷蓝漆。我听到——耳朵这时最灵敏——咕咕的水声。橙色的软水管从车上蜿蜒顺到松树边上，水在早晨的光线上如白花花的银子，光在水流上站不住，闪颤飞逸。而水声很小，像一个人在腹内唱歌或自己跟自己拉呱。

我走过去，捧着水管痛饮。

“不许喝！”

才喝两口。一个戴手套的人指着我：“放下！”

放下？我跟松树抢水喝让他生气？浪费水？

“有药。”他痛心地指了指水。

有药？手马上捂在肚子上，后察觉，放下，问：“什么药？”

“什么药用不着你管。总之不能喝！”

我问：“啥药啊？”

“杀虫剂！”绿化车管理人员脸气得通红，“谁让你喝的？”

“能活到劳动节那天不？”我问他。现在是4月初。

“你什么态度！”他像盯坏人一样盯着我，“都什么时候了，还嘻嘻哈哈的。”他拍着腿（有尘土扬起）说：“出了事怎么办？”

“自己办！”

“你能负起这个责吗？”他用戴着脏手套的手指我。

“药的浓度是多大？”我问。

“正常比例。”

正常比例是多少？一定是杀死虫子的比例，会不会药死一位跑步者呢？搞不清楚。我转过头去看水，水的声音还是那么好听，听不出有药，清粼粼的水来——小二黑的对象小芹唱的——蓝格莹莹的天。

我不能逗留了，这个人脾气不太好，不能和他一般见识。道上，我想到了洗肠等措施，要少喝水，防止药剂扩散到血液。但我太渴了，扩散就扩散吧。再说，这杀虫剂不一定是优良杀虫剂。他们肯定舍不得多放，节俭，而且过期了。而大公司的杀虫剂，他们买不起。

回家先喝点龙井（换一次茶叶），吃西红柿若干个，苹果梨一只。太享受了，管不了什么杀虫剂的事。估计我身上的小虫正开始死亡，我只好说抱歉。肠道的良性菌群也在成批死亡，抱歉。然后困了，杀虫剂并没有镇静成分，这是跑的。枕上，睡意袭来之际，我睁眼提醒自己：我喝了杀虫剂。

醒后，一切正常（是不是应该有一些不正常）。照镜子时，我发现了一些问题，平时疏于照镜子搞调查研究，这回对自己有了全面认识。

1.左眼下方有蜘蛛形皱纹，仿佛是座机呼叫转移之“*57*”的“*”号。

2.前额上方有白发。以往的白发在两鬓。我早就盼着前额有一绺白发，不管风怎么吹，这绺白发垂焉，不屑与黑发为伍。

3.耳朵红如婴儿之耳。怎么搞的？有一个人说，耳朵如果发灰、干裂、掉渣，证明身体不好。我初听以为很神秘，还出去跟别人说，后想没啥。何止耳朵？眼珠、肚脐、舌头、腰椎、胆囊如果发灰、干裂、掉渣都不是啥好事，只有脚后跟除外。耳朵红好。

4.这些变化跟杀虫剂都没关系。

5.我没死。

·江山与跑步·

老话说的“本性”，指品格和脾性，从形态学上说，还包括人的习惯。“江山易改，本性难移”是用对比法指出人的顽固。偌大的铁桶江山，车百乘，甲兵万人，亦可易帜，而平凡之人，却守着些微的习性熬倒朝廷，造成悖论，虽然两者并不挨着。

人不肯丢弃的习性大都不是什么好的特点，反过来说，人扔不下的往往是恶习，优点最容易在人间蒸发。譬如，每天坚持冷水浴与每天坚持吸烟，显见后者更加“难移”。吸烟的人做到不吸烟比坚持冷水浴还要难。如果人的一生是行者背着布袋远行，到终点打开看，好东西并不多。布袋里装着人的固执、虚伪、苟且及其他，当然也有一些好东西。世上没有毫无优点的人，而人的所谓缺点会带给人快乐，它们组成一个人的“本性”。“本性”在童年、青年与中年和人相遇之后，牢牢抓住这个人，相亲相爱，携手人生。暴戾的人不喜欢自己的暴戾吗？当然喜欢，虽偶有悔意，但多数时候他们把暴戾称为“刚直”。“刚直”之人享受着以粗暴方式宣泄不良情绪而带来的快适。同理，说谎者、奸诈之人、自恋分子、阴谋家都把自己的人格缺陷当优势供奉并赢得生活。观察家看到这种情况，发出失望的评论：江山易改，本性难移。

从神经学角度说，人的本性移与不移有难度，因为涉及社会、家庭与文化背景，涉及信仰与处境——神经学的内啡肽不管道德的事情。从运动生理学来观察，体育与性格相关。

体育与医学，大约是非常古老而人们至今知之甚少的领域。这里不在运动神经学方面掉书袋，只说坚持恒久的有氧运动，使人的性格、习惯乃至价值观产生积极意义。活动胳膊腿——民间叫外练筋骨皮，何以影响性格呢？结论是肯定的：江山改不了的，跑步给改了。好奇的人不妨起早去看公园里晨练的人，个个容光焕发。此状不仅出于身体好，还出于运动带给人的快乐。这是一群大清早就咧嘴大乐的人，是没捡到钱、没升上官、没中彩票就喜气洋洋的人。如果快乐是一件怪事的话，运动使这些人成了怪物。看到冬泳的人，像看到更多的怪物。他们更快乐，通体赤红，像海豹一样肥而光滑，人人乐不可支。从跑步和冬泳的人看，如果奔跑（没人追）与浸冰水使人快乐的话，生活显得费解。但是，被坏人追赶而逃和泰坦尼克号乘员被冰水泡着都不快乐，运动才快乐。上帝用无形的手把两者分开。运动是在固定时间、场所进行的规律性有氧运动，挑战输赢，习惯驱使。运动在运动者的内心安装了一个程序，打开便使其兴奋，直到其咧嘴乐之。从能量消耗与情绪耐力的界限考虑，马拉松运动员理应全部跑死才合情合理，但他们并没有成为烈士，而是英雄。医学发现，马拉松运动员的脑内吗啡的分泌量最大，是内啡肽类物质而不仅仅是毅力与技术支持了他们的比赛。内啡肽是上帝送给不畏辛劳者手上的灵丹妙药，不光马拉松，多数有氧运动都促进此类激素的分泌。

运动对运动者来说是一项事业，对身体来说是一种改变。据说长跑运动员的冠状动脉比一般人要粗50%～200%，毛细血管的密度更高，肺呼吸能力强于常人一倍。这只是局部改变。运动能够改变心灵——不是说人跑完步就去学雷锋，而是说运动能强化人的自控力，增强矫正恶习的信心。优秀的运动员会产生一个美妙的错觉，认为自己无所不能。这是说，在戒烟、对抗焦虑和战胜疾病时会更加容易。运动使人宽和大度，乐观地看待周遭的人与事。在运动面前，本性开始动摇。

运动是一座自己点燃的火炉，它靠肌肉而不是意识熔化一些东西，加固一些东西。古希腊人认为运动是通向美德的唯一路径。雕塑作为古希腊最发达的艺术，催化剂是体育——每次比赛过后要为第一名塑像，让人瞻仰。体育在古希腊还牵引了另一项艺术的发展，即诗艺。大诗人扬腕之处在为冠军赋诗吟诵。这与奢华的世风导致歌舞、小品泛滥的道理相通。苏联读书界曾流行过一句话：世上只有两种人，读与不读陀思妥耶夫斯基的人。化用这句话：世人由运动与不运动的人组成。运动这拨儿人即便不算美德昭彰，也是快乐的人，最次也是个健康的人。

· 找到了跑步的地方 ·

我出门在外先找跑步的地方，和蔼可亲地问旅店女服务员："你们附近有没有公园、学校呀？"

有则狂奔之，无则将就矣。我在西伯利亚的公路上跑，大卡车开得野蛮。跟它反向跑，让它先看到你，穿鲜艳点。我还在西藏海拔4000米的地方跑过，明明大力，腿却迟缓，很搞笑。

德国古堡名独逸学院。古代德皇招一帮小孩来此独逸——独身、适意、静修——操习音乐、美术、文学。学院的路面用面包大的石块铺砌，很古老，听说有200多年了，边隙都是蓬草，不好跑。而古堡下方的公路上有汽车——德国对车不限速。漫游间，见一小路通向树林，太好了。这是笔直的砂石路，禁汽车，简直是为跑步者和散步者开辟的路，6公里到头是一个湖——水源地。不用担心迷路。

跑啊跑，如果不跑身上难受。大树20多米高，小树林是次生林。伐下的木材堆在路边，已灰白。这时是早上5时，林中鸟唱，想起莎士比亚作词、舒伯特作曲的歌《听，听，云雀》，这首歌和《土拨鼠》《洛莱特》一样，在德国家喻户晓。我本会唱，让鸟鸣把调带跑了。我是C调，它们是降E调，唱不到一块儿。路边有避让松鼠的标识，没等让，它先跑了。风吹，松塔啪啪掉下，铁一般黑。在这儿跑心旷神怡，空气洗肺清新。

来德国前，媳妇拉我买了一身新运动服，我不便反抗。出门穿新衣有如乡村礼仪，展示新我，傻而可爱。她给我买的T恤蓝底白字写着“Run To Save Energy”，我俩都不知其意，一定不是骂别人和自己的话。在飞机上及德国大街上，所有人见此字，对我起敬意，从表情看得出来。什么字呢？小女鲍尔金娜用短信告诉我，意谓“跑步节省能量”，引申义为身体力行，节约能源。这样的意思在西方颇受待见。

节省能源和保护环境正相关。然而报上说印度的污染大户是100万头牛和家畜，它们放屁，屁中的甲烷造成温室效应。屁来自它们吃的草，你不让它们吃草难道让它们吃朝鲜冷面吗？专家正研制使其不放屁的饲料来喂牛。其实配方美国航天局早就有，宇航员吃下后绝不放屁。屁（甲烷）可引起爆炸。矿工是不是也要少放屁？也就是说，美国航天局是全球对屁最有研究的科学机构。苇岸生前劝我作文千万别写屁，又写了，不高雅。

前天去斯图加特的街上转了一圈儿。感觉德国把3个世纪叠加一体。他们的乡村山脉全是森林，如18世纪之田园风光。城里街道是19世纪，老房子或照老屋修的新房，两三层楼，清净悠闲。地铁轻轨站（地下）如超市一样大，是21世纪，潮人、朋克、嬉皮士可杀不可辱全现身，美国文化极为鲜明。

3个世纪叠加的概念是平衡：环境和经济发展平衡，国力和国民收入平衡，森林（空气、生物多样性）和城市平衡，文明程度和福利平衡，富裕程度和治安平衡。

森林里这条路有车辙，中间是巨大的马蹄印，像伟人的足迹。见到一个用巨木凿出的长座椅。森林深处有什么呢？不敢去，怕进入另一个世纪——12世纪，条顿骑士骑马杀头，长沙话叫搞不赢他们。

如有人问我跑步时想到了什么，我会答洗衣液，这玩意儿要到城里买，我不知道怎么进城。

· 体能与“体不能” ·

足球是奔跑中的竞技，体能是底子，没体能连裁判都当不了。

在下喜欢长跑，深知跑之辛苦。我成绩最好时能够接近12分跑的速度。人一跑，血液全都冲向四肢，像救火队一样送氧气，脑子是傻的。据说，人在平时，大脑中的血液占总血量的26%，因此人比那些小脑袋的动物——如兔子——聪明。从运动生理学说，头小的动物速度快，如猎豹，它不需要太多的血液来思考诗意地栖居一类的问题。头小、嘴大、心率快、脂肪少是奔跑的前提，这几条人基本上不具备。而两肢奔跑与四肢奔跑相比，速度又慢不少。听说兔子在奔跑时心率可达300次/分钟，而人——我快跑之后给自己测量，190次/分钟，每分钟比兔子少泵100多次血，这么一比，差距就出来了。再说嘴，兔子、豹和马这些善跑的动物，嘴都能咧到耳朵上，这不是吃喝的需要，而是奔跑时呼吸的需要。人的嘴无论怎么大，也达不到奔跑时呼吸的需要。

喜欢运动的人都知道，人奔跑时的阻碍是呼吸，而不是肌肉，血液携氧量决定人的速度。据说人在空气中所呼吸到的氧气只占21%左右，这是指林边的新鲜空气，而呼出时又要吐出16%的氧气。这点氧气跟200次/分钟的心率比，怎么也不够用。因此，球员常在赛到60分钟的时候开始走，跑不动了。也就是氧气啊，嘴啊跟不上趟儿了。另外，赛场上的六七万球迷也吸走了不少氧气。人在歌唱、喊叫、激动时也耗费氧气，心率跟百米冲刺时相当。有人说，心都提到嗓子眼了，即心率达到了极限。

而足球的奔跑又与田径不同，它需要长跑的体能与短跑的速度。在90分钟内充分奔跑，没有体能是不可思议的事。光跑还不行，还要思索，就更难了。脑袋跟四肢争氧，谁也不愿意让步。因此，球员自摆乌龙、犯规并不奇怪，缺氧的人什么事都能干出来。

虽然说人不算适于奔跑的动物，但足球运动员不跑就没有饭吃，他们是天生的腿力工作者。跑不快就得练。我原来不跑步的时候，以为12分跑是天下的难事，后来发现仅辽大的跑友就有好几人能超过这个速度。一次我问别人："3000米你12分钟能拿下不？"他一扭头，说："那算啥？"好像我在侮辱他。辽大物理系有一位老师，50多岁了，照样能跑这个速度。

那一阵，我挺疑惑甲A甲B的球员，12分跑咋这么费劲儿呢？后来一琢磨，是缺少训练。就我的体会来说，如果要保持12分跑的速度，必须天天训练，一天都不能停，而且禁止抽烟和饮酒。抽烟的人觉不出抽烟怎么样，一跑就知道了。知道什么？上不来气，肺泡里尽是焦油。喝酒也是这样，头天喝酒，第二天腿拉不开栓（乳酸排不出来）。酒精还促使肌肉退化，妨碍神经协调性，体能变成"体不能"，害处大了去了。不过，沙特队不抽烟不喝酒，踢得也不怎么样。这跟体能无关，是技能问题。

·松毛虫与跑步者·

昆虫学家，曾被推荐为诺贝尔文学奖候选人的法布尔在《昆虫记》（原书名《昆虫学回忆录》）中说，松毛虫最习惯排队行走。仔细观察，领头的松毛虫吐出一条丝线，第二条松毛虫踩着这条线走并吐出第二条丝线，第三、四、五条……松毛虫如法炮制，走过的路像一条闪银光的索桥。松毛虫靠这些丝线前进、拐弯、觅食、休息、后退。线是它们的社会组织系统。法布尔发现，如果领头的松毛虫——他称为行军长——把队伍带到水缸沿上，那么，一个可以称为奇迹的事情发生了：领头的松毛虫沿着无尽的圆形爬行，不断分泌丝线，随行的松毛虫后续追随，吐出更多的丝线，它们停不下来。只要眼前有丝线，就等于听到前进的命令，它们不知疲倦、一拱一拱地爬行，直至筋疲力尽。它们行走的原因是领头的松毛虫在走，而行军长走的理由是前方有丝线，循环反复，无止无休。松毛虫的本能指导它们这样做，它们并不会停下来想一想自己在干什么。

法布尔在书中说，缸沿上这队松毛虫最后停下来的原因是大风刮走了缸沿上的丝线，它们分成两伙，扎堆御寒。

看到这里，人类免不了讥笑虫类的无知低能。然而，人类盲从的现象并不比虫类少，只是不从口里吐什么丝线罢了。据说有一种疾病叫“运动成瘾性精神病”，精神病医生几乎没听过这种病，运动损伤科医生也没听说过这种病，然而患者很多。它是什么病？是健身者不知疲倦地奔跑、暴走、骑自行车、长距离游泳。他们的意志被运动所控制，他们的行为已经超越目的性。除了运动，他们对周围的一切均感到冷漠。别人看他们体力充沛并投以钦佩的目光，其实他们已经病了——精神病。

我得过这种病，在比较轻的阶段被矫治过来，所以我了解这种病，而且知道在我认识的跑友中哪个人仍在病中不能自拔。那时候，早上醒来，脑子里想的全是跑步的事——强化腹肌、用蛙跳增强臀大肌力量、用杠铃增强大腿羽状肌力量以提高奔跑速度。只有跑在跑道上，我才感觉幸福。余下来的时间，思考跟跑有关的一切事，跟一切人谈论跑并遭受他们的白眼。跑！只有跑，只有提高速度，活着才有意义。这是我那时的心声。如果街上有一个人追公交车，我马上能算出他的速度，折合成400米跑道每圈大约几分几秒。我从一切奔跑者身上发现他们的毛病——摆臂夹胳膊、肩不放松、腹肌力量不够等。每天离开运动场时我总是恋恋不舍，孔雀东南飞，五里一徘徊。所以，当我读到法布尔写缸沿上的松毛虫时，丝毫没有讥笑它们的心情，它们就是我们。我几乎眼含热泪看这些可敬的松毛虫兄弟的跋涉，担心它们累坏了。我想我在跑道飞奔的时候，如果有一个巨大的生物在天空看我，跟看一条松毛虫无异。

“运动成瘾性精神病”的患者，表面看上去健康、能吃苦。有个词叫“超越自我”，他们早超越了。有个说法是“只求耕耘，不问收获”，说的正是他们。又有一个词叫“问心无愧”，更适合这帮人。愧，是不跑步造成心里难受，一跑就好了。不跑，比偷东西让人抓到还有愧。我没能力用精神病发病机理来描述这种症候。据说有医学文献报道，大多数患者均能自行痊愈，像松毛虫被大风解救了一样。

回想这些事，我感慨最深的是跑道的圆。圆是宇宙间最神秘的图形之一，太阳圆，月亮缺而复圆，太极拳打的全是圆。人在跑道上奔跑，会被圆所迷惑。终点就是起点，圆满就是归零，所有的开始与结束都被归结于无尽的圆里。

人常常觉得做事像直线，从开始到结束，从这件事到那件事，好像彼此没什么关系，各自好像是孤立的线，人好像从脚下走向了远方。如果跳出来看，人做的一切事都是圆，是重复，是归位。人所走的路，没什么直线，几乎都是圆。

· 跑步使人谦逊 ·

改变人之骄慢的方法之一，是让他们上跑道跑几圈。一跑，人的神色表情都改变了，比谦逊还有过之，茫然、无奈而傻。不经常跑步的人会发现，原来跑步这么难，人的所谓无所不能实在太有限度了。

我在酒楼、官场见过许多不可一世的人，他们像吃了一种特殊的药品。我日前在某地参加一个会议，也目睹过这样的人士，仿佛是他们统一了六国，登过月球并建造了南京长江大桥。我很想小声告诉他们：跑步吧，一跑你们就正常了。

在跑道上，人可以真切地听到身体的语言。如果是初跑者，会听到心脏的抱怨，感到肺像破风箱一样，收到全身所有肌肉发出的请求停止的集体上诉。人于是停下来，回首所跑之路，不过区区百米。这时，人的表情全换了，说是一种严肃吧，其实是沮丧。此时才知，人不过就这么一点能耐。

看那些长跑家，跑步使他们谦和清净。了解了人的极限并超越这些极限的时候，人的喜悦会如儿童一般清新，而非傲慢。跑步实在无法使人傲慢起来。对一般中等水平的长跑爱好者来说，5000米的距离，每圈能够提高1秒钟都极为艰难。我记得伟人曾说实事求是最难，行诸于跑步之上，感触尤深。

运动场上的所有东西，无论单杠、杠铃，都令人谦逊。一个人在做引体向上时，做最后一个比垂死挣扎还要难看，可见其艰巨。不明白的人，看到别人做十个八个引体向上，心中暗想，自己肯定能做20多个，其实一做，往往连一个标准的动作都做不到，然后惊讶，继而惭愧，讪讪然离去。而那些谦逊的人，是每天都在败绩中成长的人。对一个男人来说，倾力做一两个引体向上，的确有些丢人。而不运动的中青年男人，能力不过如此。如果每天坚持练习，我想力量会从骨头（而不是肌肉）里生出来。那种成就感，不足为外人道。由此，见单杠生敬畏心，见双杠生敬畏心，见吊环、平衡木更是崇敬有加了。体育即有这么一种神奇的力量，透过一种运动，你自己了解自己，蔑视自己或尊重自己。力量、速度与耐力生成体育人士脸上那种生动之美。

· 在雨中跑步 ·

在雨中跑步的困难不是雨。雨量大小不过是水量大小，就像跑步时有人在你身后举一个淋浴喷头，水量或急或缓，水流的方向忽东忽西。在雨里跑步的困难是敌不过避雨人的一双双眼睛的。

街上避雨的人，躲在树底和屋檐下，衣装干爽，沉默地看我跑步。跑步可以被谅解，在雨中跑步就不容易被谅解。我推想自己不被谅解的理由，边跑边想——头发湿成一绺，像破抹布一样趴在脑门；眼角眯着，因为进水，要不断擦去脸上的水珠；而衣服贴在身上，鞋里面也进了水，呱呱响。这个人在干什么？哼！跑步。

水，仅仅身上挂满了水，在街上奔跑就受到蔑视。仿佛我是欠别人钱被罚在雨里跑步的人，是趁天气不好从精神病院逃出来的人，是想作秀上不了电视的人。

在雨中跑，跑相有点狼狈。但我觉得豪迈，可惜别人没看出来。白箭似的雨水急急钻地，两三米之外看不清东西，像一块块裂了纹的玻璃。雷声此起彼伏，在天边搞心电图。我大步奔跑，脚下激起水花。我想，这就是为争夺八三四高地而奔袭的攻打太原的尖刀营战士的雄姿。

而路人的目光在说：跑吧，傻子，跑到太原去吧。我每天都搞冷水浴，最难忘的一次是在松潘，那里的水把我的每一根神经都冰得抱怨不已。五大连池的冷泉也非常凉，骨头被冻得好像变成了钢管。而平常的冷水澡没什么诗意，远不如大雨。雨水有一点温暖，因为雨前的天气总是很热。雨水流到嘴里没什么异味，当然不要把雨水咽进去，里面有多种污染元素，喝下去没准身上会结红锈与蓝斑。

雨天跑步比较讨厌的是睁不开眼睛，应该戴上游泳镜。是的，下回跑一定戴上。虽然戴游泳镜跑步更加像怪物。我还讨厌出租车。一见有积水，出租车假装它是一艘火轮船，加大马力开过，轮下溅起一人高的水墙，淋湿你全身。然而我浑身湿透，已经不在意这个了，有的出租车司机能缺德就缺一下德的品性在人民群众面前又暴露了一下。

在雨中跑步很舒服。如同说一个人搞冷水浴时跑了5公里，一举两得，速度可快可慢。我想：雨水带着我的体温汇入大街的积水中，流进地沟。那些撑伞的、穿雨披的人在逃离这场雨。而跑步的人却在享受着雨，多么愉快。而雨不服，拼命下，恼怒于我的悠闲。没啥，雨再大就改游泳，岂不更好？

在雨中，我穿梭于人们的白眼之中。但也遇到了崇拜者，即孩子。他们瞪大眼睛看我，如视英雄。那么，我就把这次跑步看作是送给孩子们的倾情表演。

· 星期五的沮丧 ·

有一本外国人写的关于东方草药的书，说薄荷有特别的效力：一能消除肌肉酸痛，二能改善沮丧的心情，抚平愤怒的心灵。

我挺疑惑。药学书对药效通常用学术术语表述，如“通肠宣肺、补气益中”等，而“沮丧”“愤怒的心灵”是文学语言，听着不贴谱儿。你让别人无端地“当当”捶一顿，回家喝薄荷水能解心头之恨吗？给上访人员喝一壶薄荷水，他们就能乐而归乡吗？医院有心血管病房，没有心灵病房，也没有“沮丧中心”。薄荷可以“抚平愤怒的心灵”？有意思。

但我对植物怀有敬意，特别是火暴与灵异的植物，如大蒜、花椒、薰衣草等。花椒那脾气约略等于楚霸王项羽。薄荷算灵异的植物，凉啊！牙膏里、眼药水里到处都有薄荷的身影，但没喝过薄荷茶，准备喝。

我追捧薄荷还有一个原因：准备参加长跑比赛。1000人报名，我报8公里，已经训练了一个月。

为参加这场比赛，我做了两方面的准备。一方面，买防寒弹力训练裤一条，吸汗带一条，厚棉袜一双，调节体温的冲锋衣一件。另一方面是训练。我的长跑速度虽赶不上专业队员，但跟百鸟公园的乌合之众比仍然算厉害的。参赛人数虽上千，多数人平常不跑步，很多是机关干部，被指派而来。如果我训练得科学刻苦，进前10名估计没问题，可得液晶电视机一台。

说到这儿，就跟薄荷有关联了。我每天跑1万米，着重体力分配和呼吸，蹲2组杠铃，每组50个。晚上泡薄荷水喝。效果是乳酸排得快，腿不酸了。喝完，肚里像安了一台微型空调，很是清凉。我一边喝，一边想：乳酸排没了，但薄荷怎么会消除沮丧的心情呢？我进而又思考什么是沮丧。

沮丧，约等于东北话说的闹心、蔫头耷脑、萎靡不振。是什么原因把人弄成这个样子呢？原因各有不同。拿我来说，紫金山天文台发现的小行星没拿我的名字命名，没什么沮丧。没生双胞胎也没啥可沮丧的。有一次在辽大跑步时帮人捡足球，奔跑中被树桩绊了个跟头，两臂前伸，在地面滑行三四米，耳边传来哄笑声。当时有点羞涩，有点不好意思地爬了起来，但没沮丧。我的意思是说，假如日后遇到沮丧的事，赶紧喝薄荷水应对之。

我在书中还看到一个关于薄荷的传说。

有一个国王，梦中遇一娇美女子。两人情投意合，在梦中搞对象。搞完对象，这女子递给国王一杯水，现在叫饮料，说："您喝吧。"国王一喝，嗖的一声一股凉风进肚，问："你这水里有啥？我怎么觉得肚子冰凉呢？"女子说："有一条蛇进了您的肚子，现在正盘在您肚脐上。"国王说："在水里我也没看见蛇啊？"女子说："你们当国王的多数都弱智，怎能看见蛇呢？它是无影蛇。"国王问："我喝了无影蛇会如何？"女子答："如何倒没什么可如何的，就是您日后生不出儿子了。"国王一听急了，怒斥这女子："你这不是陷害寡人吗？没有子嗣，以后谁继承王位啊？"女子说："王位那玩意儿继不继承能咋的？没有国王老百姓照样活得挺好。"国王听了这话，扑通一声给女子跪下了，说："老姑，您得救救我，您告诉我怎么才能把这水给解了。"女子说："解药就是再喝一杯。您刚喝的是公水，需再饮一杯母水，阴阳平衡，体内的尿酸、尿碱平衡才能解除药力。"国王说："我不喝了。"女子说："您不喝就挺着吧。"说完，她飘然离去。国王呼地梦醒，肚子凉而痛，跟现今前列腺炎症候差不多，从此萎靡不振。太医前来诊治也毫无效果，国王非要喝母水。于是，朝廷向天下征集母水，要求：第一，喝下去有蛇钻肚的感觉；第二，凉哇哇的；第三，必须是母水，决不能送公水。如果再喝一杯公水，后果不堪设想。闻知此讯，老百姓络绎不绝地到朝廷送水，送什么绿豆汤、马尿、蛤蟆唾沫水、15年鸡粪泡的水，都想骗取赏金。国王把献上的水一一喝完，说喝下后肚子的感觉都不对。有一天，一老汉拎一瓦罐，舀出一碗绿色的水，请国王饮之。国王一喝，肚子嗖地进了一股凉风，说："就是这个！"他给大臣喝，大臣说不喝。国王问老汉："这是啥水？"不巧老汉是个哑巴，不会说话。他得了赏金满意而去。

国王喝完水后，肚子好了，第二年生了个大胖小子，即未来的小国王。有一天，国王突然想起这种绿色的母水，派人找老汉问配方。大臣们越过千山万水，在密林深处找到了老汉，见老汉须发乌黑，身轻体健。大臣们用手比画那种水，老汉明白了，在草丛中摘了一片叶子给大臣。大臣一尝，唇齿生凉。他们采了很多叶子，回到朝廷。国王问："这叫什么草呀？"大臣们想起他们当初不敢喝它泡的水，就说："叫'薄荷'（不喝）。"

比赛时间为星期五，我看了下台历，3月15日。两个五，很好记，我在台历上做了记号。雪后的马路结冰，并没阻挡我训练的脚步。寒风扑面，清鼻涕晶莹欲滴，照样练。1万米的量不算小啊，我练了两个月。我想，跑1万米会比制造一台液晶电视机更复杂吗？当然还是跑步容易。

我辞掉了各类宴请，禁酒，推辞了什么评委啊，笔会啊，约稿啊。我突然发现自己是有理想的人。训练中，我总结出4条经验，供比赛使用。

1.调整呼吸。前20分钟采用腹式呼吸。呼吸不能乱，一乱脚步就散了。

2.放松。主要放松肩和髋骨。

3.眼睛看地面，别看远处和他人。这样做可以防干扰。

4.每天练习腹直肌力量，这对长距离奔跑很重要。腿其实是个轮子，腹肌为轴。

到了3月14日，我停止训练，休息一天，吃一点清淡食品，充分睡眠。

3月15日中午，天气晴好，万里无云。我脑海中已出现自己奔跑的矫健身影，我提醒自己：看地面、调呼吸、找节奏。

比赛时间为下午2时30分，我提前一个小时来到浑河公园。这时还没有人来，这些人太傲慢了，应该早点来热热身嘛。我边热身边等待，过了半小时，还没有人来。离比赛只剩下10分钟了，公园只有我一个人，还有一个捡矿泉水瓶的老太太。我心里发毛，对眼前的空旷寂寞极为恐慌。好容易找到一个人（扫街的）问讯，此人说："比完了。"

"比完了？什么时间比的？"

"昨天。"

"凭什么昨天比？"

扫街的用笤帚指我："你问我，我问谁去？"

其实我特想把扫街的拉过来踹一脚，没敢。我又等了半个小时，直至打车回到家，脑子里只有3个字——"比完了"。凭什么比完了？阿Q当年想革命，也被人告知"革过了”。液晶电视机（共10台）也分完了，我看一眼自己的冲锋衣，觉得特伪善。

想啊想，我排除了比赛提前举行是一场阴谋的可能性，也确认了3月15日比赛的正确性。问题出在哪儿呢？我终于发现了一个捣鬼者，它的名字叫星期五，又名台历。我使用的台历是去年的，即2013年的。我当时只记住了星期五，一查台历，对应的是3月15日。虽然今天也是3月15日，却是2014年3月15日，是星期六。子曰“逝者如斯夫”，我想这句话的意思是说一年当中虽有50多个星期五，而真正的3月15日只有一个。

别了，3月15日！别了，液晶电视机！我还能干点什么呢？只好在屋里走来走去。

我想到了薄荷，立刻用95℃的水泡上，看它叶子舒展，嗅其清香。我想：它能消除我沮丧的情绪，抚平愤怒的心灵吗？5分钟后，我开始喝薄荷水，连喝3杯，效果是什么呢？我喝完越来越沮丧。我感到：一个人不管多豁达，酸排得再多，如果不识数（特别是不掌握台历的正确使用方法或旧台历攒着不扔）都会沮丧，喝多少薄荷水都不管用，把薄荷榨成汁用输液瓶子输进血管也无济于事。消除沮丧的最好方法是买完薄荷赶紧再买一本新台历，比喝薄荷水还管用。

· 披光的人 ·

听说瑞典诗人特朗斯特罗姆把体育场的跑步者称为“披

光的人”，传神。

春夏秋的很多跑步者光膀子，真正的跑步者有几个人不光膀子呢？我跑步不仅光膀子，还于腰上系一条两尺多长的大毛巾，这么大的毛巾仍被汗水浸透，能拧出水来。出汗的时候，我会想起某乒乓名将，并困惑于她说过的一件事。她说白天训练结束，晚上偷着加量练习，带两双鞋，一双鞋被汗水浸透，换另一双鞋。我听到此事十分惊讶，但没怀疑过她的诚实。我没参加过乒乓球训练，就跑步而言，鞋壳郎里注满汗水是难以想象的事。我属于快速奔跑，跑5、6、7、8公里，大量出汗，鞋仍然不会湿。据说人运动时，附着在骨骼上的大肌肉群产生热能，头部、前胸和后背会出很多汗。汗被背心、裤衩吸纳，流不到鞋里呀。人的腿不怎么出汗。我每次想不通这个事，就愈发敬佩这位乒乓名将。汗湿透两双鞋，这是何等大的运动量啊，呵呵！听说辽宁的消防队员每天进行5公里负重跑，跑完做引体向上、仰卧起坐、双杠臂屈伸、俯卧撑各100个，加起来400个。我问一个战士：“汗能湿透鞋吗？”他答：“不能。”这么大的训练量，几乎是亚洲人的生理极限，可能比中国足球队训练量大10倍，尚不能湿鞋。有一回，我在东莞的酒店的健身房跑步，先把空调冷气关了，在冷气中跑步是愚蠢的。我跑半小时，汗流进鞋里；跑一小时，鞋里“啪啪”全是汗水。我明白了，在屋里运动，腿也会出汗，两个小时会湿两双运动鞋，此为室内外运动之别也。

光膀子的跑步者，前胸后背在体育场的跑道上边移动边闪光。早晨的阳光新鲜而带有金红色，照在汗水如浆的人的臂膀上，有如雕像。跑步者的表情深沉坚毅，仿佛正克服百般困难去抢80万元的奖金，而究其实只不过是玩。人在运动中，情感和表情均深沉。你看不到一个努力的跑步者露出轻佻的笑容，虽然运动场也有女性，但无人轻佻。人跑步，灵魂被聚在一个高处的目标上，不管它叫每圈1分40秒，还是叫5公里，都是高处的、不挣命达不到的目标。实现这个目标需要毫不懈怠、一步一步地跑出来，脸上没别的表情，只有坚韧凝重。跑完，这些跑步者才咧开大嘴笑，边踱四方步边擦汗，流露舍我其谁的君王气概。这时，大脑的多巴胺被调动出来，它引发出的欣快物质令人居功自傲，令人骄傲自满，令人乐不思蜀。生活本来很艰难，我们好不容易让大脑的多巴胺跑出来，为什么要思蜀呢？再说我们也不是四川人。

跑完步的人，身上像水洗过似的，眼瞅着汗水千沟万壑成行流下，擦不胜擦。有一次，我跑完15公里回家过秤，体重减少3公斤，大约是6斤水。这些水放塑料兜里养8条金鱼都够用。你看那些光膀子跑步的人，他们图啥呢？他们谁也说不清自己图啥。在昂贵的医疗费的压迫下，人们宁可选择跑步。在房子贷款的情形下，谁敢得病？宁可跑步。古希腊有一段著名的跑步格言：如果你想强壮，跑步吧！如果你想健美，跑步吧！如果你想聪明，跑步吧！古希腊哲学家亚里士多德曾说："生命在于运动。"如果亚里士多德再世，他或许会这样说：如果你不想上医院，跑步吧！如果你想还房贷，跑步吧！如果你想身处艰难而感觉不艰难，跑步吧！

英国实行全民公费医疗，国民从换肾到拉稀的费用全由国库负担。国家难以承担巨额医疗费，他们利用所有媒体劝人民健身，说健身是他们的基本国策也不为过。在这个医疗法规极为严苛的国家，如果有人声称药物、针灸、按摩可以减肥（脂）都属违法行为，他们不允许实施与宣传科学上说不通的事情。我在德国生活了一段时间，到处见到跑步与骑自行车的人。到了瑞士的苏黎世、洛桑、伯尔尼等城市，我看到超市里都有跑步者。在瑞士大街上行走的人多是外国人，跑步的是瑞士人，这是一个跑步疯国。瑞士人收入高，法定最低工资收入每月约合人民币5万元。而跑步者的比例更高，人们对七八十岁老年人在街上跑步司空见惯。虽然他们没出什么奥运跑步冠军，但跑步是家常便饭。

特朗斯特罗姆如今已偏瘫了，他年轻的时候也许是一位跑步者，没有跑步的经历，写不出“披光的人”这么绝妙的诗句。太阳照在流汗的跑步者身上，他们像闪光的鱼。汗水落在跑道上，他们踏着自己的汗水往前跑。弘一法师说过：“诸位请看看自己的身体，上有两手，下有两脚，这原为劳动而生的。若不将它运用习劳，不但有负两手两脚，就是对于身体也一定有害无益的。”我想弘一法师说的劳动，指勤劳于一切本分的事务，也可以包括健身。

草原寻马

摘自短篇小说《草原寻马》

昨天晚上，朝格家的两匹马没有回来。

夜色散去，天幕变得如贝壳般浅白，蒙古包顶上的六七个星星，只剩下两三个。

爸爸把朝格抱到马鞍上，父子俩骑上一匹马出发了。

马的名字叫乌拉，在蒙古语里是山峦的意思。

“我们去找海拉苏和兴安。”爸爸说。

海拉苏是一匹母马的名字，意思是榆树。它的小马驹叫兴安，是草原上一座山的名字。

睡眼惺忪的朝格一下子来了精神：“它们丢了吗？”

“没丢，昨天放牧时，马群经过一个山坳，海拉苏陪着兴安走进去，在那里过夜了。”

乌拉一边走，一边用鼻子嗅地上的小花。

爸爸说过：“马跑得多快也不会踩到地上的花。”

朝格不相信，有一次他跟在马蹄后边，看看哪朵花被踩坏了，结果一朵花都没被马踩到。反而是他，不小心踩了几朵花。

地面浮起一层白雾，乌拉像是行走在牛奶汇成的河流里。朝格盼望雾继续上升，漫过马的脖子和头，只露出他和爸爸的脑袋。

可是，朝格又担心起来："地上全是雾，乌拉能看得清路吗？"

爸爸说："草原上遍地都是路，马蹄子一踩就知道哪里深，哪里浅，照样走得稳。"

"兴安为什么要去山坳里？"

爸爸说："那个地方到处都是马爱吃的草，有泉水，还避风。兴安从没去过那儿，想走进去看看。"

"万一有狼怎么办？"

爸爸说："马是草原上的英雄，蹄子像铜锤一样有力量。狼一见到海拉苏就远远躲开了。"

他们登上山坡，远处的山峦一抹绯红，太阳跳出山巅后，红光变成了金光，一直延伸到他们脚下。

白雾在光芒的照射下，无声息地消退，大地露出原来的模样。

朝格看到有一簇花朵像簇拥的蝴蝶，伸手想要采花。

爸爸说："不要采。你看，这簇花像一个家，家里有爷爷奶奶、爸爸妈妈和兄弟姐妹。摘走一朵花，这个家庭就像少了一个人。"

朝格想了想，说：“我们可以去找马，可是花朵没有脚，不能去找走丢的家人。”说着，他轻轻地摸了摸花朵。

朝格和爸爸骑马下山，走进樟子松林。去年秋天落下的松针还铺在地上，像一层厚厚的地毯，马走上去一点声音都没有。

再往前，林中传来一阵急切的鸟鸣，声音很响很嘶哑。

爸爸说：“你听，有一只鸟在哭。”

爸爸最先发现地上那只跌落的小鸟，它翅膀上的羽毛还没长全，不会飞，也站不起来。高处的树枝上，传来鸟妈妈绝望的啼鸣。

爸爸说：“这只小鸟刚孵出来，被风从窝里刮到了地上。鸟妈妈想把小鸟抱回窝里，但它没有手，在树杈上急得哭了起来。”

朝格说：“我们有手，想办法把小鸟送回窝里吧。”

他们捧起小鸟。爸爸骑上马，朝格骑在他的肩膀上，慢慢地站起来，把小鸟放进窝里。

鸟妈妈箭一般地飞回窝里，朝格坐在爸爸的肩膀上，看着小鸟和妈妈在一起，心里很骄傲。

该吃早饭了。

爸爸从袋子里取出小铝锅和几块干牛粪，拿小铁锹在草地上挖一个坑，捡来三块石头架锅做饭。

爸爸在锅里加一些河水，把牛粪扔到坑里点燃，烧开水，放上牛肉干和野葱，做了一锅美味的荞面疙瘩汤。

吃完饭，爸爸让朝格把三块石头扔向东面、西面和北面。他说：“这样过路的人就不会再在这里架火了。”

爸爸一边把土填回坑里，用脚踩实，一边说：“架过火的地方要把土填回去踩实，不然明年这个地方就不长草了。”

朝格和爸爸继续沿着弯弯曲曲的查干木伦河往前走。乌拉把他们驮上一座浑圆的山，山上长满青草，河水围着山脚流过。

爸爸说：“就在这里等着吧，海拉苏和兴安会来找我们。”

朝格觉得很神奇：“它们怎么知道我们来了？”

爸爸说：“你等着看吧。”

乌拉抬起头嘶鸣，尾音拖得很长。

爸爸说：“乌拉知道海拉苏在哪儿，马和马心灵相通。”

过了一会儿，远处的草原上出现了两个移动的黑点。慢慢地，这两个黑点越来越大。一个是枣红色的母马海拉苏，一个是小马驹兴安，它们向这边一路奔跑！

朝格欢呼着迎了上去。

两匹马跑到跟前，海拉苏发出一阵响亮的嘶鸣，用脖子蹭着乌拉的脖子，好像在说：“我们回来了！谢谢主人，谢谢乌拉。”

朝格骑着海拉苏，兴安跟在旁边，大家沿着银光闪闪的查干木伦河，行走在美丽的白银汗草原上。

他们回家了！

赛马的孩子

摘自短篇小说《赛马的孩子》

· 草原上的盛会 ·

草原上的孩子最快乐的节日是什么？你也许会说春节，但我觉得这个答案恐怕不对。春节时草原上冰天雪地，非常寒冷，人们都待在屋子里。孩子们没地方玩耍，怎么称得上快乐呢？

你听说过草原上的那达慕大会吗？那达慕大会是有摔跤、赛马、射箭比赛的游乐盛会，它是蒙古族历史悠久的传统节日，非常热闹隆重。

那达慕大会在每年的夏天举办，那时候绿草如茵，鲜花盛开。草原上的人们都盼着这一天到来。

在内蒙古，各个盟、旗、乡镇都举办那达慕大会，村里也办那达慕大会。

今年，白音汉村的那达慕大会定在农历七月十五召开。

·两个好朋友·

这些天，安达骑着他家的雪青马练习骑术，准备参加村里那达慕大会的儿童赛马，胡其图陪着他。

胡其图和安达是好朋友，都住在白音汉村，同在镇上小学读二年级。他们每天一起上学，一起放学。村里的人说，他们俩像一个窝的鸟儿，一起飞出，一起飞回。

镇子离白音汉村有5里路，沿着乌力吉木伦河往前走，翻过白音汉山，就到达学校。

白音汉山不算高，草原上没有太高的山峰。碧绿的草原上，白音汉山突兀挺立，红色的岩石里带着白色条纹，如同煮熟的牛肉。山上稀稀拉拉地长着榆树和野山楂树，树总也长不高。

山里有蛇。大多数情况下，蛇都是躲避人的。但那一次，安达把手伸到石头缝里捡鹰的羽毛，被蛇咬了一口。

那条蛇头部是菱形的，全身褐色带白花纹，不知道它是不是毒蛇。如果这条蛇有毒，安达就有生命危险了。

安达被蛇咬到手背，霎时间手背肿起来，像煮熟的红薯一样。

胡其图迅速解下自己的鞋带，捆住了安达被咬的左手手腕。他听爸爸说过，如果被毒蛇咬伤，先用绳子把伤口上方的身体部位捆住，防止毒素通过血液侵入心脏。爸爸还说，手腕被毒蛇咬伤生命垂危的时候，砍掉一条胳膊救命也是值得的。

安达疼得哇哇大叫。胡其图背上他，往山下跑。

这座山，胡其图从小到大不知跑过多少次，无论往上跑还是往下跑，都像小鸟一样轻盈。但背上安达就不一样了，才走了十几步，他就被压得喘不过气来，两腿酸疼。

胡其图放下安达，往镇上的方向看，那里的屋顶模模糊糊，遥不可及，不知道要走多长时间才能到达。可是，万一咬安达的蛇是毒蛇，那就一刻也不能耽误。

他背着安达尽快往前走，累了就把安达放下，歇一会儿。一路上，胡其图歇了好多次，汗把他的衣服湿透了，终于到达镇里的卫生所。卫生所的乌日图医生看到安达的伤口，二话没说，用摩托车把他送到了旗医院。那里的医生给安达注射了抗蛇毒血清，安达才脱离了生命危险。

这么说来，胡其图算是安达的救命恩人，但胡其图没拿这个当回事，安达也没当回事。他俩该吵还是吵，该玩还是玩，谁都离不开谁。

安达也救过胡其图一命。他家里的草场多，牛羊多，生活富裕，家里有马。胡其图的爷爷生病，钱都给爷爷看病了，家里没有马，羊的数量连安达家的一半都不到。胡其图也要做活计，贴补家用。

有一次，胡其图在河边的蒙古栎树顶上发现一簇冻青。冻青远看像老鸹窝，结在高高的树梢上，它是一种寄生植物。据说，用冻青的果实泡水能治风湿病，还能治烫伤，所以人们常把冻青果实摘下来，可以拿出去卖钱。

胡其图爬上树，用棍子捅冻青。棍子短，够不着。他抱着树杈往上爬。树杈被压得差一点折断，在空中起伏几下，别在比它低矮的树杈上。胡其图吊在树杈上，爬不回去；松手呢，离地面又太高。他像宝塔檐的风铃一样晃来晃去，大声喊："救命啊，快来救救我！"

树下的安达很着急，他说："胡其图，你别松手，等着我，我马上就回来！"他飞快地跑回家，嗒嗒地骑来雪青马。他把马牵到胡其图下面，说："你跳下来吧，跳到马背上！"

胡其图抓着树杈的双手越来越酸疼，他果断地跳下去，正好骑在马背上。雪青马吃了一惊，驮着胡其图飞驰而去，在草地上跑了一大圈才转回来。

坐在马背上的胡其图，咧着嘴巴笑起来。他的骑术好，村里人都说，胡其图就是马身上的补丁。

· 雪青马 ·

安达家的雪青马是儿马，就是公马的意思。在牧区，儿马不剪鬃毛，牧民不会用铁器碰儿马的鬃毛，说它会抵消马的锐气。雪青马的鬃毛长长的，披散下来，如同英雄的披风。

雪青马是一匹什么样的马呢？它的马身是灰色的，毛皮油亮，上面点缀着雪片一样的斑点；黑鬃毛，腿也是黑的，有一副穿越崇山峻岭的英勇气概。

如今的牧区，牧民们都骑摩托车放牧，不骑马了，牧区很少见到马。养马的都是不缺钱的富裕人家，一匹马价值一万多元钱，他们养马是出于喜欢，把马当自己的朋友。

雪青马是安达的朋友，也是胡其图的朋友。他们俩经常骑这匹马在草原上游逛。

安达、胡其图和雪青马在一起，马更愿意亲近胡其图，总是用鼻子蹭他的手。胡其图用手摸马的脖子和后背，雪青马愉快地打着响鼻。

雪青马为什么喜欢胡其图呢？按照牧民的说法，马是一种有灵性的动物。你牵着马遛弯儿，到河边饮水，用刷子给它刷背，马就会知道你对它好。你在心里跟马说话，马就会跟你建立感情。你一定很好奇，在心里说话没有声音，马能知道吗？牧民都相信，马是能知道的。

胡其图跟雪青马在一起，经常在心里说："雪青马，你真漂亮啊，大眼睛像又黑又亮的宝石，长长的睫毛扑闪扑闪的。你的鬃毛就像披风，跑起来像雄鹰的翅膀。"

胡其图还会在心里说："雪青马呀，我猜你是从落满白雪的山坡上跑下来的。你在奔跑的时候身边溅起一人高的雪泥，像河里的浪花；散步的时候，你慢悠悠地往前走，好像迈着优雅的舞步。你身上的花斑也好看，像是一朵朵盛开的查娜花。"

胡其图在心里默默地说，雪青马默默地听着，有时它站住脚，用黑亮的眼睛注视胡其图，好像有好多话要说给他听。虽然这些话雪青马说不出来，但胡其图已经心领神会了。

这阵子，安达经常在白音汉山脚下练习骑马，准备参加村里的赛马活动，胡其图陪他一起练习。

那达慕大会上的赛马项目，大人、小孩都可以参加。小孩子的赛马很有看头，因为他们体重轻，马跑得快。可是，赛马既是选手骑术的较量，也是他们心理素质的比试。这方面，小孩子经验不足，比不过大人。经验不足就要练嘛，安达和胡其图已经练了好多天了。

安达骑马，心里急，老是忍不住催着马快快跑。他骑在马身上，控制不住自己的身体往前蹿，和马跑的节奏不一致，马的步伐就乱了。

马跑完一圈，安达下马，胡其图和他一起遛雪青马。马快跑之后不能立即停下，要牵着它慢慢地走，让马的心率恢复正常，这样马才会舒服，身体不得病。

“我骑马为什么总也跑不快呢？”安达皱着眉头说。

胡其图说：“你心里别老想着快。我爸爸说骑手和马要心灵相通，你们想到一块儿的时候，马才能跑得快。你想要的速度比马跑的速度快，马就跟不上了，跑得再用力也快不起来。”

安达说：“可是，我一骑上马就想快跑，这个想法停不下来呀。”

胡其图说：“你下一次试一试，骑上马之后，心里什么也别想。”

白音汉村那达慕大会的赛马分为快马、走马和颠马3种，儿童参加的是快马比赛。正规的快马比赛距离是40～50公里，白音汉村的赛马路程没有那么远，定为10公里，马大约跑半小时。

安达训练的时候从来不跑全程。一来，他俩其实也不知道10公里有多远；二来，安达和胡其图都很心疼马，不忍心让马一口气跑那么远。他们定的训练计划是，安达骑马围着一小片草场跑两圈，大概是6公里，马歇过来后，胡其图再骑着马跑一圈，然后他们各自回家。

安达和胡其图骑马，谁的速度快？安达觉得胡其图快，胡其图也觉得自己快。但是，他俩谁都没有手表，没法计时。

这一天，胡其图从上衣口袋里拿出一个装止咳糖浆的棕色小瓶子，上面有刻度。安达骑马从山脚下跑出去，胡其图用小瓶子接松树底下从石缝中滴出的泉水，山泉水滴得很慢。等安达骑完一圈回来的时候，小瓶里的水灌满了7个格。

胡其图骑马出发，让安达用小瓶接山泉水计时。安达接了两次，泉水都是灌到第六个格。胡其图骑马的速度明显比安达快。

安达问："胡其图，你为什么骑马比我快？"

胡其图说："骑在马背上的时候，我会在心里和雪青马说话，给它鼓劲。"

"你向它说什么呢？"

“我就说，‘雪青马呀，放心吧，不要着急，我们是一阵风’。”

“一阵风？”安达一副不可思议的表情。

“是啊，风的身体是空的，跑起来特别轻松，一点都不沉重。我不光和雪青马说话，还放松身体，特别是腰，随着马的起伏而起伏，让马感觉不到我身体的重量。”

“那你骑马的时候，会用双腿夹紧马的肚子吗？”

胡其图说：“不用夹紧，别给马下命令，让它想怎么跑就怎么跑。”

“你说的话我觉得有道理，但是我一骑上马，身体就会紧绷绷的，像是要冲锋一样。”安达说。

“你不要那样，你老是想在比赛中得冠军，反而得不了冠军。你心里怎么想的，马都知道。马也想得冠军哪，你这样想它会很紧张。”

安达忍不住哈哈大笑起来：“你说得简直像真的一样，你心里想的事，没说出来，马怎么能知道呢？就算你说出来，马也听不懂啊。”

胡其图说：“马能猜出人心里想的事，这是我爸爸说的。”

安达摇摇头：“我才不信呢。”

胡其图说：“我信。”

“我不信。”

“我信。”

…………

他俩争论起来，雪青马在一边听着，鬃毛间隙露出黑亮的大眼睛。它偶尔摇一摇头，用蹄子轻轻刨地上的青草。

· 赛马的梦想 ·

胡其图回家对爸爸加拉森说："安达要骑他家的雪青马，参加村里那达慕大会的赛马呢。"

加拉森以前是一位牧马人。他家原来有一匹枣骝马，皮毛像大枣一样又红又亮，4只白蹄子，前额上有一块白斑。枣骝马跑得快，那些年加拉森骑着它在村里、乡镇和旗里的赛马中，多次赢得第一名。

胡其图为什么擅长骑马，这与爸爸加拉森有很大关系。胡其图小时候，连走路都还走不稳，爸爸就把他抱到马上飞驰。骑马的技艺需要人和马契合，胡其图懂得马的脾气，马也懂得胡其图的脾气。他们虽然不说话，但心能想到一块儿去。

后来，胡其图的爷爷生病，花了很多钱，家里把枣骝马卖了，给爷爷看病。从此，他家就没有马了。

加拉森说："村里的那达慕大会就快到了，安达参加赛马，你是他的好朋友，要告诉他比赛前把马调养好，马不能喝冰凉的井水。比赛前两天别让它吃青草，喂一点黑豆和干草。比赛前一天晚上什么都不喂。夜里用缰绳吊着马头，让它保持抬头的姿势，第二天马才有精神。"

胡其图说："可是，安达骑马总是不放松，用手拍马脖子，让马赶快跑。”

爸爸摇摇头说：“老拍马脖子，马就着急了，越着急，它越跑不快。”

“爸爸，赛马的时候，骑手的上身应该挺直，还是俯下？”

“其实这并不是重点，骑在马上，关键是骑手的身体要随着马的运动而起伏，这才是技术。你要想象自己是一块肉皮冻，非常灵活，随着马动起来。这样，马才跑得好。”

“爸爸，你说的这些我都能懂，我骑在马背上就是这样的。我也想参加赛马，我骑马的速度比安达快。”

“可是，咱们家没有马，你怎么参加比赛呢？不如，你当观众，为安达加油吧。”

“爸爸，快马组第一名的奖品是一只大肥羊，值1000多块钱呢！我要是参加比赛的话，有可能得第一名。”

“你这个想法就像一个爱喝酒的人到庙里要酒喝，可是庙里哪有酒呢？孩子，咱们家没有马，你参加不了比赛呀。”

“爸爸，我只是说我要是参加比赛的话，有可能得第一名。”

“你这叫假设，假设的事情不一定都能成真。我当年要是上大学的话，现在还有可能是旗长呢。”

胡其图说：“爸爸，那不一样。你的学习成绩不好，不可能上大学，更不可能当上旗长。但是，如果我有一匹马，就可以参加后天的赛马。”

爸爸哭笑不得地说：“可是，我到哪儿给你找马呀？我要是母马，就给你生一匹小马驹了。”

胡其图叹了一口气，扭头走出家门，手里拿着小瓶子。他走到白音汉山松树底下的岩石边上，用小瓶子接山泉水，滴答滴答——他的眼睛盯着小瓶子的刻度，过了一会儿，也许是8分钟，也许是10分钟，小瓶子里的水升到第六个格。

“这就是我骑马跑3公里的时间，再跑7公里，我就完成10公里的比赛了。”胡其图自言自语地说。

胡其图闭着眼睛想象自己赛马的情景。

他骑着家里原来的那匹枣骝马一路领先，头上系着的红绸子在风中飘舞。比赛刚开始，他身旁的黑马、白马和红马紧紧跟着。胡其图在心里默念：“枣骝马呀，枣骝马，不要着急，得不上冠军也没关系。”

枣骝马感受到胡其图的宽慰，越跑越快，把那些马甩得远远的，最后取得了冠军。胡其图站在主席台上，低下头接受村主任巴达玛挂在他脖子上的哈达。巴达玛说：“胡其图，好样的，你是第一名！”

胡其图还想在脑海里想象更多比赛的细节，但他没参加过比赛，不了解细节。他睁开眼睛，眼前是空旷的大草原，小瓶子里的泉水已经溢出来。他靠在山石上想：什么时候家里有钱了，能买一匹马该多好啊！

风吹过来，草地里好像有无数小蛇乱窜，草叶翻卷，露出背面的白色。天边的白云好像静静地降落到远方，那里是乌力吉木伦河的尽头。

太阳从头顶转到西边，山峰遮出一片阴凉，胡其图躺在山下睡着了。

· 去杭锦村借马 ·

睡醒一觉，胡其图揉揉眼睛，看见爸爸加拉森牵着一只羊从家里走出来。

胡其图跑过去，问：“爸爸，你去哪里呀？”

爸爸从衣兜里掏出一副墨镜戴上：“我去一趟杭锦村。”

“爸爸去杭锦村做什么？还牵了一只羊？”胡其图问道。这只羊的脖子上染了一团蓝色，这是他家羊的记号。

爸爸说：“去杭锦村朝鲁家串门，我要问问他能不能把马借给咱们。如果他肯借的话，我把马骑回来，让你去参加赛马。”

胡其图高兴得差点儿蹦起来。

“朝鲁的剪耳黑马是十里八村少见的好马。”

“爸爸，剪耳黑马是什么样子的？”

“它的耳朵是尖尖的，好像用剪刀剪过一样。在草原上，尖耳朵的马都是好马。”

“朝鲁叔叔会把马借给你吗？”

“我们俩从小是朋友，他会借给我的。但是，不知道杭锦村有没有那达慕大会，而且也要看那匹马的身体状况好不好。如果一切顺利的话，我明天就把马骑回来。”

“爸爸，你今天晚上能骑马回来吗？”胡其图兴奋得小脸通红。

“我和朝鲁很久没见面了，今晚我要住在杭锦村，和朝鲁一起喝点酒。”草原上的牧民大多爱酒，久别重逢的朋友见面一定要畅饮一番。

“爸爸，你不要喝太多酒，明天一定要赶回来，后天是七月十五，那达慕大会就要开始了。”

“放心吧，胡其图，我记得呢。”

“你给朝鲁叔叔带去什么礼物？”

爸爸说：“他借给咱们马，我把这只羊送给他，礼尚往来，这不是很好吗？”

胡其图笑着点点头。

爸爸摇摇晃晃地向远方走去，手里拿着一根赶羊的鞭子。

杭锦村离白音汉村20多里路，爸爸慢悠悠地走到那里，天就黑了，然后他再和朝鲁叔叔一起吃饭喝酒。

胡其图心想：但愿爸爸不要喝太多酒。

· 爸爸能骑马回来吗 ·

胡其图跑到安达家里，看见安达的妈妈乌云珊丹正在为安达准备赛马的服装。安达头上戴的红帽子上镶着银亮片，缝着七八根红色、绿色和蓝色的飘带。飘带越多越长，在风中飘起来越好看。乌云珊丹给安达做了一件像摔跤服一样的红金丝绒坎肩，上面有亮片和黑色云纹。他的靴子最漂亮，黑面，绿色绲边，白羊皮包沿，靴子尖朝上翘。穿上这样的靴子，安达走在草地上就像摔跤手一样威风。

安达对着镜子梳头。他拿木梳蘸水把自己浅黄色的头发梳成分头样式，问：“胡其图，你看我这样好看吗？”

胡其图说：“戴上帽子，什么发型都看不到。”

安达听了，随手弄乱了头发。

胡其图说：“告诉你一个好消息，我爸爸去杭锦村给我借马了。他要是能借到马，我就能和你一起参加后天的赛马了。”

安达高兴地拍着胡其图的肩膀，说：“真的吗？那太好了！咱俩一起去参加赛马，我心里就没那么紧张了。”

胡其图说：“就是不知道我爸爸借来的马跑得快不快。”

安达问：“那是什么马呀？”

“剪耳黑马。”

“放心吧，你爸爸借来的马一定跑得很快。你快回家准备比赛的衣服吧。明天咱们别练习骑马了，让马休息一天，后天参加比赛。”

胡其图从安达家出来，站在村路上往杭锦村的方向看。杭锦村在郭日姑山东边，云彩向那边滚滚飘去，好像那里有云彩的家。

爸爸到了杭锦村没有？杭锦村这几天开不开那达慕大会？朝鲁叔叔的马没有生病吧？胡其图想着这些事，心里有些担忧。

但这些都还不是他最担心的事，他最担心的是爸爸喝酒。爸爸性格豪迈，喜欢和朋友畅饮，有时候一喝就是三五天，误过好多事。

有一次，妈妈让爸爸赶驴车去旗里汽车站接舅姥爷。舅姥爷从锡林浩特坐长途车过来，他是一位聋哑人，不会说话，当然也不会问路，第一次来这里串亲戚。结果，舅姥爷被同村的贺什格用马车接回来了，爸爸还没有踪影，第二天也没有消息。

原来，舅姥爷下了长途车，手里拿着一张纸条，上面写着“白音汉村加拉森”。舅姥爷正不知所措时，碰巧被同村的贺什格看到了，就把他送到了家里。

第三天，爸爸赶着驴车回到家，见到舅姥爷特别不好意思。他说自己因为喝了一点酒，在驴车上睡着了。毛驴把他拉到了很远的高力坂村，他醒来后紧赶慢赶地才赶回来。

还有一次，邻居图门家盖房子上房梁，绳子短。图门请爸爸去村西头农乃扎布家里借绳子。准备上梁的人用肩膀扛着房梁，等绳子来了系好梁，用滑轮把房梁吊上去。可是，爸爸迟迟不回来。

这是怎么回事呢？原来，爸爸去借绳子时，农乃扎布正坐在炕头上喝酒，便招呼爸爸喝两盅。

爸爸说：“只能喝两盅啊，我还有急事呢。”说着，他连喝了两盅。

“你吃点菜，压压酒。”

爸爸吃了两口菜，说菜太咸了，便又喝两盅酒压一压嘴里的咸味。

就这样，爸爸吃菜喝酒，喝酒吃菜……直到图门又派了一个人来取绳子，那人看到爸爸已经躺在农乃扎布家的炕头上睡着了。

朝鲁叔叔是爸爸自小的朋友，他们见了面，肯定要畅饮一番。明天爸爸能把马骑回来吗？

天空中，向杭锦村飘去的云朵变成了金色，过了一会儿，云朵又变成灰蓝色。天色暗下来，胡其图怀着一腔心事，慢慢地向家走去。

回到家，胡其图问妈妈达古拉：“爸爸明天能把朝鲁叔叔的马骑回来吗？”

妈妈摇摇头：“胡其图，你不要抱太大希望，我感觉你爸爸明天可能回不来。”

胡其图一听，心情一下子跌入了谷底。他连晚饭都没有吃，爬到炕上假装睡觉，用被子蒙着头，泪水流在了枕头上。

· 胡其图在等待 ·

第二天黎明，天空中还有几颗星星，大地浮漾着一团白雾。胡其图跑到村路上迎接爸爸。

太阳还没出来，天际的白光照亮了地平线和远处山峦的轮廓，乌力吉木伦河上隐约可见流淌的波纹。

胡其图心想：爸爸或许过一会儿就骑着剪耳黑马从白雾里赶回来。他从没有见过这匹马，但他觉得这匹马一定矫健非凡，黑黑的身体闪着光芒，脖颈上鬃毛飞扬。

太阳浮出天际，照红了乌力吉木伦河的流水，鸟儿惊醒了，在天空中一边飞翔，一边愉快地啼鸣。阳光照散了地面上的白雾，村路弯弯曲曲地通向远方，路上空无一人。

胡其图在路边等啊等，太阳升高了，牧民把羊群、牛群赶向草场，爸爸还没有回来。

胡其图对自己说："爸爸今天肯定能回来。"说着，他走到了安达家。

安达的爸爸诺日布在洋井边上用刷子刷马。雪青马高高昂着头，仿佛在向太阳致敬。看见胡其图走过来，雪青马伸出头，好像要闻一闻他身上的气味。有一些动物喜欢谁，它就会用鼻子去蹭谁。

胡其图用手摸雪青马的额头，摸它身上隆起的肌肉。

诺日布问："胡其图，你爸爸今天能回来吗？"

"一定能回来。"

"但愿他别耽误了明天的赛马。"

"我爸爸会赶回来，不会耽误的。"说着，胡其图走进屋里，看见安达正在整理比赛的服装。他的头上戴着帽子，飘带散落在肩膀上。

安达问："胡其图，你爸爸把马骑回来了吗？"

胡其图摇摇头："还没有。"

"杭锦村离这里有多远哪？"

"离这里有20里路，在郭日姑山的那一边。"

"20里路，骑马的话用不了多久就能到。你别着急，咱们再等等。"

胡其图默默地点了点头，朝门外走去。

安达说："你明天一定要参加比赛呀！咱俩一起比赛，我估计你能得第一名，我得第二名。"

胡其图走出屋，院子里的雪青马仰着头发出咴儿咴儿的声音。他走过去把脸贴在雪青马的面颊上。雪青马静立不动，他们两个好像要把心里的话讲给对方听。

看着胡其图和雪青马在一起，诺日布说："雪青马喜欢你，马有心思呢。"

胡其图回到家，妈妈达古拉正给瘫痪在炕上的爷爷喂饭，她没有提爸爸，也没有提借马的事。

胡其图在炕上坐不住，忍不住在心里怪爸爸：为什么不能早点回来呢，肯定是喝酒耽误了。

在炕边上，放着一只纸箱子，胡其图的衣服装在里边。他没有什么漂亮衣服，只有一件平时舍不得穿的白色T恤衫，明天可以穿上，裤子和鞋子就穿旧的。他要找一根红绸子系在头上，可是，他家没有红绸子。于是，胡其图想了一个办法，他找了一条妈妈的红丝巾。到时候马跑起来，头上的红丝巾也能随风飘扬。

准备好了服装后，胡其图静下心来，等待爸爸回来，他迫切地想见到那匹剪耳黑马。他要用井水刷黑马，给黑马喂好吃的豆饼和铡得很细的干草。

爸爸在哪里？胡其图不止一次想跑到杭锦村去一探究竟，但他不认识路，不敢翻过郭日姑山。人们都说山上有狼和豹子。

胡其图家没有手机，这个地方有手机也不容易通话，信号不好。

他跑出家门，跑到白音汉山的山顶。山顶的岩石间长着几棵小榆树。胡其图4岁时第一次上山，榆树就这么高，四五年过去了，榆树还是这么高。树底下长着黄色的小野花，野花比小孩衣服的纽扣还要小。一只野雄蜂飞过来，趴在野花上。花朵被它压得弯向地面，雄蜂只好飞走了。

胡其图坐在岩石上看远方，希望看到爸爸的身影。过了很久，远处终于走来一个骑马的身影。模模糊糊的，胡其图看不清是谁。

胡其图跑下山。他先看到那是一匹红马。不是说剪耳黑马吗？可能朝鲁叔叔家有两匹马，除了黑马，还有红马？

等那人走近了，胡其图才看清楚，马上的人是村里的兽医斯钦夫。兽医坐在高高的红马上，手里抱着红十字的方皮箱。他问："胡其图，你在做什么？"

胡其图大失所望："斯钦夫叔叔，你看到我爸爸了吗？"

斯钦夫说："没有啊，路上只有我一个人，你爸爸去了哪里？"

"他去杭锦村了。"

"哟，杭锦村离这里有20里路呢。"说着，斯钦夫走远了。

胡其图坐在路边，等着爸爸回来。他从上午等到中午，从中午等到晚上。

夜幕降临，乌力吉木伦河传来白天听不到的波涛声，河对岸的夜空中亮起了星星，爸爸还没有回来。

胡其图垂头丧气地回到家里。

妈妈达古拉说："别难过了，胡其图，你爸爸和朝鲁很多年没见面了，他们喝酒喝到兴头儿上，可能把你参加赛马的事情忘了。"

胡其图对爸爸已经不抱希望了，他的鼻子酸酸的，想哭，但还是忍住了。他在心里说："我们家没有马，哭有什么用！等我长大了，要努力工作，买一匹好马，年年都参加那达慕大会。"

想着想着，胡其图的心情平静了一些。

· 诺日布叔叔来了 ·

突然，外边传来一阵狗叫，还有人说话的声音。

门被推开，胡其图以为是爸爸，没想到进屋的是安达的爸爸诺日布。

诺日布脸上带着笑容，说："胡其图，我把雪青马牵来了，明天你骑着它参加赛马吧。"

胡其图惊讶得说不出话来。

这是怎么回事呢？

诺日布知道胡其图苦苦等了一天也没等到爸爸，他那么向往明天的比赛，就这样愿望落空未免太可惜了，诺日布不忍心看到这个由衷热爱骑马的孩子失望。于是，他回到家里想了一个办法。

诺日布对安达说：“孩子，如果你明天不参加赛马的话，明年也可以参加，对不对？”

安达听后大吃一惊：“那怎么能行呢？我盼了那么久，一切都准备好了，我恨不得现在就去比赛呢。”

妈妈乌云珊丹说：“这孩子的心思都在赛马上，你怎么突然不想让他参加了？”

诺日布说：“参加赛马是好事啊，本来安达和胡其图都要参加。可是，胡其图的爸爸到现在还没回来。如果胡其图骑着雪青马去参加比赛……”

安达的眼睛里闪着泪光：“我不愿意！胡其图不能参加赛马，很难过。我明明有雪青马，却不能参加比赛，心里更难过。”

诺日布说：“村里每年都有那达慕大会，你可以明年再参加比赛呀。”

“胡其图为什么不能明年参加比赛呢？他爸爸用一年的时间总可以把马借来吧！”

诺日布说：“安达，咱俩去问问雪青马吧，它喜欢谁，谁就明天参加比赛。”

于是，他们一起来到屋外，走到拴马桩旁的雪青马身边。

诺日布说：“雪青马，你如果愿意让胡其图参加明天的比赛，就用蹄子刨一刨土。”

安达说：“雪青马，你如果想让我参加明天的比赛，就打一个响鼻。”

雪青马低下头，好像在思考，尾巴扫来扫去。过了一会儿，它突然打了一个响鼻，然后急急地用蹄子刨土。

诺日布忍不住哈哈大笑起来：“雪青马呀，雪青马，你还懂得谁都不得罪。”

安达噘着嘴巴说：“反正我不放弃明天的比赛。”

回到屋里，诺日布说：“传说成吉思汗非常欣赏那些在行军中照顾弱小、舍不得牲畜瘦弱的人，你知道这是为什么吗？”

安达摇摇头。

“成吉思汗赞赏那些关心他人胜过关心自己的人。”

安达想了想，走出屋子，他把头靠在雪青马的脖子上，好像在跟马说话。

过了一会儿，安达对爸爸说：“好吧，明天就让胡其图骑雪青马参加比赛吧。他是我的好朋友，我不愿意看到他难过。”

爸爸拍了拍安达的肩膀：“好孩子，真是一个男子汉。”

妈妈说：“孩子，胡其图比赛如果得不上好成绩，你不要责怪他。”

安达说：“放心吧，我们是好朋友，我不会怪他的。”

就这样，诺日布和安达牵着雪青马来到了胡其图的家。

安达把抱在怀里的衣服放在炕上，这是他的赛马服，是一顶有飘带的帽子、一件带亮片的红坎肩和一双漂亮的靴子。“胡其图，你明天穿这些去比赛，在赛场上一定很威风。”

胡其图愣了半晌：“安达，你明天不参加比赛了吗？”

诺日布说：“安达知道你的马没借回来，心里很难过，明天你骑雪青马去参加比赛吧。”

达古拉说：“哎呀，安达这个孩子多么敦厚哇！都怪加拉森不按时回来，他肯定是喝醉了。”

诺日布说：“哈哈，谁都有喝醉的时候。”

胡其图跑出屋子，看见拴马桩边上的雪青马。他和所有参加比赛的马一样，尾巴编成了辫子，系着彩绸。脖颈的鬃毛也编了7根小辫子，系着彩绸。一看，它就是一匹参加节日盛会的马。

雪青马看到胡其图，用蹄子轻轻刨地。胡其图上前抱住马脖子，雪青马舒服地打了一个响鼻。他们头顶的夜空镶满了银钉子似的星星。

胡其图兴奋得睡不着觉，一夜爬起来3次。他到外面看雪青马，跟马说话。天快亮了，他才睡着，怀里搂着安达的赛马服。

·白音汉村的那达慕大会·

天亮了，胡其图还在睡梦中。

安达跑到胡其图家，把他摇醒：“喂，你怎么还在睡觉？今天是赛马的日子呀！”

胡其图慌慌张张地爬起来就往门外跑。

安达说："你要穿赛马服，昨天我给你送来啦！"

胡其图像是突然想起来似的，赶紧穿上红坎肩。安达给他戴上带飘带的帽子。胡其图像个小英雄一样，走到院子里，解开马缰绳，牵着雪青马来到那达慕会场。

村里的人早就来到了赛场，邻村的人赶着牛车、驴车来看热闹。赛场南面搭了一个棚子，下边摆着一排桌子，这是主席台。桌子腿上挂着横幅，上边写着"白音汉村那达慕大会"。

人们说说笑笑，等待盛会的开始。城里来的商贩骑着摩托车到这里卖冰棍雪糕。

村主任巴达玛的声音从喇叭里传出来，他的声音不光洪亮，还有回音，听上去很威严。

巴达玛说："大家注意了，白音汉村那达慕大会现在开始！"

4名身穿白衬衣、系红领巾的小学生每人牵着国旗的一角，踏正步走进会场，场面十分庄严。主席台上的巴达玛和其他村干部站起来，向国旗行注目礼。

升旗仪式结束之后，摔跤手的队伍迈着激昂的步伐走来。这些摔跤手身材魁梧，上身套着紧绷绷的摔跤服。摔跤服用牛皮缝制，上面镶着黄铜或白银的泡钉。摔跤手像鹰一样跳跃着行进，张开双臂，摇摇晃晃，摔跤服上的五彩绸带随风飘扬。

他们身后的是弓箭手队伍，这支队伍总共有七八个人，都是中青年人。弓箭手身上背着弓，腰间佩着箭袋，头上戴着礼帽，看上去很威武。如今走遍全国也很少能见到身挎弓箭的人了，但在白音汉村的那达慕大会上却可以见到。

接着走过来的是赛马的骑手队伍，分成走马、快马和颠马3个方阵，骑手骑着马在队伍中行进。这些马真漂亮，有的马前额戴着银饰，有的马身上系着绸子。它们的皮毛干干净净，滚瓜溜圆的肌肉闪闪发亮。成人骑手们穿蒙古袍，儿童骑手大多着短衣裤，有的头系彩绸，他们的样子都很好看。

比赛选手入场式结束后，9个身穿蒙古袍的小男孩站在主席台前唱了一首颂扬白音汉山的民歌，白音汉村的名字就取自这座山。

民歌中唱道：

莲花在你脚下开放，
栎树在你头顶生长。
小鸟环绕着你的脖子歌唱，
清泉在你的手心流淌。
白音汉山啊，
你是美丽的山。
红柳在你脚下舒张，
落叶松在你胸前生长。
白云环绕着你的脖子停留，
花朵在你手心摇晃。
白音汉山啊，

你是可爱的山。

山杏树在你脚下结果，

芍药花在你肩膀开放。

清风环绕着你的脖子吹拂，

青蛙在你手心歌唱。

白音汉山啊，

白音汉山，

你是幸福吉祥的山。

…………

· 儿童骑手快马比赛 ·

歌声为那达慕大会拉开了序幕。孩子们唱完歌后，大会开始进行比赛的第一个项目——儿童骑手快马比赛。

七八个小孩牵着马走进场地，按照比赛要求，马身上没有备鞍韂。

胡其图牵着雪青马走进场地，心里咚咚地跳。他偷偷看雪青马，马一副若无其事的样子，高高地昂着头。

选手们牵着马在大喇叭播放的音乐声中绕场一周，走到起跑线上。他们跃上马背，等待发令。

大喇叭里传来巴达玛的声音，他的发令方式很独特。巴达玛用诗歌般的韵律说：

头颅如玉石，蹄子似莲花。

蓝天白云下，展翅赛雄鹰。

快马比赛，现在开始！

随即，马像脱弦的箭一样蹿出去，在人们的视线里消失了。赛马要绕着白音汉山跑一圈，路程是10公里。

胡其图伏在马背上很紧张，巨大的风顶在胸前，就快要把他刮下去了。他紧紧地贴在马背上，眯着眼，心里说：“雪青马呀，你知道我们在比赛吗？你的4个蹄子既轻松，又有力量，像冬天的狂风一样掠过草地吧。”

“雪青马，我耳边全是呼呼的风声，你也听到了风声吧。你不要在意跑第几名，只要你使出全身的力气就好。我们用最好的成绩报答我的好朋友安达。”

奔跑中，胡其图用余光扫了一眼两边的马，他左边的黑马像一条龙在波涛里飞驰，鬃毛和尾巴拉成直线。骑黑马的选手是村里的小朋友西麦里，他头上扎着红绸子，手不住地拍马的脖子，催马快跑。黑马和雪青马几乎是并驾齐驱。胡其图右边的选手是景嘎，他骑的白马比雪青马落后半个马身。

胡其图抬头看，前面就是终点了。雪青马突然加快速度，刹那间，马到达终点，胡其图在快马比赛中赢得冠军。

他兴奋得脑中一片空白，忘记自己是怎么从马背上跳下来的。安达跑过来，递给他一束野花。几个身穿华丽蒙古袍的姑娘是大会的工作人员，她们把哈达挂在胡其图的脖子上。

巴达玛在大喇叭里喊：“胡其图，请来到主席台前。”

自己的名字第一次被大喇叭喊出来，胡其图感觉十分奇妙。他站在主席台前，巴达玛宣布：“快马比赛第一名是胡其图，让我们向他表示祝贺！”

播放完一段欢庆的音乐后，巴达玛说：“下面，由民间艺人嘎拉僧爷爷念诵骏马赞词。”说完，他扶着村里年龄最大的老艺人嘎拉僧走上主席台。

老艺人用颤抖的声音吟诵道：

蓝色像大海一样的天空，
白云像贝壳一样的天空。
绿色像地毯一样的大地，
鲜花像星星一样的大地。
这里是骏马的故乡。
骏马呀，
你有宝石的双眼，
你有无穷的力气，
你有矫健的腰身，
你有银饰的笼头。
马尾编着五彩缎带，
马镫刻着海螺花纹。
你环绕海子三圈不累，
你越过七座山峰嘶鸣。
云彩般的骏马呀，

雄鹰似的骏马，
我们膜拜你，崇敬你，
你给草原带来了吉祥！

嘎拉僧爷爷念完赞词，巴达玛说："下面，我们给比赛冠军胡其图颁奖。"话音刚落，姑娘们赶来一只大肥羊，羊头上系着一朵大红花，这是冠军的奖品。

胡其图咧着嘴巴笑起来，一直站在主席台上。

巴达玛说："孩子，颁奖仪式结束了，回去和你的家人一起庆贺吧！"

胡其图这才舒了一口气，他赶着那只肥羊去找安达。远远地，他看到诺日布的笑脸。安达跑过来，喊道："好样的，胡其图，我为你感到骄傲！"

"这是雪青马的功劳，我要把这只肥羊送给你，羊头上的那朵红花我留着做纪念。"胡其图说。

"孩子，你把羊送给我们，这个礼物太贵重了。祝贺你赢得冠军，你也要收下我们的礼物哇。"诺日布说。

胡其图好奇地摸了摸脑袋。

"这套赛马服送给你了，帽子、靴子和坎肩你都要收下。"

"叔叔，这是安达的衣服……"胡其图有些过意不去。

"我们再给他做一套嘛。"诺日布笑着说。

胡其图身穿比赛服，脚蹬赛马靴，美滋滋地往家走。他心想：刚才比赛的情景，可惜爸爸没看到，妈妈在家里照顾爷爷也没看到。

·山那边的杭锦村·

到家后，胡其图欢快地说："妈妈，我赛马得了第一名。"

"我从你的表情里就猜到了。祝贺你，胡其图。"妈妈高兴地笑了。

"奖品是一只大肥羊，我把它送给了诺日布叔叔。"

"孩子，你做得真好，懂得知恩图报。"

"诺日布叔叔把安达赛马的衣服送给我了，说是给我的贺礼。"

"你穿上这身衣服真好看，要谢谢诺日布一家人哪，他们都是热心肠的好人。"

"可惜爸爸没看到我比赛的场面。"

"估计他正和朋友开怀畅饮呢。"

"爸爸会不会有什么事？"胡其图突然担心起来。

"不会的，这段路他熟悉得很，等他喝酒喝够了就回来了。"

可是，胡其图还是不放心，他脱下比赛服，换上自己的衣服，瞒着妈妈偷偷去杭锦村找爸爸。

不知道是为什么，胡其图有一丝不祥的预感，爸爸可能遇到什么事了。郭日姑山险峻，爸爸喝了酒，会不会在山上摔伤？羊会不会掉进山崖里？或者爸爸被狼偷袭了？如果没有意外，爸爸不会忘记赛马的事。

胡其图越想心里越不安，他加快脚步跑向郭日姑山。他跑了很久，抬头看郭日姑山，它还在原来的地方。胡其图中午离开家，现在已经是下午了。

不一会儿工夫，傍晚到来，晚风比黑夜提前报到，胡其图感到身上有一些凉意，暮色像乌鸦翅膀一样盖住四野。这时，他才刚刚走到郭日姑山脚下。

先要找上山的路，胡其图找了半天，终于找到了路。路上没有草，很平缓，能走人也能走马。胡其图一路往上走去，离山顶还有很远，天已经彻底黑下来。往山下看，白音汉村在很远的地方，影影绰绰地露出灯光。

胡其图不敢往前走了，前面是黑黝黝的树林，谁知道树林里有没有狼和豹子。这可怎么办呢？他找到一块像门板似的巨石，蹲在下面。胡其图心想：今晚恐怕就要在这里过夜了。山上风大，他身上越发感觉寒冷。

远处传来呼喊声，胡其图竖起耳朵仔细听，那个声音像是喊自己的名字，但又听不清。他怕在荒郊野外会遇到危险，就没敢答应。

这个声音越来越近。是不是爸爸的声音？难道他在山崖下呼喊？胡其图仔细听。到底答应还是不答应，胡其图犹豫起来，他站起身往山下看，夜色浓重，什么都看不到。终于，他辨别出那是安达的声音："胡其图，你在哪里，你听到我的喊声了吗？"

"安达，我在这里！"胡其图大声喊道。

“我听到了，我去找你——”安达喊道。

“安达，你找不到我，还是我下去找你吧。”说完，胡其图匆匆向山下走去。上山的时候，没觉得这条山路难走，下山却感觉山路很陡峭，他摔了好几跤，终于到了山下。循着声音的方向，胡其图找到安达，他跑过去，看见安达牵着雪青马站在夜色里。

“安达，你怎么来了？”

安达一边递给他长袖衣服和裤子，一边说：“快穿上吧，我听你说话的声音都在颤抖。我下午去你家找你，达古拉姨娘说你可能去了杭锦村。她让我拿两件衣服给你。”

胡其图说：“安达，你来得太及时了，我一个人不敢在山上待着，这里又黑又冷，我正不知道该怎么办呢！”

安达说：“快上马，我们一起回家。”

“我不回去，好不容易走了这么远的路，我要去找爸爸。”

“那我陪你在这里过夜，狼看到咱们有两个人，不敢进攻。”

“嗯，雪青马和咱们在一起，如果有狼，它会保护咱们。”

安达给雪青马上了马绊。上了马绊的马能低头吃草，但是走不远。

胡其图走到雪青马身边。星光下，雪青马灰色的皮毛变成白色，马转过头看胡其图。胡其图把头靠在雪青马的脊背上，听见马的心脏咚咚地跳动，特别有力。

安达说："我们正好在这儿数一数星星吧，看谁数得多。"

他们躺下数星星，数了一会儿，忘记哪些星星数过，哪些还没数。重新数，没过一会儿，他们就困了。

四野传来虫鸣，好像是星星的叫声。他们俩蜷缩在草地上睡着了，一直睡到天亮。

· 齐心协力打牧草 ·

胡其图一觉醒来，摸着脑袋觉得奇怪极了，自己怎么会睡在山上呢？他突然想起昨晚的事，看见安达还在睡梦中，雪青马正低头吃草。

他摘下马绊，牵着雪青马到乌力吉木伦河边饮水。马在河里饮过水，打了一个响鼻，低头挑草吃。胡其图牵马转了半个多小时，马差不多吃饱了。

这时候，安达正好醒了，他们一起去杭锦村。

胡其图和安达顺着路到达山顶，看到山下不远的地方有一个村子，那里即便不是杭锦村，也可以找人问问路。

下山走到平地上，他俩一同骑上马，往那个村子走去。

在村头，他们遇见一位放羊的老人。他俩下马鞠躬，说："爷爷，早上好，杭锦村怎么走？"

老人用烟袋锅指着村子，说："这就是杭锦村，你们要去谁家呀？"

胡其图说："我们要去朝鲁叔叔家。"

老人说："你们顺着这条路往前走，看到右手第三家蓝色彩钢瓦屋顶的房子，就是朝鲁家。"

胡其图和安达谢过老人，向朝鲁叔叔家走去。

在院门口，胡其图大声喊："朝鲁叔叔，家里都好吗？"这通常是牧民到别人家串门时问候的第一句话。

屋里走出来一个女人，胡其图说："姨娘好，我是加拉森的儿子胡其图，他是我的朋友安达。"

"哎呀，加拉森的儿子来了，长得多高哇，快进屋吧！"女人热情地招呼道。

胡其图和安达走进屋，看到一个男人躺在炕上，腰上拔着一排玻璃火罐。

"哟，你就是加拉森的儿子胡其图吧？快进来，小家伙和你爸爸小时候长得一模一样呢！"朝鲁叔叔笑眯眯地说。

女人是朝鲁叔叔的妻子，名叫菱花。她告诉胡其图和安达，朝鲁叔叔干活时腰扭伤了，下不了地。幸亏加拉森来了，帮助他们打牧草。

"这几天我爸爸都在打牧草吗？"

"是，天气预报说下个星期有暴雨，这几天不把草打下来晾干，牲畜就没有过冬的草了。"

胡其图点点头，他知道牧民一年当中最重要的两项活计，第一是接羊羔，第二就是打过冬的牧草。

"菱花姨娘，我爸爸在哪里打牧草？"

"出门往东走，远处有一棵榆树，树的北面就是我家的草场。"

胡其图和安达牵着雪青马往东边走，看到榆树上拴着一匹黑马。这匹马尖耳朵，细腿，身上的肌肉滚瓜溜圆。再往远处看，加拉森手拿钐刀正在打牧草，打完的草整齐地铺在地上。有些草是青的，有些草晒黄了。那些高高的还没有打下来的牧草，在风中摇摆。

胡其图和安达跑过去，爸爸直起腰，笑着说："两个小伙子，你们来得正好，从东边开始，把晾着的草堆起来，记住草要顺着放，别弄乱了呀。"

这项活计刚开始干还挺好玩，干一会儿就腰酸腿疼。他俩歇一歇，干一阵，到中午时分，他们把草都堆了起来。

加拉森走过来，拿草拧成绳子，用脚和膝盖顶住草，把牧草捆成一捆一捆的。这是一项很累人的活计，但加拉森身上好像有用不完的力气。他很快就把草捆好了。

加拉森对胡其图说："你把剪耳黑马牵过来，咱们把草驮回家。"

安达说："叔叔，我的雪青马也能帮忙呢。"

"好，那就两匹马一起驮。"

加拉森赶着两匹马驮牧草，把牧草卸在朝鲁叔叔家门前晾晒。他往返了十几趟，终于把全部的牧草都拉了回来。

加拉森说："要是突然下大雨，草不拉回来就会烂在地里。现在不怕突然变天了，草晾在家门口，下雨的话，把草抱到牛圈里就行。"

菱花感激地说："哎呀，加拉森大哥，你干了3天活，孩子们刚来也让他们干活，真不知道该怎么感谢你们哪！"

加拉森说：“牧民就是干这些活的人，不用客气嘛。”

菱花笑着说：“朝鲁这家伙腰扭伤了，反而享福了。”

“哈哈，我们是自小的朋友，帮这点忙不算什么的。”

“你连干了3天活，终于干完了，留下来好好喝一顿酒吧！”

加拉森连忙摆手：“不能喝酒，我现在浑身疼，腰就像断了一样。下回我再来，喝酒最少要喝3天3夜。”

“加拉森大哥，你骑黑马回去休息吧。”

胡其图说：“爸爸，不用骑剪耳黑马回去了。那达慕大会的赛马已经结束了，我得了第一名。”

爸爸好奇地瞪大眼睛：“没有马，你怎么得了第一名？”

“安达让我骑他家的雪青马参加比赛。”

加拉森笑了，揉了揉胡其图的脑袋。

朝鲁说：“你帮我干了这么多活，没借马，还牵来了羊，我怎么能过意得去呢？”说着，他让菱花拿来好多好吃的奶食品，有奶豆腐、奶酪和稀奶油。

加拉森把这些礼物放在马鞍子上，和孩子们朝白音汉村走去。

路上，加拉森问：“孩子，你真得了赛马冠军吗？”

安达说：“全村人都看见了，胡其图第一个冲向终点，得了快马比赛儿童组冠军，嘎拉僧爷爷还为他念了骏马赞词，他得到的奖品是一只大肥羊。他把羊送给了我。”

加拉森点点头：“我真为你们俩感到高兴。回家后，我们要好好庆祝一下。”

一路上，胡其图感觉爸爸的眼睛一直在看着自己，父子俩的脸上始终绽放着笑容，他们的心情很愉快。

·胡其图有心事·

到了白音汉村，加拉森把朝鲁送他的奶食品分成两份，一份送给安达。

回到家，加拉森看见村主任巴达玛坐在炕头上。

巴达玛说："加拉森哪，你好福气呀，有一个好儿子，他得了赛马第一名，你知道吗？"

加拉森笑呵呵地点点头。

"还有一个更好的消息，你肯定不知道。"

"哦，是什么好事情啊？"

"再过半个月，旗里开那达慕大会。这可是隆重的盛会呀，别的旗的人都要来呢。镇里让我推荐儿童赛马选手，我想推荐胡其图。"

胡其图听了这话，心脏一阵狂跳，去旗里比赛，这是天大的好事呀！他高兴得差点儿蹦起来。可是，不知道为什么，他的心里又好像有什么事情。什么事呢？他想了想，想到了安达。安达为了他才放弃比赛，自己骑安达的马得了村里比赛的第一名，又要去旗里比赛，安达知道这个消息后会怎么想呢？想到这里，胡其图没那么兴奋了，心里仿佛有些沉重。

加拉森说："哎呀，这是大好事呀。可是，我们没马呀，看来我还得去杭锦村借那匹剪耳黑马。”

妈妈说：“你还是别去杭锦村了，醉上几天都回不来呢。”

胡其图说：“朝鲁叔叔腰扭伤了，我爸爸一直在他家帮他打牧草呢，没有喝酒。”

巴达玛说：“不必非要到杭锦村借马，让胡其图骑着诺日布家的雪青马比赛不是很好吗？如果胡其图能取得冠军，那可是咱们村10多年没有的荣誉呀。”

听巴达玛说到雪青马，胡其图心里更纠结了。雪青马是安达的马，为什么安达不能去比赛呢？想到这里，胡其图说：“巴达玛叔叔，谢谢你带来的好消息。可是……我……我不想参加旗里的比赛。”

巴达玛和爸爸都惊讶极了。巴达玛问：“你为什么不参加比赛呀？”

“让安达去赛马吧，雪青马是他家的马。”

“可是，你骑马骑得好哇。”

“安达骑得也很好。巴达玛叔叔，你推荐安达去参加赛马吧，我相信他一定能得冠军。”

巴达玛摇摇头：“胡其图，你告诉我，你为什么这么坚定地认为，安达一定能得冠军呢？”

“安达的马好哇，雪青马是一匹多好的马，谁骑谁都能得冠军。”

“孩子，你说得不全都对，马好只是比赛的有利条件之一，骑手的骑术也很重要哇。”

“安达再训练一段时间，骑术肯定会提高。我帮助他训练，还有我爸爸也可以指导安达，他可是一个赛马好手。”

加拉森在一旁谦逊地笑着。

巴达玛背着手转了一圈，说：“孩子，你说得也有道理。那就让安达试试吧。”

胡其图说：“咱们赶快把这个消息告诉安达，让他高兴高兴吧！”

·雪青马有了新主人·

他们来到安达家，巴达玛说：“再过半个月，旗里的那达慕大会就要举行了。我推荐安达代表咱们村，去参加儿童赛马。”

诺日布和乌云珊丹很高兴，安达却有些慌张。他说：“巴达玛叔叔，我骑马没有胡其图骑得好。”

巴达玛说：“这不算什么问题，加拉森和胡其图都会帮助你训练，你全力以赴就好。小伙子，要对自己有信心！”

胡其图把安达送他的比赛服、帽子和靴子放在炕上。

安达说：“这是我送你的礼物，你怎么又送回来了？”

“算我借你的，你比赛的时候穿。这套衣服会带给你好运。”

安达笑着点点头。

“放心吧，安达，雪青马不会让你失望的。这段时间我爸爸会教你骑马，他以前可是旗里有名的骑手哩。”

接下来的日子里，加拉森每天都指导安达骑马。他告诉安达："骑马首先要让你的身体感受到马在奔跑时身体的律动，两股劲儿合成一股劲儿才能跑得好。从肩膀、脊椎、髋部到膝关节全部都要放松，平衡心态，让人和马融为一体。"

安达的骑术一天天地不断进步，胡其图用止咳糖浆的小瓶子接泉水测试安达的骑马速度。他骑着马跑3公里路，有3次达到了5个格的刻度，也就是说，他跑得比胡其图还快。有一次，小瓶子的泉水达到了4个格。

加拉森非常满意安达的进步，每次指导结束，他都和诺日布喝一点酒，聊聊赛马的事情。

安达骑马越来越自信，他的身体在马背上就像一片树叶一样空灵，但又不会轻飘。他仿佛成了马的一部分，和马一道奔向远方。

半个月过去了，到了比赛的日子。白音汉村的村民簇拥着安达前往旗里参加那达慕大会。安达骑在披红挂彩的雪青马上。村民乘坐四五辆拖拉机跟在后面，胡其图也在拖拉机上。

到了旗里的体育场，白音汉村的村民们大开眼界。这里的主席台是砖瓦修建的，有探出来的人字形红瓦棚，主席台周围有水泥台阶的座位。开幕式上，鸽子和彩色气球一起飞上天空。红、蓝两种颜色的彩雾在空中搭成拱门。各乡镇的代表队只是入场就入了一个多小时。旗长讲话比巴达玛讲话的时间要长10倍，内容也比他讲得更精彩。

赛马项目开始，第一组是走马比赛，第二组是颠马比赛，最后是儿童选手的快马比赛，赛程是20公里。

枪响以后，安达骑着雪青马像箭一般跑出体育场，周围的欢呼声响成一片。

嗒嗒嗒——马儿飞驰而过。安达觉得雪青马变成了雄鹰，自己趴在雄鹰的背上，离天边的白云越来越近。

刚出发时，安达身旁有七八匹马并驾齐驱，排成一字形。雪青马在其中，但不是最靠前的第一名。这些马知道自己正在比赛，谁也不甘落后。

安达忽然想起加拉森叔叔说过，刚开始不要让马领先，要紧紧咬住前边四五匹马，在它们后面跑，给骑手制造压力。

大约跑了四五公里，马与马的距离拉开了，马阵变成细长条的形状。安达的雪青马稳居第三名的位置，但把第四名甩得很远。安达在心里说："雪青马呀雪青马，平时我舍不得让你拼命跑，今天你就拼命跑吧！你让胡其图在村里比赛得了第一名，也让我在旗里比赛得第一名吧。我们两个是好朋友，赛马都得第一名，别人多羡慕哇！"

安达忽然想到这些话会给马带来压力，又在心里改口说："雪青马呀雪青马，你放松吧，像风一样吹过草地。你得第几名我心里都高兴。"

赛程过了一半，雪青马的力量积蓄足了，稳步往前超，快要到达终点时，雪青马已经跑到第二名的位置。进入体育场，雪青马开始疯狂地冲刺。

白音汉村的人们在体育场里等了很久，看到有两匹马终于跑回来了。跑在最前面的是一匹白马，雪青马离白马大约有50米远，位居第二名。快到终点时，雪青马突然加速，超过白马，取得了第一名。

白音汉村的人跑过来，巴达玛把安达从马上抱下来，每个人都和他贴脸拥抱。

胡其图牵着雪青马遛，走出体育场。遛了半个多小时回到体育场时，颁奖典礼结束了。民间艺人为冠军念诵了骏马赞词，工作人员为安达献上哈达。

你猜，冠军的奖品是什么呢？是一匹漂亮的黄骠马！安达牵着这匹黄骠马笑得合不拢嘴。

巴达玛说："安达呀，好孩子，你给咱们村增添了多大的荣誉呀！你知道是谁推荐你参加比赛的吗？不是我，是你的朋友胡其图。本来村里让他参加旗里的比赛，可是他非要让你来参加。你们两个都是好样的！"

诺日布对安达说："你得到了一匹马，咱们村从来没人得过这样的奖励。在古代，只有英雄才能得到马的奖励。"

安达激动得说不出话来，一个劲儿地点头。

诺日布说："你有了这匹黄骠马。我们把雪青马送给胡其图，你愿意吗？"

"我愿意，雪青马喜欢胡其图！"

安达把爸爸说的话告诉了胡其图，胡其图手里拿着雪青马的缰绳，他用手指搓着缰绳，高兴得不知道该说什么好。

他抬头看雪青马，马昂着头，喉咙里发出咴儿咴儿的声音，似乎在得意地说：“你好，胡其图，我的新主人！”

回家的路上，安达骑在披红挂彩的黄骠马上，胡其图骑在披红挂彩的雪青马上。村里的人们坐在拖拉机车厢里，跟在他们后面。

一群小鸟从乌力吉木伦河边的红柳丛里冲出，飞越他们头顶，向晚霞燃烧的远方飞去。

悠扬的木库连

摘自短篇小说《悠扬的木库连》

· 美好的理想 ·

一天，乌日图的爸爸金龙把家里翻了个底朝天，他要找林权证。爸爸翻遍了大大小小的黄箱子、红箱子，又火急火燎地翻柜子里的所有抽屉，可还是没找到林权证。

他有些烦躁，嘟囔着：“好好的林权证，怎么会找不到呢？”他的话其实是说给乌日图的妈妈山丹花听的，好像是在埋怨她把林权证弄丢了。

妈妈说：“林权证是你自己放的呀，我连动都没有动过。你再好好找找！”

向来讨厌找东西的金龙现在变得有点儿蛮不讲理，他嚷嚷着：“你没动，林权证怎么会找不到呢？它又不是麻雀，能长出翅膀飞走吗？”说着，他开始翻炕席底下，找到几张旧邮票和从报纸上剪下来的赛马照片，却还是没有林权证的踪影。

“你去外屋的柳条包里看看，说不定那里有呢。”

“什么柳条包？”爸爸反问道，好像他压根儿没见过这件东西。

“柳条包塞在外屋的杂物里，你去找找看。”妈妈一边忙活着手上的活计，一边说道。

乌日图跟着爸爸来到外屋，这里是做饭的地方，也放着水缸、工具和一些杂物。爸爸从一堆毡子、木凳和麻绳的杂物堆里翻出了柳条包。

这是一个用柳条编的，边沿包着黑铁皮的旅行箱，是家里有年头儿的老物件了，看上去有些破旧，柳条发白，箱子的卡扣也坏了，用麻绳捆着。

爸爸把柳条包里的东西哗啦一下倒在炕上，乌日图惊奇地凑过去看。他像很多小孩一样，对家里的老物件很好奇。

柳条包里的东西全是乌日图没见过的，有含在嘴里吹的金属哨子，有插着钥匙的铜锁，有绿色的扁水壶，还有圆形的小镜子。

爸爸从一个蓝布袋里找到了林权证，他拿在手上，咧着嘴巴笑了：“哈哈，终于找到了！镇里换林权证，换不上要等到明年呢。”

乌日图住在内蒙古东部丘陵地带的乌兰哈达村，这里有沙漠、森林，还有小块的草场和耕地。牧民们平时放羊，也种庄稼。

妈妈说：“真是糊涂，自己放的东西都找不到，还要埋怨我。”

爸爸嘿嘿地笑着，有些不好意思：“不埋怨你，你也想不起来柳条包哇。这就叫‘急中生智’。”

妈妈说：“林权证这么重要的东西，原本就不应该放进柳条包。你把它放到黄箱子里，跟重要的证件放在一起，下回找就容易了。乌日图，你帮着爸爸把炕上的杂物收一收。”

这时的乌日图根本没听到妈妈说什么，他的心思都放在柳条包里的东西上了。他从那堆东西里找到一枚顶针，这是做针线活用的工具，上面有密密麻麻的小坑。乌日图把它收进兜里。他又看到一个玉石鼻烟壶，像火柴盒那么大，外面画着骑马拿大刀的勇士。老一辈人从鼻烟壶里倒出一小撮鼻烟，塞到鼻子里打个喷嚏，舒服又畅快。（闻药是中国传统医学中通嚏疗法的一种，在雍正以后又被俗称为“鼻烟”，是人们用来治病、防病的一种方式。）他们就把吸食鼻烟当作一种享受。不过，这东西对乌日图没有用处。

乌日图认真地翻看着这堆东西，里边还有麻绳头、瓶起子。他还发现了一个像锥子一样的东西。不过，它比锥子好看，是黄铜做的，圆头，身子像小镊子，中间夹一根铜片，伸出一个弯。

“爸爸，这是什么呀？”

爸爸瞥了一眼：“一件没用的东西，把它扔进柳条包里放回去吧。”

妈妈说："这是一种乐器，名字叫木库连。"

听到"乐器"这两个字，乌日图的眼睛一下子就亮了。

乌日图今年八岁，上二年级，是个很喜欢音乐的孩子，他希望自己长大后成为一名演奏乐器的艺人。可是，对于一个普通的牧民家庭来说，乌日图的理想有些让人摸不着头脑，要知道他家里什么乐器都没有哇。

提到乌日图对乐器的向往，这事还要从一年前说起。那时候家里来了一位亲戚，他坐在炕头拉四胡，悠扬的琴声立刻就把乌日图迷住了。他想象不出，这么美妙的声音居然是从简陋的乐器里飘出来的。那位亲戚在乌日图家住了一宿，第二天就走了。乌日图怅然若失，四胡的琴声在他心里久久地盘旋，想躲都躲不开。

在学校的音乐课上，有一次，老师告诉孩子们："人学会了乐器，就像学会了和大自然对话。在音乐的世界里，你会发现很多美好的东西。"乌日图重重地点点头。

回家后，乌日图把老师说的话告诉爸爸，请求爸爸给他买一把马头琴，或者四胡、笛子也行。

爸爸却摇摇头："孩子呀，咱们是牧民，牧民就要放羊种地。你拉马头琴、吹笛子给谁听呢？给马听吗？马一听你的琴声就吓跑了。羊也不会听，它们最关心的是哪里有好吃的青草。牛更不会听的。玉米会听吗？它自己身上就有乐器嘛，风吹过来，玉米叶子唰唰响，这就是它的乐器。你学乐器有什么用呢？还不如学好学校的课程，长大了考大学，毕业以后当一个老师，多好哇……"

乌日图说：“可是，爸爸，人要有理想。老师说音乐的世界里就有人们美好的理想。”

“美好的理想比吃饭还重要吗？你饿的时候，就算再用力拉琴也还是会饿的呀。”

乌日图没有回答，他在心里默默地许愿：“要是有一件属于自己的乐器，那该多好哇！”

· 木库连的声音 ·

自从得到了木库连，乌日图整天把它放在兜里，像是得到了一件宝贝。

暑假里的一天，他一边拨弄手里的木库连，一边问：“妈妈，木库连怎么演奏，是用手弹吗？”

“这是用嘴巴吹的乐器，蒙古语叫阿敏胡尔，达斡尔族的人们管它叫木库连，鄂温克族也有这种乐器。”

“我怎么没见过有人吹这个东西呢？”

“这是一种很古老的乐器，据说在成吉思汗那时候就有了。在森林里生活的鄂温克族人吹奏这种乐器召唤驯鹿。现在没有人吹了。”

“为什么现在没有人吹这个乐器了呢？”

“鄂温克族的人们早就走出森林，去山下定居了。再说，木库连这种乐器不太好学，一般人学不会。现在人们听收音机、看电视，音乐多得很，就想不起吹木库连了。”

“我们家的木库连是谁留下的？”

“这是你太爷爷关其格的，他是草原上的民间艺人，会拉马头琴、拉四胡、弹奏托布秀尔，还会吹木库连，那时候在我们旗里都很有名呢。”

“你听过他吹奏木库连吗？”

“听过的，那时候我还是个小孩，和你差不多大，关其格是一位很有趣的老人，放羊的时候就吹木库连。”

“太爷爷吹得好听吗？”

“很好听，声音有点像呼麦，又有点像鸟鸣。”妈妈的嘴角微微上扬。

“呼麦？”

“呼麦是蒙古族人独特的演唱形式，歌手运用独特的声音技巧，同时唱出两个声部，高音和低音一齐发出来。”

“你会唱呼麦吗？”

“我哪里会啊，学呼麦要拜师学艺的，掌握这种演唱方法很不容易。”

“妈妈不是也很喜欢唱歌吗，为什么不去学呢？”

“没听爸爸说吗？咱们是牧民，家里的活计那么多，哪有时间学这些东西呢！”说着，妈妈的目光里闪过一丝光亮，“儿子，你想学木库连吗？”

乌日图认真地点点头：“可是，现在谁会吹木库连呢？”

“查干木伦河边住着一位民间艺人丹巴爷爷，他会吹木库连。不过，他的年纪很大了，不知道他现在的身体怎么样。”

乌日图说："如果这位老爷爷的身体还硬朗，他会教我吹木库连吗？"

妈妈微笑着说："为什么不呢？他的艺术有人学，是好事呀。老艺人都希望自己的艺术能传承下去，他会很高兴呢。说起来我们还是亲戚，我的舅舅绍布和丹巴爷爷是表兄弟。"

"我明天就去找丹巴爷爷。"

妈妈笑了："乌日图，你喜欢学就去学吧，见到丹巴爷爷就说你的舅姥爷是拉盐的绍布，他就知道你是谁了。丹巴爷爷住的地方离咱们这儿不远，也就两三里地，你明天自己去就可以。"

乌日图高兴极了，他拿起木库连吹，却不知道吹哪一头。木库连的一头是圆圆的铜环，另一头扁扁的，伸出的簧片像小鸟的舌头一样。

妈妈说："我记得你太爷爷是把琴梢含在嘴里，一边吹，一边用手拨动簧片。"

乌日图按照妈妈说的做，小脸儿憋得通红，木库连却没有发出一点声响。

·沙漠里的小湖·

乌日图家的林地全是新疆杨。杨树宽大的树叶在风中旋转，哗哗作响。新疆杨的树叶一面是深绿色，反射着光泽；另一面是灰白色。叶子在风里旋转，绿色和灰白色交错变幻，好看极了。

乌日图不甘心，他坐在树下又拿出木库连吹起来。他用力地吹，小心翼翼地吹，用手指拨簧片，拿树枝拨簧片，木库连都没有发出声响。乌日图叹了一口气，心想：我一定要找到查干木伦河边的丹巴爷爷，跟他学会吹木库连。

查干木伦河在乌日图家的北面，穿过一片沙漠，再穿过一片核桃楸树林就到了。可是，查干木伦河很长，丹巴爷爷住在河边的哪个地方呢?

第二天一大早，乌日图要去找丹巴爷爷。临走之前，妈妈给他带了两块玉米面饼子，一块咸菜疙瘩，还有一块硬得像石头似的奶豆腐，这是送给丹巴爷爷的礼物。妈妈把这些东西放在一块蓝布上，卷起来，系在了乌日图的腰上。担心儿子路上会口渴，妈妈又从柳条包里找出来一个旧水壶，灌上水，让乌日图背在身上。一切准备就绪，乌日图出发了。

一阵风吹来，新疆杨的树叶快速地翻转着，好像在摇晃着拨浪鼓，又像是欢送乌日图去学木库连。

乌日图家的杨树是人工栽植的，树与树之间相隔的距离都是一米。一眼望去，这些杨树就像是在做操的学生，队伍整齐，横竖成排。树林里除了杨树，没有其他树，所以鸟儿少，昆虫也不多。鸟儿和昆虫喜欢原生态的大自然，那里有高大的乔木，也有低矮的灌木，还有苔藓。鸟儿和昆虫在那里都能找到自己的食物。

走出树林后，乌日图看到了一片沙漠。风是了不起的雕塑家，沙丘顶端被吹出弯弯的曲线。沙丘被阳光照射的一面是金色的，另一面是黑色的。沙漠上平行的沙痕，像牛的肋骨一样，这些都是风的杰作。

在沙丘的底部，有一汪环形的小湖，湖边零星地长着红柳树，天上不时有鸟儿飞过。

乌日图惊奇地在心里说："如果把一桶水倒在沙漠上，用不了一会儿，水就会渗进去；就算把一百桶水倒在沙漠上，水都会一眨眼工夫就渗进去。爸爸说沙漠里是不存水的。可是，这个小湖为什么不干涸呢？"

他喝了一口湖水，有点咸。湖里有鱼和虾。鱼像火柴棍那么长，身体透明；小虾不时蹦出湖面，它们也是透明的。

乌日图脱下鞋子塞进腰间，把脚伸进湖水里，湖水很浅，才没过他的脚踝。湖底的软泥很细腻，他在泥巴里蹦蹦跳跳，湖水一下子变得浑浊了，小鱼小虾逃得无影无踪。

在小湖边的草丛中有一个鸟窝，里边的干草絮上有几个褐色花斑的鸟蛋。

乌日图看了一会儿，没有用手摸这些鸟蛋。他以前听妈妈说过："如果小孩碰了哪个鸟蛋，那个鸟蛋上就有了人的气味。鸟妈妈会用喙把这个蛋拨出鸟窝，不再孵化它。这个鸟蛋就永远也孵不出小鸟了。"

一只大鸟在他头顶盘旋。乌日图认出这是一只灰椋鸟，大鸟怕乌日图毁坏鸟蛋，焦急地喳喳叫。灰椋鸟能发出不同的叫声，还会模仿人的声音。

乌日图不想让灰椋鸟着急，他把脚从泥巴里拔出来，用草叶搓干净，穿上鞋子继续往前走去。

·灰椋鸟·

不一会儿工夫，乌日图走进了一片核桃楸林。

核桃楸树很粗壮，树皮是灰色的，上边有纵裂纹。这种树又叫楸子树，高的能长到十几米，木质坚韧有弹性，牧民用它做勒勒车的车轮。

乌日图很喜欢看核桃楸树，因为这种树的叶子很好看，是对称生长的，像鸟儿翅膀上的羽毛一样。他闭上眼睛，把核桃楸树想象成站在地上休息的大鸟，它有绿色的羽毛，站立的时候只用一只脚。他这样想着，情不自禁地笑起来。

天气炎热，树林里很凉快，是个乘凉的好地方。乌日图听到树顶传来喀喀喀的鸟叫声。这不是啄木鸟，啄木鸟在树上捉虫子时发出的是咚咚咚的声音。他静静地听着，不一会儿，树顶又传出喀喀喀的声音。

这是什么鸟儿的鸣叫声呢？乌日图很好奇。喜欢音乐的孩子都喜欢听自然界的声音。鸟鸣啊，流水声啊，都能引起他们的兴趣。乌日图走到一棵很大的核桃楸树下，寻找那只鸣叫的鸟儿。

鸟儿听到人的脚步声，警惕地静默着。乌日图听了一会儿，便往树上爬。他两手抱住树，脚也蹬在树上，一蹿一蹿地爬到一根粗壮的树杈上坐下。

"喀——喀——喀——"也许是察觉到乌日图没有敌意，鸟儿又鸣叫起来。

乌日图用吱吱吱的口哨声回应着。

鸟儿模仿他，也发出了吱吱吱的声音。

乌日图透过树叶缝隙看到了这只鸟，它是灰椋鸟，算上尾巴大约有20厘米长，头顶和后背是深灰色的，黑色的翅膀上夹杂着白色的羽毛。它一边鸣叫，一边在树枝上蹦蹦跳跳。

乌日图发出另一种叫声："嗞——嗞——嗞——"

灰椋鸟也发出嗞嗞嗞的声音。

太有趣了！乌日图模仿着老爷爷的声音，说："灰椋鸟哇，灰椋鸟……"

灰椋鸟一惊，扑扇扑扇翅膀飞走了。

乌日图从树上溜下来，往前走。走了七八十米，又一次听到鸟儿的鸣叫。

他找到那棵树，爬上去，发出小猫喵喵喵的叫声。

鸟儿听到后，也跟着喵喵地叫起来。

乌日图仰头看，这不是刚才那只灰椋鸟，它的后背闪着紫色的光芒，翅膀是蓝紫色的，它是一只雄性的紫背椋鸟。

"咕——咕——咕——"乌日图把双手放在嘴上，发出鸽子的叫声。

这只鸟也跟着他模仿起来，咕咕咕地叫着。

乌日图问："你会唱歌吗？"

"咳——咳——咳——"听上去鸟儿像是在说"歌——歌——歌——"。

乌日图哈哈大笑起来，把这只鸟吓得飞走了。

他从树上下来，向前走去。从树林里可以听到查干木伦河哗哗的流水声。走出树林，乌日图看到河水泛着银光，岸边长着红柳树，树上灰绿色的叶子在风中摇晃。

乌日图走到河边，向远处望去。在河岸的东边影影绰绰地可以看见有一间孤零零的房子，房子旁边有羊圈，房前立着一根拴马桩。

他加快脚步向房子走去，看见一个小女孩正蹲着采地上的马兰花。她把蓝紫色卷曲的马兰花揪下来，别到耳边。

女孩笑眯眯地走过来："你好，我是旭日。"说着，她学着大人的模样伸出手来。

乌日图有点儿害羞，他一边和旭日握手，一边支支吾吾地说："我……我叫乌日图。"

在蒙古语里，乌日图的意思是石头，旭日是珊瑚的意思。

"你是这个村子里的小孩吗？"

乌日图点点头。

"太好了！我来这里3天了，一个小孩也没见到，大人们忙得不可开交。"

"嗯，牧民们有忙不完的活计，他们没空陪小孩玩。"

"幸亏你来了，咱俩可以一起玩。"旭日喜出望外地说。

乌日图的表情很严肃："我来这里可不是玩的，我有重要的任务呢。"

"是什么任务？说来听听。"

"我是来拜师的，要找一位会吹木库连的老爷爷。"

“木库连？是不是把它放在嘴里吹，能发出像鸟鸣的声音？”

“是的，那就是木库连！”乌日图连连点头。

“哈哈，你要找的那位老爷爷可能就是我爷爷呀。”

· 木库连在哪里 ·

旭日是一个城市的孩子，暑假里爸爸妈妈把她送到了爷爷家。她穿着漂亮的裙子，脚上的黑色小皮鞋闪闪发光，和白袜子形成鲜明的对比。

乌日图一眼就看出，这个小女孩不是草原上的孩子。因为牧区的孩子都不爱穿袜子，袜子上总是沾草上的小蒺藜，大家都是光着脚丫直接穿鞋子的。

“旭日，你爷爷叫什么名字？”

“丹巴，他是四里八村有名的民间艺人呢。”

“我要找的就是丹巴爷爷，他在家吗？”乌日图问。

“上午爷爷去我大伯家了。大伯的小儿子连锁今天满月，请大家吃饭。我爷爷去给大伙儿拉马头琴了。”

“不知道丹巴爷爷愿不愿意教我吹木库连，我很想学。”

“放心吧，我爷爷人很和善，他肯定愿意教你的。”

“可是，你为什么不跟他学木库连呢？”乌日图好奇地问。

“我爷爷说达斡尔族有一个传说，有一个女人失去了丈夫，她伤心极了，天天吹木库连，乐声很哀婉。从那以后，达斡尔族的人们就不让没结婚的女孩子吹木库连了，觉得不吉利。”

“你爷爷的木库连是什么样子，好看吗？”

“我爷爷有好几个木库连，有大的，也有小的。大木库连的声音传得远，小木库连发出的声音尖。可是，它们都像锥子一样，不怎么好看。”

乌日图笑了：“你看，我的木库连好看吧？它是用铜做的。我用灶坑的草木灰把它擦得闪闪亮亮，像金子一样。”说着，他在兜里找木库连，可是翻遍了上衣和裤子的四个衣兜，都没有找到。

“糟糕，木库连丢了。”说着，他转身往核桃楸林跑去。

“乌日图，你慢点儿跑，我陪你一起找。”旭日跟在他身后喊道。

他们来到核桃楸林，乌日图惊慌地东张西望，一点头绪都没有。

旭日说：“你别着急，找东西是有方法的。你先回忆一下，自己是从哪个地方走出树林的。”

乌日图指着前方的一条林间小路，说：“我是从那里走出来的。”

“走，我们沿着这条路往回走。”

一路上，乌日图一边用树枝扒拉草丛，一边低着头找。

旭日说：“咱们这样找是不容易找到的。你想想，你在路上有没有停留过，有没有摔过一跤，或者坐在地上休息了一会儿。”

“我记得爬过两棵树。”

“咱们就去你爬的树下找找，你还记得是哪两棵树吗？”

乌日图看了看四周高高矮矮的树，急得眼圈儿都红了：“我……我记不清了。”

“乌日图，我们快要成功了。不要着急，你只要静下来，你的心就会告诉你答案。我们肯定能找到木库连。”

“我的心知道木库连在哪里吗？”

“你坐下，闭上眼睛在心里数50个数，数数的时候什么也别想。数完数，你往树林里看，自然就会找到那两棵树。”

乌日图照她说的做，他靠着核桃楸树干坐下，在心里默默地数数。数完了50个数，他呼出一口气，站起身来，指着前面说：“那是我爬上的第二棵树，我在上边找到过一只紫背椋鸟。”

他们飞快地跑到那棵树下，仔细地在树底下翻找，可是没有找到木库连。

旭日说：“你再想一下，你爬的第一棵树在哪儿。”

“我从东边跑过来，路过一片毛榛灌木丛，见过一棵绣线菊。我知道了，咱们先去找绣线菊。”

他们往前跑，看到一棵攀缘在花楸树上的绣线菊。这种植物像瀑布一样从树上悬挂而下，开着大朵的粉花。

不过，他们现在没有心思观赏花朵，继续往前跑去。

乌日图找到了那片毛榛灌木丛，接着又看见了自己爬上去的那棵最高的核桃楸树。

他快步走到树下，一眼就看到了草丛里亮闪闪的木库连。乌日图连忙把它捡起来，像是捡到了失而复得的宝贝，他举起木库连，大声向身后的旭日喊："终于找到我的木库连了！"

· 奶豆腐上留下的牙印 ·

旭日拿过木库连，和乌日图一起咧着嘴巴笑了。

"多亏你出的主意好，帮我想起来爬过的这棵树，我才找到了木库连，谢谢你。"

旭日说："不客气，找东西是有秘诀的，闭上眼睛数50个数就是秘诀。"

"这个秘诀是谁教给你的？"

"是爷爷教我的。我爷爷不光会演奏乐器，还很有智慧。他说人人都有智慧，但是在着急、生气、害怕、骄傲的时候，智慧就离他很远很远了。所以遇到事情，第一条是让自己冷静下来，闭上眼睛数数就是一个好方法。智慧会慢慢回到你心里，告诉你应该怎么做。"

乌日图有些似懂非懂，问："为什么数数就能让智慧回到心里呢？"

"因为数数的时候你的心里什么都不想啊，这样心就慢慢冷静下来了。每当我遇到着急的事情，就闭上眼睛数数，慢慢地心静了，就不会犯错误了。”

“你会犯什么错误哇？”

“比如我做题总是做错，又想不出来解题的好办法，心里就很着急。越是着急就越是做错，这时候我就闭上眼睛数数。当我听到自己鼻子里呼出的气不急促了，心就冷静下来了，再看看这道题目，动动脑筋就能做对了。”

“丹巴爷爷的智慧是吹木库连得到的吗？”

“有可能是，我爷爷说做事情只要用心，都能得到智慧。”旭日指着乌日图腰上的蓝布兜，问，“这里边装的是什么呀？”

“这是我妈妈为丹巴爷爷准备的礼物，虽然微薄，但能代表我的诚心。”

“哈哈，你还给爷爷带来了拜师礼物哇？”旭日调皮地笑了，“先让我看看是什么好东西。”

乌日图解开系在腰上的蓝布兜，里边有金黄色的玉米面饼子和咸菜疙瘩，还有一块奶豆腐。他拿起奶豆腐递给旭日：“这是送给丹巴爷爷的。”

“好香啊！”旭日拿过奶豆腐在鼻子前闻了闻。她用牙啃，可怎么也啃不动，奶豆腐上留下两行牙印。

她指着玉米面饼子说：“这是什么呀？颜色真好看。”

“这是妈妈给我带在路上的干粮，我着急赶路，没有吃。你要尝一尝吗？”

旭日点点头：“闻起来香喷喷的。”

乌日图把玉米面饼子掰成两块，递给旭日一块。玉米面饼子是在铁锅里烙的，一面棕红色，另一面金黄色。玉米面是经过发酵的，吃起来酸中带甜。

“真好吃呀，我第一次吃这种饼。”

“这是玉米面饼子，我们家天天都吃。”

“你太幸福了，每天都能吃这么好吃的饼。”

“我更喜欢吃白面馒头。不过，白面要花钱买，玉米是我们自己家种的，吃玉米面饼子不用花钱。”

“我在家天天吃白面馒头和面包，它们哪有这玉米面饼子好吃呀。”

“以后你想吃玉米面饼子，就到我家来，我们家一年到头都做玉米面饼子。”

旭日笑了：“我从家里带来好多零食，咱们回到爷爷家一起吃。”

就这样，他们一边聊天，一边往家走，不一会儿就走到了丹巴爷爷家。

· 丹巴爷爷回来了 ·

乌日图和旭日走进房子，丹巴爷爷回来了，正坐在炕上喝茶。

丹巴爷爷面色红润，头发雪白带卷儿，前额开阔，眼睛炯炯有神，整个脸庞亮堂堂的，好像有火光照耀着。

“爷爷，您回来啦。这是乌日图，他想跟您学艺。”

乌日图把腰间的蓝布兜解下来，拿出奶豆腐。他的表情严肃，单膝跪下，把奶豆腐举到头顶：“丹巴爷爷，我的舅姥爷是拉盐的绍布，这是妈妈为您准备的礼物，向您问安。”

丹巴爷爷接过奶豆腐，让乌日图起身，亲切地摸摸他的头：“绍布是我的表弟，他唱歌唱得好极了。孩子，你要跟我学什么呀？我会做马头琴，会做牛车，会煮羊肉粥，你要学哪一样手艺？”

“丹巴爷爷，我想跟您学吹木库连。”

丹巴爷爷的脸上露出惊喜的表情：“哦，木库连？现在很少有人会吹这种乐器了，想不到，你这么小的孩子喜欢木库连。你想学我可以教你。”

乌日图从兜里掏出木库连：“这是我太爷爷留下来的。”

丹巴爷爷接过木库连，用嘴唇含住琴梢，一边鼓起腮帮子吹气，一边用手拨动前面的铜簧。琴声传来，像鸟儿婉转的叫声，又像山坡上的鹿鸣。声音时大时小，时快时慢，好听极了。

丹巴爷爷演奏了一会儿，说：“乌日图，你这个木库连的音色很好呢。”

乌日图高兴地点点头：“丹巴爷爷，您吹得真好听。”

“孩子，所有的乐器，不管是马头琴、四胡、托布秀尔，还是笛子，入门学习其实都不难。但是，要想演奏好却不容易，关键还是要常年不断地练习。练习的时候戒骄戒躁，要有耐心，还要有灵敏的听力。你听的不仅仅是琴声，还有心里的声音。最好的琴声不是从琴弦上发出来的，而是从你的心里流淌出来的。”

乌日图有些似懂非懂：“可是，丹巴爷爷，我现在什么声音都吹不出来呀。”

“那是因为你没把口腔拢好。吹木库连的时候，我们的口腔要像铁匠吹炉火的皮囊一样，喉头放松，腮帮子鼓起来，用气流推动，同时手拨动簧片，木库连就能出声了。你按我说的试一试。”

乌日图像丹巴爷爷那样，用嘴唇含住琴梢，用力吹了几口气，手指拨动簧片，可是木库连还是没有发出声音。

“孩子，不是往里边吹气，要把气流从肚子里送出来，喉头要打开。”说着，丹巴爷爷摸了摸乌日图的喉咙部位。

乌日图点点头，放松喉咙，木库连能发出一点声音，却随即又不出声了。

“腮帮子尽量鼓得大一点，喉头保持放松，不要用力收紧。”

乌日图吹出一个长音，他兴奋得小脸通红。

“做得很好，孩子！接着吹，把这口气都送出来。然后吸气，再鼓起腮帮子往外送。一直吹下去，配合手指的拨动，我不让你停，你就不要停。”

乌日图站在墙边，一遍又一遍地练习。他渐渐发现，吹木库连的时候，只要喉咙稍微一用力，声音就没了，把肚子里的气往外送，声音就出来了。

他吹了不知道有多长时间，腮帮子酸疼起来。丹巴爷爷走过来，拍拍他的肩膀：“孩子，该吃晚饭了，明天再练，过几天我再教你吹不同的音调。”

就这样，乌日图在丹巴爷爷家住了下来。白天他练习吹木库连，练累了就和旭日玩一会儿，两个人渐渐成了好朋友。

·去大自然中练琴·

一天清晨，忙活完手头的活计，丹巴爷爷把乌日图叫到身旁：“今天我教你吹高低音调。你这几天练习的时候吹的只是一个音调，我教你吹其他的音调。”

丹巴爷爷把木库连含在嘴里，吹出了一段旋律。他说：“高音和低音的变化是用舌头控制的。舌头在口腔里抬起来、放下，左摆、右摆，能形成琴声的高低音调变化。”

丹巴爷爷又演示了一遍，他把木库连交给乌日图：“你去练习吧，不用急于求成吹出各种音调，只要吹出简单的高低音调变化就可以。”

乌日图认真地练习起来，他的舌头在口腔里上下左右地摆动。他把木库连含在嘴巴里，气流从肚子里慢慢送出来，手指拨动簧片，木库连的琴声响起。可是，他一动舌头，声音立刻又没了。他又练习了好多遍，可依然还是没有成功。

丹巴爷爷看到后，哈哈大笑起来：“是的，刚开始吹都会这样。你可以到外边练，在大自然里体会精神的放松和舒展，慢慢地就能吹出不同的音调。不要着急，即使今天学不会也没关系，明天、后天或者是未来的哪一天，你总能学会的。”

于是，乌日图走出丹巴爷爷的土房子，来到河边，对着查干木伦河练习吹奏木库连。

蓝色的大河，奔流在碧绿的草原上。乌日图坐在河边，身边的红柳树干像枣红马身上的颜色。灰绿色的枝条在风中摇摆。草丛里，不知疲倦的蚂蚱跳到空中。

乌日图盘腿坐在地上，他闭着眼睛在心里默默地数数。1，2，3，4……当数到50的时候，他睁开眼睛，觉得心情比刚才平静了很多。乌日图把木库连含在嘴里，轻轻地让肚子里的气流经过喉咙吐出去，木库连发出柔和的声音。

听到琴声，乌日图很高兴，但他没让自己笑出来。他静静地吸气，然后把肚子里的气送出去，木库连接续发出声音，他用舌头上下摆动，木库连发出的声音有了细微的音调变化。他在心里赞叹道：“原来数数这么有用！”

他又闭上眼睛，在心里从1数到50，然后拿起木库连吹奏。木库连发出的音调变化更丰富了。

乌日图把木库连从嘴里拿出来，激动得想蹦个高。不过，他在心里告诉自己：“不要骄傲哇，丹巴爷爷说过，人一骄傲智慧就跑远了。”

他搓了搓眼睛，向远方望去。天空中，大朵的云彩如同一群正在迁徙的白象。它们的鼻子连在一起，一会儿慢慢地走，一会儿撒欢儿似的翻滚。象群下面，一半是碧绿的草原，另一半是洁白的沙漠。青草地从远处绵延到河岸，沙丘从远方堆到河边。蔚蓝色的河水映照蓝天，河面有几只野鸭子游弋。有的野鸭子是黑脑袋，有的野鸭子是红脑袋，它们翘着尾巴，把喙伸进河水里找鱼虾吃，也可能什么都不吃，只是漱漱口。河的上空，白鹭优雅地飞翔，拖着笔直的双腿，翅膀洁白，比风筝还好看。

在美丽的大自然里，乌日图精神放松，很是愉悦，吹奏木库连有了很大的进步。学会了简单的高低音调变化以后，他觉得音乐还需要带点节奏，就把不同的音调有规律地吹出来，形成了一支悦耳的舞曲。

· 带翅膀的槭树果 ·

“真好听，我可以跳舞了。”

“是谁在说话？”乌日图吓了一跳，回头看，是旭日在他身后不远处跳起舞来。

“你吹出的木库连琴声有了音调的变化，很好听，我给你伴舞，你继续吹吧！”旭日笑着伸出两只手臂，左右摆动，脚轻轻地抬起又落下，“这是白鹭舞，我在模仿天上飞过的白鹭。”

乌日图的吹奏被打断，他闭上眼睛数数，数到20开始吹，但木库连什么声音都发不出来。他皱着眉头继续吹，还是吹不出声音来。

“我本来吹得好好的，你一来我就吹不出声音了。你快走吧，不要来看我吹木库连！”乌日图恼火地说。

旭日惊讶地睁大眼睛，没想到乌日图会突然发脾气：“我好心给你伴舞，你还生气了！”说着，她气得跺了两下脚，转身走了。

乌日图接着吹木库连，还是吹不出声。他体会到此刻自己的心不再平静。乌日图闭上眼睛数数，数到了100，木库连还是没有声音。

乌日图烦躁地吹了一会儿，木库连依然没有发出声音，没办法，乌日图只好去请教丹巴爷爷。他走到土房子门口，看见旭日抱着胳膊站着，气呼呼地拦在家门口。

“旭日，你在干吗？”乌日图说。

旭日扭过头，不回答。

乌日图走到旭日身边，想起自己还有一块玉米面饼子，便拿出来送给她：“你刚才跳的舞很好看，只是我刚才没顾得上欣赏。”

旭日闷声说：“哼，我才不要吃你的东西。”

除了玉米面饼子，乌日图身上没有别的东西了。他看到前边有一棵槭树，眼睛一亮。

他跑过去，嗖嗖地爬上树，揪下一大把槭树的果实。乌日图走到旭日身边，把一个槭树果扔到空中，这颗果实像带着螺旋桨一样，在空中旋转，慢慢下落。

乌日图又往空中扔了一颗果实，它又旋转着慢慢落下来。他把手里的一把槭树果递给旭日：“送给你，你还没玩过这个吧？”

旭日接过槭树果，好奇地问："这是什么？"

"这是槭树的果实，看，它们像小精灵一样，还长着小翅膀呢。"

"它们为什么会长翅膀？"

"为了让风把它们吹到更远的地方去呀。"

旭日拿起槭树果，抛到空中，槭树果缓缓落地。她又抛出一颗，果实又缓缓落地。"太好玩儿了，你是怎么发现的？"

"我们这里长翅膀的果实可多了，榆树的果实也有翅膀，叫榆钱，松果其实也有翅膀。大自然里好玩儿的东西多着呢。"

旭日拉起他的手，说："我也有好东西送给你。"说着，他俩走进了丹巴爷爷的屋子。

旭日打开自己的拉杆箱，拿出一包橡皮糖、一盒果汁饮料送给乌日图。

乌日图吃了一块橡皮糖，酸酸甜甜的，要在嘴里嚼很长时间才能咽下去。接着，他又喝了一口饮料，也是酸酸甜甜的，还很清凉。乌日图和旭日都咧嘴笑了。

"谢谢你的礼物。对不起，我刚才不应该向你发脾气的。"

这时，丹巴爷爷走了进来，他手里拿着一根尼龙绳，是拴四胡琴杆用的。"乌日图，我听旭日说你吹不响木库连了。"

"是的，丹巴爷爷，我越是着急越吹不响。之前，我看到野鸭子在河里游，看到白鹭在天上飞的时候，都能吹响的。”

“孩子，你说得对，心灵就像一只鸟，稍微有动静，它就会被惊扰。这时候，你什么事情都做不好。学习乐器，要先学会让自己的心平静下来。”

“可是，丹巴爷爷，我不知道怎么让自己的心平静下来。”

“不要着急，你慢慢就能学会。我给你们讲一个故事吧，这是一个关于木库连的故事。”

· 母鹿的呼唤 ·

很久以前，草原上有一个放羊的小伙子。有一天，他赶着羊经过一座山，山里传来呜呜的声音，听起来很奇怪。这种声音不像动物发出来的，也不像风吹树叶的声响。

他爬到山顶，发现一个山洞。不知道是谁在洞口挂了一束马尾，风吹动马尾就发出了这种声音。

小伙子受到启发，他把一段枯树掏空，削出细细的琴杆，拿马尾当琴弦。就这样，他做出了一把琴。小伙子用手拨动，这把琴真的出声了，只是声音很微弱。他想了想，把薄木板粘在琴杆下方，当作琴的面板，面板上挖出3个孔，这样琴声就响亮了。小伙子创造的乐器，就是托布秀尔。

丹巴爷爷从墙上摘下一把乐器，形状和马头琴差不多。它的琴箱上窄下宽，琴杆比马头琴短得多，没有琴弓，是一种用手弹拨的乐器。

丹巴爷爷说："这就是托布秀尔。"他把琴抱在怀里，弹了一首活泼的乐曲。

做成了托布秀尔之后，放羊的小伙子心想：有风有弦就能发出声音，为什么不做一个用嘴吹的乐器呢?

他找铁匠打了一块很薄的长条形铁片，弯成锥子形，中间加上一个薄薄的簧片。小伙子把它放进嘴里，用气流吹奏的同时，手指拨动簧片，悦耳的琴声传了出来。这就是木库连。

放羊的时候，小伙子身上背着托布秀尔，兜里揣着木库连。他弹一会儿托布秀尔，再吹一会儿木库连，远处的鸟儿都飞过来听他的演奏。渐渐地，小伙子成了远近闻名的民间艺人。

有一天夜里，他做了一个梦。一只母鹿对他说："你在山上吹木库连的声音，和我呼唤孩子的声音一样。我的孩子丢了，我每天都在找，可还是没有找到，心里悲伤极了。你能吹奏木库连帮我找回孩子吗？如果你能找到它，就把它送到长着5棵枫树的地方，我会永远记住你的恩情。"

小伙子一下子从梦中醒来，他想起自己放羊的那座山，地形很复杂，有沟壑、山洞，还有森林，鹿幼崽丢了，母鹿找起来肯定很不容易。也许，鹿幼崽已经被猛兽吃掉了。

话虽这样说，但他还是想完成母鹿的嘱托。羊儿吃饱后，他就把羊群圈进凹地，吹着木库连在山上游走。走过森林、沟壑和大大小小的山洞，木库连的声音回响在山里。

有一天，小伙子听到山洞里传出微弱的声音，他走进去发现了鹿幼崽。它的腿受伤了，蜷缩在山洞里。也许它曾呼唤妈妈，只是声音被山洞堵塞了，母鹿没有听到。

小伙子把鹿幼崽抱出山洞。母鹿说过，把鹿幼崽送到长着5棵枫树的地方。

小伙子抱着鹿幼崽登上山顶，发现山的西南坡草地上，长着5棵枫树。正值秋天，枫叶变红，这5棵树格外醒目。他抱着鹿幼崽走到那里，把它放在一块岩石下。

小伙子走出一段路后，耳边传来一阵阵鹿鸣。回头看，山坡上站着一只母鹿，它在向小伙子的方向眺望，仿佛是在表达心中的感激。

小伙子吹奏木库连回应，他走了很远很远，回头看，母鹿和鹿幼崽还在恋恋不舍地望着他。

后来，小伙子在放羊的途中捡到一块很大的灵芝。这是珍贵的药材，传说人吃了以后会耳聪目明，健步如飞。小伙子猜想：这一定是母鹿送来的礼物。他吹起木库连，远处传来鹿鸣声。

听完木库连的故事，乌日图想象着母鹿和鹿幼崽依偎在一起的情景。“爷爷，木库连的琴声里是不是有母鹿的话？”

“是的，孩子，大自然里的语言都是相通的，人们的歌声、琴声，和风声、流水声、动物的叫声都有共鸣。”

“鹿幼崽一定是从木库连的琴声里听出这样的话：‘孩子呀，你在哪里？妈妈在找你，你快回来吧！’”旭日的眼睛里闪着泪光。

丹巴爷爷说：“木库连的琴声里有母鹿的呼唤。”

“除了鹿，别的动物能听得懂木库连的琴声吗？”乌日图问。

“我在草原上吹木库连的时候，小鸟叽叽喳喳地叫，就像是和琴声聊天一样。可惜，它们说了什么，我听不懂。大自然里有无穷无尽的奥秘，我们学无止境啊。”丹巴爷爷微笑着说。

“大自然里有很多舞蹈家，小鸟在树枝上跳舞，黄羊在草地上跳舞，青蛙在草丛里跳舞。”旭日说。

“鹿在山谷里鸣叫，泉水在石头上唱歌，风在树林里吹口哨，他们都是音乐家。”乌日图补充道。

丹巴爷爷指着乌日图的木库连，说：“制造木库连的金属都来自大地的矿石。”

乌日图恍然大悟：“木库连的琴声就是大自然的声音！”

“孩子，你的心已经融入大自然了，你现在吹吧，一定能吹好。”

乌日图把木库连轻轻含在嘴里，闭上眼睛吹奏。木库连发出悠扬的琴声，他成功地吹出三四个音调，而且吹得很有节奏。

丹巴爷爷说：“吹得很好，你的心像趴在窝里的小鸟一样，恬静安然。刚才你吹出了自己心里的声音，以后你就这样吹。”

乌日图高兴地点点头。

丹巴爷爷说："我们唱歌、演奏乐器是为了什么呢？有人说是因为娱乐，但比娱乐更重要的是什么呀？是安放我们的心灵，让心灵变得温柔、轻盈。这样动物们才能从琴声中听出我们的友爱和善意，听出我们想和它们交朋友的愿望。"

旭日说："我听爸爸说，有些人为了制作鹿哨，会用很多办法把鹿吸引过来，然后用猎枪把它们打死，多残忍哪。"

丹巴爷爷叹了口气："唉，他们辜负了动物们对人类的信任哪。你们都是好孩子，长大以后不要做这样的人。"

乌日图和旭日郑重地点点头。

"丹巴爷爷，托布秀尔好学吗？"乌日图问。

"我说过，什么乐器都是入门容易，但想弹得好就要慢慢练习。旭日，你来弹一曲吧。"

旭日抱起托布秀尔，琴声像小鹿在草地上轻快地跳动，又像山间的溪水在石板上蹦跳着流淌，美妙极了。

· 特别的树林音乐会 ·

乌日图和旭日在户外练习乐器。他俩约定各练各的，旭日在河边弹奏托布秀尔，乌日图在刺槐林里吹木库连。

渐渐地，乌日图随时都能吹响木库连，也能吹出简单的曲调。于是，他俩便在一起合奏。乌日图吹旋律，旭日用托布秀尔打节奏，听上去很像那么回事。

有一天，乌日图和旭日合奏完一曲后，说：“我会吹响木库连了，我想让妈妈听一听。我吹木库连，你帮我伴奏，她一定很喜欢听。你愿意去我家吗？”

“好呀，我们去给爷爷说一声。”

他俩跑进丹巴爷爷的土房子，丹巴爷爷让旭日拿上一把野韭菜和一包点心，送给乌日图的妈妈当作礼物。

乌日图和旭日高兴得就像两只放飞的小鸟。他们一路往南跑，路过沙漠玩了一会儿沙子，在小湖边停留片刻看小鱼小虾，又呼哧呼哧地跑进那一片核桃楸树林。

高大的核桃楸树枝叶茂密，树荫清凉。树林里传来各种鸟儿的鸣叫，有的短促有力，有的绵密悠长，听上去它们好像在比赛歌唱。

乌日图拿出木库连吹起来，旭日用托布秀尔伴奏，树林里渐渐地安静下来，鸟儿们不叫了，默默地听着他们的演奏。琴声刚停止，鸟儿们喧哗起来，好像是在评论他们的演奏。

乌日图和旭日又合奏了一曲，鸟儿们又静下来倾听。他们演奏了很长时间，鸟儿们静静地听了许久。树林里甚至没有鸟儿扑扇翅膀的声音。

演奏结束，树林里顷刻又热闹起来，好多鸟儿从这棵树飞到那棵树，叽叽喳喳地叫个不停，好像在热烈地讨论哪支曲子更好听。

乌日图说：“鸟儿站在高高的枝头，透过树叶的缝隙能看到咱们呢。木库连的琴声里有大自然的话语，不知道他们从琴声里听到了什么。”

“木库连可能会说：‘小鸟们，下来吧，我们一起玩。’”旭日笑着说。

乌日图说：“也许它们听到的是，美丽的查干木伦河，天天在奔流，牛羊来喝水，心里很快乐！”

“哈哈，你说得真好。”他们一边走，一边聊天，不知不觉走进了乌日图家的新疆杨林地。

“这是我家的林地，这些杨树都是爸爸种的，它们还没有长大成材。”

旭日惊讶地瞪大眼睛：“哇，你家有这么大一片树林哪，真羡慕你们。城里人家里大多没有树，他们只是在阳台上栽几盆花。”

“不过，我家的树林鸟儿很少，偶尔有几只喜鹊飞过来。大群的鸟儿都在核桃楸林里待着。”

说着话，他们来到乌日图的家门口。

· 羊群披着夕阳的金光 ·

妈妈山丹花正在忙活手头的活计，抬头看到乌日图和一个小女孩走过来。

乌日图说：“妈妈，她的名字叫旭日，是城里的孩子。她的爷爷就是会吹木库连的丹巴爷爷。”

“哎呀，你是丹巴叔叔的孙女呀，长得真漂亮，白白净净的。丹巴叔叔好吗？”妈妈热情地说。

“姨娘，我爷爷一切都好。爷爷也让我问候您！”说着，旭日鞠了一个躬，随后从书包里拿出点心和野韭菜，“这是爷爷送给您的礼物，很微薄，请姨娘收下。”

妈妈接过礼物，笑着说：“城里的孩子多会说话呀，真有礼貌，快进屋吧。”

旭日坐在乌日图家的炕上打量着这间屋子：炕梢处叠成细条的被子摞得很高，都快到屋顶了；对面墙上挂着一幅镶在镜框里的画，画上有一群骏马；镜框下面的地上有筐子，里面装着黄胶鞋和铁丝；墙角立着铁锨和镐头；东墙的柜子上摆着电视机，柜子边上有一台缝纫机；四五个简易的塑料凳子摞在一起，靠在墙边。

旭日第一次见到这样的家庭布置，觉得很有意思。最有趣的是屋子里的炕，和爷爷家的炕比，又高又大，像一个土台子，进屋就可以坐在上面。炕边是木头做的炕沿儿，炕上铺着带菱形花纹的地板革。

妈妈端来一个矮腿的炕桌，放到炕上。她盛了两碗奶茶放在桌子上，拿来炒米、酸奶、白糖和黄油。“这是我们牧区人招待客人的饭食，你吃得习惯吗？”

旭日笑着点点头。

妈妈帮旭日把炒米、酸奶、白糖放在一个小木碗里，搅拌均匀后递给她吃。

炒熟的黍米叫炒米，嚼起来嘎嘣脆，加上酸奶、白糖和黄油，又香又甜。但是这种食物不能多吃，吃多了会胃胀不舒服。所以，妈妈并不劝他们再吃一碗。

旭日说："姨娘，乌日图学会吹木库连了。"

乌日图掏出木库连，在衣襟上蹭蹭，含住琴梢吹起来，边吹边用手指拨动簧片。

琴声像一股清风吹进屋子，带着大自然的气息。听着琴声，妈妈仿佛可以见到树叶在枝头起舞，风儿拂动起湖水中的片片波纹。

"儿子，你太棒了，这是我听到的最好听的乐器演奏。"妈妈高兴极了。

"是丹巴爷爷教我的。他告诉我，吹木库连的时候心里要想到草原，想到大自然，想到天上的云，不能急躁。人在生气着急的时候，就吹不响木库连。"乌日图说。

"哈哈，那你爸爸应该也去学木库连，他整天着急上火，动不动就气呼呼的。"妈妈学着爸爸吹胡子瞪眼的样子，大家都笑了。

"我带来了托布秀尔。"说着，旭日取出琴，"我们俩一起为姨娘演奏一曲吧。"

旭日和乌日图合奏时用眼神交流，乌日图吹木库连，旭日用托布秀尔伴奏。木库连的声音渐渐变大，曲调悠扬。这是乌日图和旭日的即兴合奏，效果比他们想象中的还要好。

妈妈热烈地拍着手："你们俩演奏得真好哇！我很喜欢音乐，但是小的时候家里穷，买不起乐器。乌日图这么喜欢音乐，我支持他好好地学下去。"

旭日说："只要乌日图愿意学，我爷爷还会教他托布秀尔、马头琴、四胡和笛子呢。”

妈妈说：“加油哇，乌日图，你跟着丹巴爷爷好好学，妈妈相信你一定能行。”

乌日图笑着点点头：“妈妈，我和旭日去外面玩一会儿。”

“好呀，你们可以把羊赶回来，羊群在西山坡大榆树下面的沟里呢。”

旭日和乌日图跑到西山坡的榆树下，看见沟里挨挨挤挤地站着一群羊，好像是潜伏的士兵。

乌日图跑到沟里，在羊群后面吆喝着。羊群在头羊的带领下往家走，夕阳照射的金光堆积在羊毛上。羊儿们咩咩地叫着，迈着小步往前走，乌日图和旭日跟在后面。夕阳把他们的身影拉得很长，两个孩子仿佛成了童话里的巨人。草原上的小树也被夕阳拉出长长的影子，好像变成了参天大树。

他们穿过核桃楸林，看见了丹巴爷爷的土房子。旭日跟乌日图挥手再见，他们约定第二天早晨在核桃楸树林一起演奏，邀请鸟儿们欣赏评论。

· 木库连与托布秀尔合奏 ·

第二天，乌日图早早地来到核桃楸林，树林里的白雾还没散，树上的鸟儿叽叽喳喳地歌唱。

旭日从远处跑过来，她今天穿了一条过膝盖的红裙子，脚上穿着中筒袜子，背着托布秀尔。她跑到乌日图跟前，递给他一小包蓝莓干儿。

乌日图把蓝莓干儿揣在衣兜里，两个人便拿出各自的乐器。

旭日说："我用手指在琴板上敲两下，然后我们开始演奏，我看电视上的乐队就是这样开场的。"

乌日图点点头。

旭日咚咚地在琴板上敲了两下，乌日图开始吹奏木库连。他吹出的琴声很舒缓，节奏也是慢拍子，旭日跟着伴奏。这个曲子仿佛是一首颂歌，像蒙古族长调一样，歌颂故乡和草原。

叽叽喳喳的鸟儿听到琴声后立刻肃静了，和昨天一样。可是，琴声结束后，鸟儿们也没有喧哗。

乌日图说："我觉得今天吹奏木库连是我的心在说话，我听到了心的声音。"

"我从你的琴声里感觉到你在说：'多么好的天空，多么好的草地，多么好的树林，多么好的鸟儿啊！'我说得对吗？"

乌日图笑着点点头。

树林里的鸟儿突然叽叽喳喳地叫起来，好像在诉说自己的感想。刚才是它们沉醉在琴声里了吗？

乌日图和旭日用琴声加入鸟儿的和鸣，鸟儿们愈发起劲地高唱，琴声和鸟鸣融为一体，在核桃楸林里萦绕。

"过一会儿咱们去我家的杨树林里演奏，看看能不能把它们吸引过去。"

“好哇，太好玩儿了！”旭日兴奋地说。

“这群鸟里边有灰椋鸟，它们藏在树叶里。这种鸟灰脑袋、灰背、白肚子，喜欢模仿别的鸟叫，很有意思呢。”

说着话，他们来到杨树林。新疆杨的叶子被风吹得哗啦响，像是在给他们鼓掌。

旭日敲了两下琴板，他们合奏了一曲又一曲，树林里却迟迟没有鸟儿的身影。当他们想要离开的时候，鸟儿们不约而同地飞了过来。

乌日图指着这群鸟儿，说：“快看，旭日，这就是灰椋鸟。”

这些鸟儿落在新疆杨的树枝上。乌日图和旭日接着演奏，鸟儿的叫声被杨树叶哗啦啦的声音淹没了。

“咱们去河边演奏吧，看小鸟能不能跟着飞过去。”

“我猜它们不会跟过来，河边离这里很远呢。”

“鸟儿的听力非常好，如果它们喜欢咱们的合奏，会跟到河边的。”

河边开着白色、黄色和红色的野百合花，花开得遍地都是，连人坐的地方都没有。乌日图和旭日来到一棵大树下。

“我们就在这里演奏，灰椋鸟很害羞，这棵大树有枝叶，它们站在树枝上被树叶遮挡着，会觉得很安全。”

他们在树下合奏，配合得越来越好，吹奏声和弹奏声浑然一体。托布秀尔的节奏鲜明，将木库连的琴声衬托得更加悠扬婉转。

旭日无意间朝南边看了一眼，一群鸟儿朝这边飞来。

“看，它们飞来了！”

这群鸟儿静静地钻进大树里，没有发出声音。

旭日说：“乐曲都有名字，咱们的乐曲也应该起个名字。”

乌日图想了想，说：“就叫《查干木伦河的灰椋鸟》，行吗？”

“这个名字好。我来报幕：‘亲爱的观众朋友们，下面请欣赏木库连、托布秀尔合奏，乐曲的名字是《查干木伦河的灰椋鸟》，表演者是乌日图和旭日。’”

他们动情地演奏着《查干木伦河的灰椋鸟》，演奏完了，树枝上的鸟儿们像在核桃楸林一样，叽叽喳喳地喧闹起来，好像在说：“再来一首，再来一首！”

乌日图和旭日抬头向树上看去，开心地笑了。

·那达慕大会·

几天过后，村里要举办那达慕大会了，这是一件大事。你想想，草原上地广人稀，每天看到的都是碧绿的草地和移动的羊群，人们多寂寞呀。但是，那达慕大会能把村里的人集合到一起，周围村落的人也会赶到这里，特别热闹。

那达慕在蒙古语里的意思是游乐盛会，所有的人都可以报名参加赛马、射箭、摔跤比赛，这是3项最重要的活动。

除此之外，那达慕大会上还有文艺表演。人们穿着漂亮的蒙古袍，一起欣赏民间艺人的表演，观看比赛，和亲戚朋友相互问候。

这样的盛会当然会邀请丹巴爷爷，他要在开幕式上演奏马头琴。

开幕式的前一天，丹巴爷爷把旭日和乌日图叫到身边，说："那达慕大会开幕的时候，你们两个跟着我一起去，带上木库连和托布秀尔。"

乌日图问："我们要给全村人表演吗？"

"哈哈，到时候你们就知道了，先提前做好准备。"丹巴爷爷的表情有点神秘。

乌日图兴奋极了，他跑回家把这个消息告诉妈妈。

妈妈惊讶地说："真的吗？那达慕大会上表演的人都是四里八村有名的艺人，好多还是从外地邀请来的，你们小小年纪也可以表演吗？这是多大的荣誉呀！"

说完，妈妈赶紧翻箱倒柜地把乌日图的蓝缎子蒙古袍找出来，还有橙色的腰带，黑色的皮靴。乌日图穿上，像电影里的小英雄一样。

妈妈说："要是真让你上台表演的话，你记得要放松，就像你平时在树林里吹奏一样，别紧张。"

乌日图点点头，说："记住了，妈妈。"

第二天，村里那达慕大会举办开幕式。会场设在查干木伦河边，那里没有树，是一片平坦的草场。村干部提前搭好一个棚子，里面摆着桌椅，这是会场的主席台。

牧民们拿着小板凳和垫子，早早地来到会场，等待观看表演。

上午八点零八分，村主任巴拉珠尔宣布乌兰哈达村那达慕大会正式开始。

他们没放鞭炮，也没有放飞鸽子。一群蒙古马跑进会场，马鬃上拴着五彩的绸子，马群绕场一周之后，跑向远方，为那达慕大会拉开了序幕。

接下来是镇长白音讲话，他向乌兰哈达村的村民们致以节日的问候，预祝大会圆满举办。

第三个节目是丹巴爷爷演奏马头琴曲《万马奔腾》。

丹巴爷爷演奏完马头琴后，拿着麦克风对大家说："今天，还有一个新的节目。金龙的儿子乌日图和我的孙女旭日为大家表演木库连、托布秀尔合奏。"

台下的观众们好奇地打量着即将上台的两个孩子。

丹巴爷爷接着说："在我们这里，除了我，几十年都没人吹木库连了，乌日图小小年纪，学会了这种乐器，很不容易。大家都知道，木库连历史悠久，有人把它叫作'成吉思汗的乐器'，我们这些成吉思汗的后代却没有人会吹奏，这怎么能行呢？下边，让我们一起听听他们演奏的乐曲《查干木伦河的灰椋鸟》。"

乌日图和旭日走上台，对大家鞠了一躬。乌日图看到那么多双眼睛盯着自己，一下子就紧张了。他想跑下台，但不能这样干，大家都在底下看着呢。

他用眼睛示意旭日，旭日用手指敲了两下琴板，他俩开始演奏。

因为有麦克风的扩音效果，木库连的琴声清晰悠扬，在场的每个人都能听见。观众们静静地听着，向乌日图和旭日投来赞许的目光。

吹着吹着，乌日图不那么紧张了，他觉得自己的心像一只收拢了翅膀的小鸟，蹲在鸟窝里，两只眼睛黑亮亮的，任阵阵温柔的风吹拂而过。

木库连说出了乌日图心里的话：“我的家乡多么美啊，碧绿的草原、高高的山冈、奔流不息的查干木伦河，一切都是那么美好！”

乌日图闭着眼睛吹奏，听到台下有欢呼声。他睁开眼睛一看，一群灰椋鸟在他们的头顶盘旋。

有的鸟模仿木库连的声音，有的鸟模仿托布秀尔的声音，有趣极了。

牧民们惊喜地望着天空中的鸟儿：“传说智者开悟的时候，头顶有吉祥的鸟儿环绕。今天鸟儿为什么在两个孩子的头上盘旋呢？”

村主任巴拉珠尔说：“这是一个好兆头，预示着乌兰哈达村未来的一年人畜平安，风调雨顺。”

琴声在草原上久久地飘荡，博得了满场的掌声。人们纷纷为两个孩子竖起大拇指。

乌日图看到坐在台下的爸爸妈妈。他们幸福地笑着，眼睛里闪着晶莹的光芒。

草原上的小黄羊

摘自短篇小说《草原上的小黄羊》

· 希伯花草原 ·

内蒙古中部浑善达克沙地的南侧，有一片丘陵草原，它的名字叫希伯花，清澈的萨拉乌苏河围着草原蜿蜒流过。

丘陵草原和一望无际的水草草原不一样，它有山，有沙丘，也有小片的树林。希伯花草原挨着一座山，叫察尔森山，山上长着落叶松和白桦树，从山上到河边有三四公里的开阔地。

山里的动物到河边饮水要经过这片开阔地，狼、狐狸、猞猁这些食肉猛兽会潜伏在开阔地周围的灌木丛里，伺机捕食到河边饮水的动物。

兔子、黄羊经过这里时非常小心，它们飞速地奔跑，生怕跑慢了会成为猛兽的食物。

·灌木丛里有什么·

这天早晨，希伯花草原上跑来一匹马。清晨的草原上，这匹黑色的马很显眼。它跑过黄色的沙丘和绿色的灌木丛，撒开四蹄飞奔。它的尾鬃飘起来，脖颈上的鬃毛也飘着，从远处看，像一只黑鹰在草地上贴地飞行。

马背上坐着一个孩子，他叫所德木，今年7岁了。他一手握着缰绳，另一只手张开，迎接着风。他的蒙古袍下摆被风解开了扣子，在后背飘扬。

这匹黑马跑到一棵孤零零的榆树下，所德木下马，想把马拴在榆树上。马一时停不下来，绕着树小步跑。马快速奔跑之后心脏还在狂跳，要小步跑一阵，才能站住脚。所德木跟着马绕树跑了好几圈，马的脚步越来越慢，后来变成步行。所德木把马拴在树上，跑进灌木丛，他的肩上斜挎着一个布兜子。

这里有骆驼刺、梭梭、锦鸡，所德木找的是贴地生长的刺蓝莓。它的枝条很多，不知哪一根会结满蓝莓果。蓝莓果挤在一起，成熟的果实是紫色，没成熟的是肉色或淡粉色。他把熟透的紫蓝莓摘下来放进布兜里，心里盘算着，那些没熟透的果实等下回来再摘。灌木丛里的刺蓝莓并不多，要仔细寻找。

所德木用手拨着树枝走，突然看见草丛里趴着一只动物。他吓得后退了一步，仔细看这只动物，像一只小羊，又像是狍子。说它是羊，但皮毛棕黄。所德木在心里说：“羊羔们跟母羊和羊群在一起，不会独自钻到树丛里啊。再说，母羊一般在春天产羔，现在是7月，怎么会有羊羔呢？”

所德木蹲下来摸动物的脊背，它动了动，想站却站不起来。它肯定是饿了，没东西吃才趴在了这里。

所德木抱起“小羊”往家走。他边走边低头看，“小羊”的眼神纯净，鼻孔周围是黑色的，鼻梁是黄的，脑门儿鼓溜，看上去就让人喜欢。

所德木抱了一会儿“小羊”，累了就把它放在地上。他发现“小羊”站不稳，刚站起来，却又立即跪下去。他抱着“小羊”，穿过沙地和树丛，看到了结满蓝莓的枝条，那些密密麻麻的蓝莓太吸引人了。“小羊”没法站在地上，所德木只好抱着它往前走。

· 早产的小黄羊 ·

所德木家住在希伯花草原的东面，离萨拉乌苏河不远。牧区的房子都是孤零零的，他家也是。被太阳晒得发白的土房前面立着一个拴马桩，西山墙是羊圈。

所德木抱着“小羊”进了家门，妈妈吓了一跳，说：“哎哟，你抱的是什么呀？”看所德木把“小羊”放在地上，妈妈接着说：“我以为你抱的是羊羔呢。这哪里是羊羔？”

爸爸蹲下来看这只“小羊”，用手抚摸它身上的毛，说：“这是黄羊羔。你看它黄脊背、白屁股。孩子，你在哪儿找到的这只黄羊？”

所德木把事情的经过说了一遍。

爸爸说：“从察尔森山到萨拉乌苏河之间有一块开阔地，山里的动物到河边饮水要经过那里。可是，黄羊羔怎么会停留在那儿呢？”

爸爸的名字叫吉达，他的两撇黑胡子从上嘴唇弯到嘴角下面，黑眉毛也从眉骨弯到眼角下面。他是一位牧民，每天赶着家里的羊去远处的草场放牧。

近处草场的草已经被羊吃光了。羊要吃饱肚子，牧民就要赶它们去远处的草场吃草。从早到晚，吉达每天要走40多里路。羊的脚步不停，牧羊人的脚步就不停。

爸爸说：“黄羊这种动物，平时藏在荒漠深处，它们吃草和饮水都要成群活动。到河边饮水的时候，如果遇到狼的袭击，它们必定拼命逃窜。现在是7月份，是母黄羊产崽的月份。母黄羊为躲避狼的袭击，跟着大群的黄羊奔跑流产了，早产的黄羊羔就被落在那个地方。”

所德木说：“母黄羊就不管黄羊羔了吗？”

爸爸说：“它们在躲狼啊。母黄羊是跟着黄羊群一起活动的，它想管黄羊羔也管不了。母黄羊如果停下来管黄羊羔，一定会被狼吃掉。所以，它只能跟着大群的黄羊跑。”

所德木问：“那它不想黄羊羔吗？”

爸爸说：“怎么能不想？母黄羊丢了黄羊羔，时时刻刻都在想呢。如果它会哭，现在正在哭呢；如果它不会哭，心里也在痛呢。”

所德木仿佛听到母黄羊正在为丢了的黄羊羔哭泣，他把脸贴在小黄羊的脊背上。

妈妈说："那狼怎么没把早产的黄羊羔吃掉呢？"

爸爸说："狼这种动物聪明，它在黄羊群边上追赶黄羊，掉队的不光是黄羊幼崽，你们知道还有什么吗？"

所德木和妈妈摇摇头。

"还有跑不动的老黄羊。狼的注意力被那些老黄羊吸引住了，黄羊羔这才存活下来。"

爸爸抱起黄羊羔，轻轻抚摸，说："这只黄羊羔的腿断了。你看，把它放在炕上，它站不起来。母黄羊把它生出来后，它的腿被后面奔跑的黄羊踩断了。它爬到旁边的灌木丛里，这才捡了一条命。"

所德木听爸爸这样说，心里为小黄羊难过。

爸爸拍了拍所德木说："你别难过，小黄羊的腿慢慢会好的，骨折不是大问题，动物和人一样，慢慢养就能养好的。"

· 小黄羊的残骸 ·

所德木回到草原牵马。一丛丛灌木横贯在沙丘上，结满蓝莓的树枝从灌木里伸出来，像是在跟他招手。可是，他的心思不在蓝莓上，他想再找到一只黄羊羔。在一丛沙棘下，他发现了一摊血和动物残骸。

所德木带上一些残骸骑上马，回到家拿给爸爸看。

爸爸说："是小黄羊的蹄甲呀，这只黄羊羔被狼或者狐狸吃掉了。"

所德木问："母黄羊把黄羊羔生在灌木丛里，就不再回去找它了吗？"

爸爸摇摇头："不会再找了。每一只幼崽都有它独特的气味，它的妈妈凭着对气味的记忆寻找幼崽。但是，母黄羊把幼崽生在黄羊群里，黄羊群踩踏过，气味消失了，所以母黄羊就算找也找不到。"

所德木听到这里，眼泪都快流下来了，爸爸拍拍他的肩膀说："孩子，大自然有时候就是这样。"

· 小黄羊喝牛奶 ·

所德木把小黄羊放在家里的炕头上，在小黄羊身子下面铺一块红毯子。这个毯子平时放在箱子里，家人舍不得用，这次给小黄羊铺上了。

阳光穿过玻璃窗照在小黄羊身上，它身上的黄毛和红毯子对比鲜明。

小黄羊歪着头打量着这家人，好像在猜他们每个人的名字。

爸爸说："小黄羊放在家里养着吧，它的腿慢慢就好了。"

妈妈挤新鲜的牛奶，用奶瓶子喂小黄羊。小黄羊开始不吃，奶嘴放到它嘴边的时候，小黄羊拼命躲闪。妈妈掰开小黄羊的嘴，把奶嘴塞进去，它才学会了喝牛奶。

妈妈在牛奶里加上奶油和红糖，说加这些东西可以让小黄羊长力气。

妈妈一天给小黄羊喂五六次奶，夜里也要起来给它喂两三次奶。小黄羊皮毛闪亮，看上去胖了。它想站起来，但一站就摔倒。

妈妈对爸爸说："小黄羊的腿伤这样养是养不好的，它的腿骨已经断了。城里有专门给动物看病的宠物医院，那里的医生把小黄羊的骨头接好，它才能走路。一只黄羊不能走路怎么行，它要在炕上待一辈子吗？"

爸爸若有所思地点点头。

妈妈从箱子里掏出一个手提包，拿出100块钱递给爸爸，说："你明天进城去，用这些钱给小黄羊接骨头。"

·给小黄羊接骨头·

第二天清早，爸爸套上驴车，和所德木一起进城。他们把小黄羊放在一个纸盒子里，里边铺着小红毯子。

城里离他们住的地方不算远，如果开汽车上高速公路，30分钟就到了，但他们的驴车只能走土路，走了一个多小时才到。

这个城市不算大，但商业发达。卖东西的人在路边摆摊，汽车、电动车、牛车、马车在街上走，拉车的小毛驴变得惊慌失措。它不习惯找路，草原上只有一条路，城里有好多路，还有十字路口。它不知道往哪里走，耳朵立得直直的，不停地东张西望。

爸爸牵着毛驴的笼头小心地往前走。他们边走边看街道两旁的招牌，找宠物医院。

爸爸问扫街的环卫工人，工人说："在你身后的小区里就有一家宠物医院。"

他俩赶着驴车进小区，看门人却不让驴车进去。爸爸只好把驴车停在大门外边的柳树下，让所德木看车，他抱着小黄羊去找宠物医生看病。

所德木坐在驴车上看街景。街上有的人背着一捆葱，有的人戴墨镜，有的人穿拖鞋……往南走和往北走的人一样多。

过了一会儿，爸爸抱着小黄羊出来了，所德木问："给小黄羊接骨了吗？"

爸爸说："这个小区里的楼太多，我转了两圈转迷糊了，找不到那家宠物医院。"

一个孩子走过来，看样子是个小学生。他好奇地看吉达怀里的小黄羊，蹲下来问："叔叔，这是什么动物啊？"

吉达说："这是黄羊。"

孩子说："哎呀，黄羊太漂亮了！它的皮毛像鹿一样，但是比鹿的皮毛更油亮。嘴唇、耳朵的颜色都不一样，太有意思了。叔叔，你在这里卖黄羊吗？"

"不是，我在找宠物医院。小黄羊的腿断了。"

"我们想给黄羊治腿伤。"所德木补充说。

“我知道宠物医院在哪里，跟我来。”

这个孩子叫李山，今年10岁，是小学四年级的学生。他把吉达和所德木领到一个地方，指着门口的方牌子，说：“宠物医院。”

吉达点点头，抱着小黄羊进了屋。穿白大褂的医生正躺在长椅上看电视。

他看见吉达怀里的小黄羊，问：“这是什么动物啊？黑眼睛，白眉毛，长得真好看。”

吉达说：“这是黄羊羔，刚出生没几天。”

医生的脸上露出惊喜的表情，说：“黄羊啊，我第一次见到，难怪长得这么特别！它怎么啦？”

“它的腿断了，总是站不起来。”

“哦，骨折了。”

小黄羊用陌生的眼神打量着宠物医院。屋里有好多笼子，里边是来这里看病的小猫小狗。靠墙一排带玻璃门的白橱子里放着药品和医疗器械。

医生检查小黄羊腿部的伤口，用药物清洗创面，上药膏，把它骨折的前肢跟一根短塑料棒捆在一起，包上绷带，说：“这样就可以了。”

小黄羊这时候站了起来，往前走了几步。

吉达感叹道：“你真是神医呀！”

医生说：“这不算啥。动物和人一样，骨折都要固定，要不然骨头会错位，长不好。你放心吧，野生动物的骨头长得比人还快，过几天就好了。”

医生开了一些药，有的要抹在小黄羊的腿上，有的给小黄羊口服。

医生说："它要是不愿意吃药，你就用水把药化开，给它灌进去。"

吉达说："医生，谢谢你，这需要多少钱呢？"

医生坐在椅子上理了理头发，说："要多少钱好呢？200块钱吧。"

吉达说："我身上只带了100块钱。"

医生笑了，说："哈哈，好，那就收100块钱好了。"

· 小黄羊去哪儿了 ·

交完钱，吉达抱着小黄羊往外走，从门口进来一个人，他抱着一只白狗。这只狗身上的长毛盖住了爪子，头上的毛遮着眼睛。

抱狗的人两鬓头发剃得精光，顶上的头发向后梳了一根小辫子。他问："这抱的是什么动物？"

"这是黄羊。我也是头一次见呢。"宠物医生说。

"哎哟，这就是黄羊啊，卖给我吧。在我的餐馆里，拿它做一个火锅，那可就太值钱了。"

吉达摇摇头："我不卖。黄羊也是一条生命，怎么能让你放到火锅里吃呢？"

"500块钱，卖不卖？价钱好商量嘛！"

"你出多少钱我都不卖。"说着，吉达抱着小黄羊走出门。

吉达赶上驴车，所德木坐在车上抱着小黄羊，他们要回家了。那个叫李山的孩子跟着驴车走，眼睛一直看着小黄羊，脸上露出微笑。

这个城市不大，不一会儿，他们就走到了城外。

前面敲锣打鼓，黑压压的人群在看卡车上的演员表演。卡车上站着四五个人，手拿麦克风又跳又唱。

他们唱完，走出来一个身穿西装的人，说："乡亲们，现在你可以不花钱就骑走电动车。现场办理1000块钱的贷款手续，到了年底再把钱还给我们。快来看电动车啊，一分钱不花就能骑走电动车！"

有一个人上前，在桌子上的一张纸上签字，然后骑走了电动车。

吉达动心了，他喜欢电动车，羡慕那些骑电动车的人，他们骑来骑去，丝毫不费力气。他在兜里摸索着身份证。

所德木拽拽他的袖子："妈妈说过，到了城里什么也不要买。"

吉达抬头想了一会儿，说："他们说不花钱就能骑走电动车，只要年底还给他们1000块钱就行。"

有人问："如果我年底还不上1000块，怎么办呢？"

卖车的人说："每个月再加100块的利息，一直加到你把钱还上为止。我们会和你一起想办法。"

吉达说："这是高利贷呀，差点儿上了你们的当！"

"你不能这么说，你愿意买车就买车，不愿意买车你就走嘛。”穿西装的男人说。

吉达对所德木说：“你妈妈说得对，咱们不能随便花钱，钱花出去就回不来了。”

他们俩挤出人群，看到小毛驴车还拴在柳树上，但车上的小黄羊不见了。

·解救小黄羊·

爸爸看小黄羊没了，急得头上冒了汗。他光想着电动车，把重要的事都忘到了脑后。

他对所德木说：“不是让你在这儿看着小黄羊吗？你怎么走了？”

所德木说：“我看你半天不回来，去找你，结果……小黄羊没了。”说着，他低下头，眼泪在眼眶里打转。

“别着急了，咱们去找吧。”

说是找，但是到哪里去找呢？

所德木说：“那个小孩一直跟着咱们。小黄羊没了，他也不见了，是不是他把小黄羊抱走了？”

爸爸没说什么，赶着驴车漫无边际地在街上走，往左看、往右看，根本看不见小黄羊的影子。

到了中午，所德木对爸爸说：“我饿了。”

“咱们的100块钱都给小黄羊接骨了，我身上没有钱，你忍着点，咱们找到小黄羊就回家吃饭。”

所德木吸了吸鼻子，抹了一把眼泪。

爸爸叹口气，带所德木来到一座楼房山墙下面，坐着歇息。

山墙对面有一排三轮车，卖煎饼果子、炒冷面、烤鱿鱼和烤肠的人都在吆喝，正是吃午饭的时间。

所德木对爸爸说："咱们别在这儿坐着了，闻这些香味，肚子里咕咕叫。"

爸爸看了他一眼，起身赶着驴车往前走。

突然，有一个声音喊："你们快站住！"

他们回头一看，原来是李山跑来了。他气喘吁吁地说："你们的小黄羊被人偷走了！"

"谁偷走的？"

"有一个人拿化纤袋子把黄羊装进去，走进了一家餐馆，我跟在他后面看到的。"

吉达说："你快领我们去那个地方。"

他们匆匆忙忙地走到一个餐馆门前，餐馆牌匾上写着：仙客来。

吉达在电线杆子上拴好驴车，走进屋里。他在屋里东张西望，有几个人吃饭，其他餐桌空着，没看到小黄羊。他走到厨房，看到留小辫子的人手拿一把菜刀，跟厨师商量怎么宰那只小黄羊。小黄羊被他们摁在案板上动弹不得。

吉达大喊一声："住手！"

他们俩吓了一跳，梳小辫子的人手一哆嗦，刀掉在了地上。

吉达抱起小黄羊向门外走，梳小辫子的人拦住他，说：

“大哥，别生气，快坐下。”

这时候，所德木走了进去，屋里饭菜的香气太诱人了。

梳小辫子的人把所德木按到椅子上，让吉达也坐下，对服务员说：“快上菜。”

他说：“大哥啊，你别生气，咱俩有事好商量。这只小黄羊你抱回家里也没啥用处，还得养它，不如卖给我。”说着，他拿出500块钱放在吉达面前。

“我不卖！刚才我要是晚来一步，你们就把小黄羊杀了。”

服务员把饭菜端上来，一盘猪蹄、一盘酱牛肉和两碗米饭。

所德木咽了一口唾沫，爸爸拉着他往外走。

梳小辫子的人在后面说：“你把黄羊抱到家里是违法行为，警察会去找你，还不如现在把它卖给我。”

“我们不杀它，也不吃它的肉，怎么会违法？”

“黄羊是国家一级保护野生动物，你私自收养黄羊就是违法。”

“不管你说什么，我都不会把黄羊留给你们，我要把它带回家。”

他们赶车走到楼房山墙的食品摊前，吉达对卖烤肠的人说：“我身上没带钱，孩子饿了，你卖给我两根烤肠。我把衣服押在这儿，明天给你来送钱。”说着，爸爸把他的外衣脱下来。卖烤肠的人说：“用不着啊，大哥。这两串烤肠，算我送给孩子的，你不用送钱了。一看你就是牧区的人，来一趟不容易。”

他把两根烤肠递给吉达，吉达说谢谢，一根烤肠给所德木，另一根烤肠给了李山。

吉达说：“谢谢你，孩子，要不是你告诉我们，黄羊就被他们给杀了。”

说话间，他们走到城边，吉达看李山还在后面跟着，问：“你为什么还跟着我们啊？”

“我想跟着你们认认路，以后去你们家看这只小黄羊。”

吉达说：“我家很远，到了那儿，你自己回不来。我告诉你地址，你想去的时候让大人领你去。我们家住在萨拉乌苏河北岸，希伯花草原东边，房子西边有3个大风车，很远就能看到。”

所德木说：“我家的房顶是蓝色的彩钢瓦，很好找。”

李山恋恋不舍地站住脚，目送他们往前走。驴车走远，所德木回头看，他还站在原地，向他们挥手。

·神秘的大黄羊·

回到家里，所德木抱着小黄羊，把它放在炕上。小黄羊能站住了，还往前走了两步。

爸爸妈妈喜笑颜开，说这个大夫医道很高。

从那时开始，所德木跟小黄羊天天玩。小黄羊能走路了，他们下地玩，后来到门口的草地上玩。

爸爸每天给小黄羊上药，它能跑了，跑得比绵羊快。绵羊用小碎步跑，小黄羊撒开四蹄像马一样奔跑。不管它跑得怎样快，白屁股都很明显。

小黄羊不吃草只喝牛奶，妈妈拿奶瓶喂。它越来越能吃，每天喝十几瓶牛奶。

有一天，妈妈说："门外远处的灌木丛里站着一只大黄羊，往这边看。人一走过去，它就跑了。"

所德木说："大黄羊是小黄羊的妈妈吗？"

爸爸说："不一定。小黄羊的妈妈是依靠气味确定血缘关系的，它怎么可能知道孩子在哪里呢？"

所德木在心里说："也许真是小黄羊的妈妈来了呢？"他带着小黄羊在门口的草地上跑，一边跑一边往远处看，希望发现大黄羊，但大黄羊再也没有来过。

有一天，所德木带着小黄羊去沙漠里玩，正走着，小黄羊突然跑起来，像飞一样冲向前方的一片灌木丛。

小黄羊跑到灌木丛里不见了。过了一会儿，灌木丛后边露出大黄羊的身影，小黄羊追上了大黄羊。大黄羊矫健地往前跑，小黄羊紧紧跟在它后边，一眨眼的工夫，它们跑得无影无踪。无论所德木在后面怎么喊，它们都丝毫不理会。

所德木坐在地上哭了起来。

回到家，他告诉爸爸妈妈："小黄羊被大黄羊领走了。"

爸爸说："这是一件好事，黄羊总是要回到大自然的，要不它活不成。"

"为什么？"

“黄羊和咱们家里的羊吃的东西不一样。它吃沙漠里的植物，像苔草、盐爪爪、红柳的嫩叶子，还有莎草。”

所德木说：“咱们可以去沙漠里采这些草，喂小黄羊啊！”

“这些草不好找的。大黄羊会教小黄羊找到这些草，不然的话，小黄羊慢慢就饿死了。它不能整天喝牛奶，牛奶里没纤维，黄羊吃了不长力气。小黄羊还要跟着大黄羊学习奔跑和躲避天敌。”

“大黄羊如果不是小黄羊的妈妈，为什么还要把它领走呢？”

“大黄羊心好，它不忍心看小黄羊孤零零地待在咱们家。不管是不是它的孩子，大黄羊都要把小黄羊领走，领到大自然里，那里才是它们的家。”

·一只白尾巴的鸟·

第二天，所德木躺在炕上不起来。爸爸看他眼睛哭肿了，问：“你还在想小黄羊吗？”

所德木点点头。

“我要去捡到小黄羊的地方，看能不能再捡一只小黄羊，抱回来在家里养。”

爸爸只好带他去找小黄羊。在上次找到小黄羊的灌木丛里，他们发现了黄羊的残骸蹄甲。

爸爸说：“这或许是狼把小黄羊吃掉了。”

再往前走，他们又发现了小黄羊的残骸。一上午，他们一共发现了三处残骸，其中有一处是大黄羊的残骸，它的头上有棱状的尖犄角。

爸爸说：“这是老黄羊，它跑不动了，被狼或者狐狸吃掉了。所德木，你看到了吗？藏在灌木丛里面的黄羊羔都被吃掉了，咱们回家吧。”

那么可爱的小黄羊被狼吃掉了，所德木难过起来。他不由得恨起狼来，很想藏在灌木丛中，等到狼来的时候用石头砸它们。“咱们再找一会儿，也许前面有黄羊羔呢。”

天上不知什么时候集聚起乌云，乌黑的云彩像几百辆黑黑的马车往地面冲下来。云层越来越低，空气中传来雨前的腥味。

爸爸说：“我们快回家吧，马上要下雨了。”

他们拉着手往黑马那里跑，跑到黑马身边，雨已经下起来。他们骑上马往家走。

瓢泼大雨倾泻下来，四周是哗哗的雨声，看不到远处的山峦，白花花的雨箭一般扎在地上，炸雷一个接着一个地追赶过来。

一会儿工夫，天色稍微放晴了一点，雷声消歇，突然又下起了冰雹。所德木感觉到头顶被噼里啪啦的雹子击中。爸爸让他趴在马上，抱紧马脖子，自己用身体盖住所德木。

他们骑马往前走，这时马被冰雹砸得不愿走了，原地转圈儿。两人下了马，前面模模糊糊有一棵树，他们牵马走到树前。这是一棵榆树，地面上落了一层树叶，冰雹把树叶砸掉了。

他们蹲在树下面，雹子少了。所德木摸到手边上有一个热乎乎的东西，他抓起来看，是一只鸟。

这只鸟头顶上有一根黑翎，白眼圈，胸脯也是白的，翅膀褐色，长长的白尾巴比身体还要长。鸟闭着眼睛。

爸爸说："鸟在树上躲雨，被冰雹砸晕了。你把鸟放在怀里，用两只手捂着，过一会儿它就会醒来。"

冰雹停了，天上的乌云像被阳光撕裂，遍地的冰雹闪闪发光。这时候，一滴雨也不下了，四周静悄悄的。

所德木小心地把鸟儿从怀里掏出来看，小鸟睁开眼睛，它的眼睛又黑又圆，在向四周张望。

爸爸让所德木把鸟放在地上。

鸟在地上站着，身体摇晃。

所德木问："这只鸟会死吗？"

"不会，它已经醒过来了。但我们不能把它放在这里，它被冰雹砸了脑袋，现在还飞不起来，留在这儿，会被雨后觅食的野兽吃掉。我们把这只鸟带回家。"

所德木高兴起来，没有找到小黄羊，能找到一只鸟也很好。他用两只手捂着这只鸟，跟爸爸往前走。

走着走着，爸爸突然在一处灌木丛前蹲下，说："这里有一只小黄羊！"

所德木走过去，看见灌木丛里真有一只小黄羊，它身上的皮毛被雨浇湿了。小黄羊转过头看他们，身子并不动。爸爸把小黄羊抱出来，放在地上。这只小黄羊四条腿站着，它没有受伤。

所德木像见到老朋友一样，他一手握着鸟，另一只手抱着小黄羊往家跑，爸爸牵着马跟在他后面。

· 爱蹦高的小黄羊 ·

回到家，妈妈用上次喂那只小黄羊的奶瓶，给这只小黄羊喂牛奶。这只小黄羊很能吃，一顿要喝两瓶牛奶。

小鸟呢，所德木把它放在用秫秸编的笸箩里，撒上小米，让它一边晒太阳，一边吃米。

小黄羊长得快，它来到所德木家第三天就能在门口的草地上奔跑了。它跑起来的时候，不时在空中蹦个高，落地后又往前跑，再在空中蹦个高。蹦高时，它的四条腿交叉在一起，样子可爱极了。

妈妈说："所德木，你要有心理准备，这只小黄羊长大了，不知哪一天，也会跑到荒野里，或者被大黄羊接走。到时候，你可不要哭哭啼啼。"

所德木说："我明白，动物愿意待在大自然里。"

· 奇怪的事情 ·

这一天，发生了一件奇怪的事。

早上，天蒙蒙亮，妈妈在羊圈边上给牛挤奶，一只小黄羊从远处跑过来，在妈妈跟前站住了。

妈妈以为是屋里的小黄羊跑出来："你怎么跑出来了？这样你会跑丢的。"

这只小黄羊看着妈妈，眼睛里好像含着泪水。它的两个前肢弯下来，跪在地上，嘴贴着地。

"哎呀，小黄羊，你怎么跪下了呢？"妈妈要去抱它，小黄羊却一闪，跑到了远处。

妈妈看见远处有一只大黄羊在等着它，它们很快消失在白茫茫的晨雾里。

妈妈急忙回屋。可是进屋后，妈妈惊呆了，小黄羊趴在炕上睡觉呢！

妈妈推醒所德木，说："你上回养的那只小黄羊刚才回来了，它走到门口向我下跪，然后跑了。"

爸爸说："哎呀，黄羊来感恩了！"

所德木一骨碌爬起来往外跑。

妈妈说："它已经跑远了，你看不见。"

这件事让他们一家人很感动，他们围着家里这只小黄羊欣赏。

小黄羊眨着又黑又亮的眼睛听他们说话。它的眼睛上面有一道白，像眉毛；白眉上面又包着深黄色皮毛，脑门儿正中有一条黑棱；黑蹄子上有一圈白毛，腿上的皮毛是黄的。所德木一家人越看越觉得神奇。

爸爸对妈妈说："哎呀，想不到小黄羊还知道感恩呢，第一次听说。我打算明天去希伯花草原，在河边扎一个帐篷，把那些早产的小黄羊捡回来收养一段日子。"

妈妈问：“你去捡黄羊羔，家里放羊的事谁来做？”

爸爸说：“我让村主任巴特尔帮着放咱们家的羊，到秋天送给他几只羊当工钱。”

妈妈说：“那好吧，你们捡到小黄羊，我给你们送牛奶喂养它们。”

爸爸对妈妈说：“你好好照看家里的小黄羊，别让它丢了。”

“我会天天喂它牛奶。但是，如果有大黄羊来接它，我也拦不住。”

·搭帐篷·

第二天，爸爸赶驴车拉着所德木来到希伯花草原，他们准备在动物到萨拉乌苏河饮水的路上搭一个帐篷。爸爸的驴车上拉着木杆子、防雨的帆布、被褥、枕头、煤油灯和防狼的木棍，木棍顶端包了铁头。

帐篷搭好了，所德木很兴奋，他觉得又多了一个家。从这个家往前看，是像白银一样流过的萨拉乌苏河，野鸭子成对游过，河的上空飞翔着树叶似的鸟儿；往左手边看，是夹杂着棕色的绿灌木丛，那里有刺蓝莓；往右手边看，是开阔地，黄羊群穿过这里去河边饮水。帐篷后面有一块兀立的石头，比一间房子还高。爸爸说可以爬上去瞭望四周，找小黄羊。

所德木希望黄羊群现在就来河边饮水，如果母黄羊在奔跑中流产了，他们就把小黄羊抱过来，放在帐篷里喂养。

他们把带来的被褥铺在防潮的塑料布上，塑料布下是草地。

爸爸说黄羊胆子特别小，它们怕猛兽，怕人，怕声音，夜深人静才过来饮水。

“所以，”爸爸说，“在夜间我们不要发出声音，如果出声的话，黄羊就不敢来了，它们会一直渴着。”

所德木说：“可是，我半夜想撒尿，怎么办呢？”

“你静悄悄地到外面撒尿，别走远，就不会影响它们。”

爸爸捡回来一捆干树杈，所德木问这是做什么用的，爸爸说点篝火防狼。

“狼会吃我们吗？”

“狼生性凶猛，我们要有防备。”

“应该把狼捉住，送到梳辫子那个人的餐馆里，让他们做肉饼吃。”

爸爸说：“哈哈，没有人吃狼肉，狼肉不能吃。再说，狼也没有做错什么呀，弱肉强食是自然法则。”

· 夜色里的狼 ·

夜幕降临，所德木躺在帐篷里，双手抱着头透过天窗看外面的星星。人们说的黑夜，是说大地黑黝黝的，夜里的天空是深蓝的。深蓝的夜空上，密集的星星汇成河流，闪烁着光芒。但是，天上的河里没有水，有水的话早就漏下来了。

所德木看着星星，听萨拉乌苏河水哗哗流淌。静下来听水声，水的声音越来越大，好像是河流的打鼾声，又像是怪兽在河里窃窃私语。这些声音白天根本听不到。

爸爸问所德木：“你怎么一动不动啊？”

所德木说：“我不敢动，怕影响黄羊来喝水。”

爸爸说：“哈哈，你不要太小心了，我说的不要发出声响，是不要大声喊叫。你在帐篷里翻身不会吓到它们。黄羊在后半夜来河边喝水，咱俩现在说话不会惊吓到它们。”

“爸爸，咱们能捡到小黄羊吗？”

爸爸说：“我倒是希望捡不到。这些早产的小黄羊太可怜了，它们还是在妈妈的肚子里更好。到了该出生的时候，它们的妈妈会在一个狼和狐狸都不知道的地方把它们生出来，那样多好。”

“我们要在这里住多少天？”

“黄羊生崽就在这个月，过了这个月，它们不再生小黄羊了，那时候我们就回去。”

半夜，所德木醒来，听到窸窸窣窣的声音。他坐起来揉了揉眼睛，看帐篷前有一堆篝火，火焰被风吹得倒向一边，木柴烧得噼里啪啦地响，爸爸拿着打狼的棍子坐在篝火边上。

“爸爸，你点篝火做什么？”

爸爸指着前面说：“那边有狼。”

"你看见狼了吗？"

"夜色这么黑，我看不到。小毛驴闻到了狼的气味，一个劲儿用四蹄刨土，尥蹶子，证明狼来到了附近。"

"点篝火狼就不敢过来了吗？"

"是的，狼怕火，所有的野兽都怕火。"

父子俩坐在篝火边，所德木想象在漆黑的夜色中，狼坐在远方往这边看。不知不觉，他又困了，回到帐篷里睡着了。

· 捡到两只小黄羊 ·

第二天早上，天大亮，草尖的露水像珍珠一样闪闪发光。萨拉乌苏河水面上飘着一层白雾，白雾遮住了河里的波浪。

所德木问爸爸："黄羊来河边喝水了吗？"

"不知道。它们来也是静悄悄的，咱们听不到。"

所德木和爸爸用酸奶拌炒米当早餐。吃过早餐，爸爸说："咱们去找小黄羊。"

父子俩迎着湿润的晨风走在草原上，露水把鞋打湿了。远处淡蓝色的山峰背后是湛蓝的天空，白云飞来，像一只巨大的鲸鱼去冲撞山峰。

他们走着，灌木里不时飞出蚂蚱和小鸟。所德木看到好几个地方有刺蓝莓枝条，但他不想去摘，他有更重要的事情要做。

他们走了很远，没看到小黄羊，也没看到被狼吃剩的黄羊残骸。但所德木发现了一个好地方，它是在察尔森山脚下的一片小湖，月牙形，环绕着察尔森山突出的岩石。

他们来到湖边，所德木看见很肥的黑鱼在水里缓缓游动，不仔细看，根本看不出来它们是鱼。这些鱼只是稍微动了动尾巴，就往前移动。

还有一个好地方也在察尔森山下，那里开放着大片的查娜花。这些花从湖边一直开到山坡上，远看就像一块彩色的毯子铺在山麓晾晒。

开查娜花的地方有好多野蜜蜂在上空嗡嗡地飞。它们飞起来又落下，不清楚自己要飞还是要落，忙个不停。

回到帐篷里，所德木和爸爸手抱着头躺在褥子上。他觉得时间很难熬，如果找到了小黄羊，给它喂奶，多有意思啊。

第二天，他们仍然没有捡到小黄羊，第三天也没有，第四天、第五天都没有捡到小黄羊。

第七天早上，他们在灌木丛里发现了一只小黄羊。这只小黄羊的耳朵划破了，流着血，身上也沾着血迹。

所德木赶紧抱起小黄羊。

爸爸说："咱们再往前走一走。"

没走多远，他们又发现了一只黄羊羔。这只小黄羊身体完好，爸爸抱起它。他们俩一人抱一只小黄羊，回到了帐篷里。

所德木放下小黄羊，跑回家去取牛奶，妈妈给他一大塑料袋牛奶。他拎着奶，赶回希伯花草原。

· 泉水、灌木和蓝莓 ·

这两只小黄羊很可爱，所德木仔细检查它们的腿，都没有受伤。一只小黄羊耳朵上有伤口，爸爸说这是被其他黄羊的蹄子踩的，不要紧。

它们都能站起来，但站一会儿就摔倒，腿没有劲儿。喝了牛奶后，两只小黄羊精神了，挺起头四处观望。

所德木给它俩起了名字，一只叫泉水，一只叫灌木。爸爸说家里还有一只小黄羊呢，所德木说那只小黄羊叫蓝莓。

泉水和灌木连喝了两天牛奶，变得活泼好动。爸爸把家里那只叫蓝莓的小黄羊也带到河边的帐篷里，3只小黄羊蹦蹦跳跳一起玩，开心极了。

爸爸对所德木说："如果大黄羊来了，领它们走，我们就让它们走，好吗？"

"我懂，它们应该和伙伴在一起。"

蓝莓比这两只小黄羊大，跑得快，还会在空中蹦高。泉水和灌木很羡慕，模仿蓝莓蹦高，但它们腿上的力量不够，蹦不起来。

3只小黄羊在草地上玩，饿了就跑回帐篷喝奶。它们一天要喝3斤多牛奶，后来增加到5斤，还要往牛奶里放一斤稀奶油。这些牛奶和稀奶油对普通牧民来说，是一笔不小的开销呢。

·警察来了·

有一天，小黄羊被人带走了……

那天上午，爸爸去河边的草原打牧草，所德木和3只小黄羊在帐篷里玩。从远处来了3个人，他们身穿迷彩服，戴着墨镜。

他们到帐篷前，其中一个红脸膛儿的人问所德木：“小朋友，你知道这是什么羊吗？”

“我知道，这是黄羊。”

“你在哪儿找到的黄羊？”

“在灌木丛里。我们捡回来给它们喂奶。”

“你的爸爸妈妈在这里吗？”

“我爸爸去河边打牧草了。”

他们去河边找所德木的爸爸。

过了一会儿，爸爸和他们一起回到帐篷里。他对所德木说：“我跟他们进城里办事，你自己先回家吧。”

“小黄羊怎么办？”

爸爸说：“他们要把小黄羊都带走。”

“小黄羊是我的好朋友，不许他们带走。”

红脸膛儿蹲下来，拍着所德木的肩膀，说：“小朋友，我们是林业公安，带你爸爸到派出所问一点事情，问完就把他送回来。这些黄羊是国家一级保护野生动物，我们必须带走它们。”

一个人和爸爸并排着往前走，另外两个人把小黄羊装进化纤口袋里。

“爸爸，你别去城里，不许他们带走小黄羊！”所德木绝望地看着他们，爸爸不断回头望。他们上了一辆白色的大吉普车，走远了。

所德木躺在地上哭了起来。哭着哭着，他突然坐起来，跑回家，把事情的经过告诉了妈妈。

妈妈坐下想了一会儿，说：“林业公安把吉达带走了，这可怎么办呢？”

她带所德木去找村主任巴特尔。村主任正在草原上放羊，羊群里还有所德木家的羊。他们把羊群赶回家，巴特尔开着带车厢的三轮电动车带所德木母子一起去了城里。

· 小黄羊吃上了苔草 ·

村主任巴特尔对城里很熟悉，他在一个地方停下车，说：“这是林业公安派出所。”

警察领他们来到所长办公室，村主任对红脸膛儿的所长说：“你们刚才带走的人是好人，他的名字叫吉达。”

所长姓张，说：“吉达有可能擅自捕捉、收养国家一级保护野生动物黄羊，这是违法行为。事情调查清楚之后再做决定，吉达要留在所里配合调查工作。”

“我来给吉达做证明。希伯花草原邻近萨拉乌苏河，是黄羊群到河边饮水的必经之地，现在正是母黄羊产崽的季节。黄羊饮水的时候遇到狼的袭击，四处逃命，母黄羊会流产，把早产的黄羊羔遗弃在那个地方。这些遗弃的黄羊羔会被狼和狐狸吃掉。吉达收养这些黄羊羔，自己花钱给受伤的小黄羊接骨头，用家里的牛奶喂养它们，这怎么是犯罪违法呢？多好的人哪！”

“你说的如果是事实，吉达应该受到表扬。但黄羊是国家一级保护野生动物，不得擅自收养。”

“看到黄羊羔不能捡，眼看着它们被狼吃掉吗？”

“遇到这种情况应该打电话给野生动物保护机关或者林业公安机关，我们会派人捡回来。”

村主任问：“吉达收养小黄羊，会判刑吗？”

张所长说：“猎杀、出售、贩卖、捕食国家保护的野生动物，视情节轻重做行政拘留或刑事处罚。吉达的行为够不上犯罪。”

“我们可以见吉达吗？”

“你们现在不能见他，他正在接受我们的调查。调查结束后，我们打电话通知你，你们派人把吉达接回去。”

“不管你们调查多长时间，我们都在派出所外面等着。”巴特尔带着所德木母子俩走出派出所，坐在山墙的窗户下面。

中午，所长把他们3个人请到派出所的食堂一起吃午饭，有炒青椒、拌白菜心和馒头，所德木没看到爸爸的身影。

吃过饭，他们继续坐在派出所的窗户下面等消息。所德木心里害怕，他很想听听大人们说话，但是村主任和妈妈都不说话。他想哭，看到他们严肃的样子，也没敢哭。

到了傍晚，吉达出来了。

所长招手把村主任叫过去，说："我们调查清楚了，吉达没有伤害野生动物的行为，他做的事是为了保护黄羊，应该受到表扬。但吉达没有打电话报告野生动物保护单位，擅自收养小黄羊是错误行为，我们对他提出了批评教育，现在吉达没事了，你们带他回家吧。"

所长拿出一个信封交给吉达，说："这1000块钱是我们林业公安派出所对你的奖励，感谢你保护小黄羊的高尚行为。"

所德木说："我们给黄羊治腿只花了100块钱。"

张所长摸摸他的头，说："你们都是善良的人。"

村主任问："派出所怎么知道吉达收养了小黄羊？"

"有一个开餐馆的人向我们举报了。"

吉达问："是不是一个留小辫子的人？"

"是的。"

"这个人想把小黄羊杀了吃肉呢。"

"他那么做，要被判3年以上有期徒刑。"

临走前，所德木说："我们想再看看小黄羊。"

所长领他们走到后院，打开门，里面像动物园一样，全是动物。鸟儿、老鹰待在笼子里，小黄羊在木槽边上吃东西。

"小黄羊在吃什么？"所德木问。

"这是专门给黄羊采来的苔草，它们最喜欢吃。"所长说。

“小黄羊长大了以后，去哪里呢？”

“放归大自然，让它们回到黄羊群里。”

“我们还可以到河边的灌木丛里捡黄羊羔吗？”吉达说。

所长说：“可以，你们捡到黄羊羔后要把它送到这里，会得到奖励。”

妈妈说：“我们不图奖励，就是想救小黄羊。”

“好啊，你们的心灵像水晶一样。该奖励的还要奖励，这是规定。”所长说。

他们三口人蹲下摸小黄羊的毛，小黄羊抬头看他们，眼睛里好像流露出不舍之情。

吉达说：“这里好，你们在这里生活吧。”

所德木说：“这里有警察，狼和狐狸不敢来。”

所长送给吉达一部手机，说：“你发现小黄羊后，给我们打电话。这是工作手机，跟别人通不了话，专门和我们派出所联系。”

吉达高兴地把手机揣进怀里。

说着话，他们坐上村主任的车，离开派出所，向希伯花草原驶去。

· 鸟儿来告别 ·

回到家，所德木进屋看见炕上的红毯子，这是蓝莓睡过的。

他抓起毯子说：“我有过4只小黄羊，现在一只也没有了。”他用红毯子包着头，趴在炕上哭起来。

爸爸说：“小黄羊在派出所里待着多好啊，它们长大了说不定还能当警察呢。”

所德木听了爸爸的话，坐起来笑了，鼻子吹了一个鼻涕泡。他问爸爸：“咱们还去河边捡黄羊吗？”

“要去啊，明天一早就去。咱们要把黄羊送到派出所去。”

这时候，他们头顶传来扑拉扑拉的声音，抬头看，是那只捡来的白尾巴鸟儿从敞开的窗户飞进屋里。

鸟儿想找个地方下落：它落在吊在顶棚装针线的笸箩里，没站住；飞出来落在挂镜框的绳上，又没站住。鸟儿在屋里飞了好几圈，最后落在炕上的被垛上。鸟儿爱落在高处。

所德木问：“小鸟进屋做什么来了？”

小鸟向他点点头，嘴里发出叽叽的声音。

妈妈说：“鸟儿休息好了，它也要回归大自然了，它是来告别的。”

鸟儿像能听懂话一样点点头，展开翅膀，穿过窗户飞到外边。

所德木从炕上站起来向外望去，看见鸟儿落在门口的拴马桩上，两根白尾巴垂下来，它看着所德木。过了一会儿，它飞起来了，飞到天空，直至一点儿踪影也看不到。

所德木说：“还没给小鸟起名字，它就飞走了。”

爸爸说：“小鸟的名字叫冰雹。”

第二天早上，天刚亮，爸爸带所德木来到了萨拉乌苏河边，他们到灌木丛查看有没有早产的小黄羊。

太阳从察尔森山顶升起半轮，红光照耀。地平线在颤抖，如一群披着红光的动物在奔跑。太阳升高后，萨拉乌苏河瞬间变得橙红，像烧红的铁水在希伯花草原上弯弯曲曲地流淌。河水下面的鱼看到这样的红光，该会多么惊奇呀！

一群黄羊从山脚下跑过，速度非常快。它们身上的黄色皮毛就像蒙古栎树秋天褐黄的叶子，肚皮很白，雄黄羊长着高高的尖犄角。突然，一只黄羊蹦起来，高过黄羊群。接着又有黄羊蹦高落地。很短的时间，这群黄羊跑得无影无踪。

爸爸和所德木看得呆住了，所德木说黄羊真了不起，爸爸说它们是神奇的动物。

夜晚，所德木看天上的星星，听萨拉乌苏河哗哗的水声，眼前似乎又看见一群黄羊飞奔而过。

明天早上，他和爸爸还要到草原上寻找小黄羊。

送你一条大河
——西拉与木伦

摘自短篇小说《送你一条大河——西拉与木伦》

· 大雁的误会 ·

秋天到了，草木枯萎，大地变成了金黄色。男孩西拉趴在沙漠中的芦苇里，等待大雁飞出来。

四周静悄悄的，风吹拂金色的芦苇叶唰唰地响。这时候，一只大雁飞出来，在飞过西拉的头顶时，它拉了一泡屎。大雁怎么能把屎拉在人的头上呢？过去从来没发生过这样的事情，西拉吓了一跳。但更害怕的是那只大雁，它惊慌地飞走了。西拉用手摸了摸自己的脖子，气得差点跳起来。

大雁为什么会在西拉的头上拉屎呢？因为他长了一头黄头发，远远看去就像秋天的苇草。西拉不光头发是黄色的，眉毛也是黄色的。仔细盯着他的眼睛看，他的睫毛也是金黄的。

从那以后，每当天空有大雁飞过的时候，西拉就会立刻用手捂住自己的脖子，等待大雁飞远。

· 青色的狮子 ·

西拉原来不叫西拉，他有一个好听的名字——霍克巴尔斯。这是爷爷给他起的名字，意思是青色的狮子。

爷爷临终前对西拉的爸爸门德说："以后我有了孙子，名字就叫霍克巴尔斯。"

门德记住了这句话，把它当作重要的事情。后来，他遇到了西拉的妈妈桂丽丝花，和她结了婚。

第二年，桂丽丝花怀孕了，肚子大得像扣了一口锅。

门德知道桂丽丝花肚子里有了一头"青色的狮子"，这头"小狮子"很快就要出生了。桂丽丝花的预产期是7月15日，她提前3天就来到了旗医院待产。

桂丽丝花进了产房，过了一会儿，门德听到婴儿响亮的哭声。他跑到产房门口，等待"青色的狮子"。

果然，护士推开门，把包着的小婴儿塞到他怀里，笑着说："你的儿子。"

门德接过这个肉蛋蛋，分辨他的鼻子、嘴巴和眼睛。这孩子闭着眼睛，攥着两个小拳头，在使劲儿蹬腿呢！小婴儿刚来到世界上，不适应光线，所以他们都会闭着眼睛。

门德激动地说："霍克巴尔斯！"

护士吓了一跳，问怎么回事。

门德指着婴儿说："他是霍克巴尔斯！"

他小心翼翼地抱着儿子往外走，护士喊："你别走啊，还有呢！"

门德想起来了，桂丽丝花还在产床上躺着呢。他光想着把孩子抱回家里，把产妇忘了。

门德走回来，护士又往他怀里塞了一个包着的小婴儿。

门德问："这是什么？"

护士说："这怎么能是'什么'呢，他也是你的儿子啊！"

门德说："我的儿子霍克巴尔斯在这里。"

护士说："这个也是你的儿子。"

门德从来没想过，他的妻子能一下子生出两个儿子来。他对护士说："你们是不是弄错了，把别人的孩子给我啦？"

护士说："我们怎么会把别人的孩子送给你呢？"

门德的脑子还没转过弯儿来，护士把两个婴儿抱过来放到床上，对门德说："这两个孩子都是你的儿子，他们是双胞胎。这回你明白了吗？"

门德喜笑颜开，说："太好了！一下子来了两个儿子！可是，我的妻子没跟我说过啊？"

桂丽丝花用蜜蜂那么细小的声音说："我哪里知道怀了两个孩子呢？"

门德突然说："坏了！"他问护士："你把这两个孩子都放在床上，记得哪个孩子是先出生的吗？"

护士想了想，说：“哎呀，我也记不得了。”

门德说：“你先把哥哥递给我，又抱来了弟弟，然后你把这两个孩子一起放到床上。可哪个是哥哥，哪个是弟弟呢？”

护士说：“你随便把他们分成哥哥和弟弟就好了，这有什么关系呢？”

门德说：“这不是早生几分钟的问题，哥哥是霍克巴尔斯。”

桂丽丝花问：“哥哥是霍克巴尔斯，弟弟叫什么呢？”

门德说：“当年我爸爸只说了一个名字，他并没有告诉我两个名字。”

回到家里，门德和桂丽丝花把两个婴儿并排放在羊毛毡子上。门德自言自语道：“谁是哥哥呢？”

两个婴儿睁开了眼睛，望着自己的家。阳光从窗户里照进来，桌子上放着奶油、炒米和新煮出来的羊肉，两个孩子高兴地挥舞着胳膊。

桂丽丝花说：“左边的当哥哥吧。”

门德问：“为什么是左边的当哥哥？”

桂丽丝花说：“那就右边的当哥哥吧。”

门德说：“为什么是右边的呢？”

桂丽丝花说：“他们两个人总得有一个人要当哥哥呀。”

门德说：“我在想哪个是霍克巴尔斯。”

桂丽丝花说：“他们两个都是霍克巴尔斯。”

门德说：“两个人不能叫一个名字，在学校，老师一喊霍克巴尔斯，他们两个都站起来，那怎么能行呢？”

就这样，给孩子起名的事就放下了，他们两个人谁是哥哥的事也放下了。

两个孩子总要有名字，爸爸妈妈把翘鼻子的婴儿叫“恩虎”，意思是这个小子；把嘴巴像小鸟一样噘起来的婴儿叫“特恩虎”，意思是那个小子。门德说，等他想起来更好的名字之后，再给他俩重新起名字。

·一条河的名字分给了两个人·

过了一年，门德发现鼻子有点翘的孩子长出了黄头发，他管这个孩子叫西拉，在蒙古语里是黄色的意思。这个孩子就有了一个新名字——西拉。另一个孩子是黑头发，他还没有新名字。

桂丽丝花说：“西拉当哥哥吧，另一个孩子当弟弟，名字叫木伦。”

门德听了她的话，眼中放出光芒，说：“好啊，西拉和木伦合起来就是我们家乡了不起的河流——西拉木伦河。他俩就叫西拉、木伦，一个是哥哥，一个是弟弟。”

西拉和木伦长到了三四岁时，爸爸门德抱着他俩骑过一次马。他们走过草场，在波格达山脚下看到了五颜六色的花朵，去黑松林摘了几个松塔。西拉和木伦回到家，不下马，说晚上睡觉也要在马上。爸爸说，他们是天生的骑手。

西拉和木伦骑马之后，见什么东西都要骑一下。他们见到大绵羊走过来，抱着绵羊要骑，羊一扭脖子把他们摔倒在地上；他们见到小羊羔也要骑，小羊羔像布娃娃一样被他们压在身体底下，差点被压死；他们要骑自己家的大黄狗，黄狗吓得躲在远远的地方，不敢回家；他们家有一只花猫，西拉和木伦把这只猫抓过来也想当马骑，猫跳到羊圈的木头杆子顶上不下来了。

这两个孩子太淘气了，他们没有什么东西可骑，就在草地上摔跤，这个人用手抱着那个人的肩膀，那个人用腿夹住这个人的腰。当他们的哭喊声传来的时候，妈妈桂丽丝花走过来拉架，分不清哪只是西拉的脚，哪只是木伦的脚。

门德说："你们的爷爷说你们是'青色的狮子'，狮子应该安静地蹲在家门口，才不会像你们这么淘气。"

听爸爸说爷爷给他们起的名字叫霍克巴尔斯，西拉披上爸爸的青色外衣，木伦在脖子上系上妈妈的蓝纱巾。他们坐在房子前，双手撑地，一言不发，望着远方。

妈妈问："你们在做什么？"

西拉和木伦说："我们是青色的狮子霍克巴尔斯，每天都守护着家园。"

·沙漠的小河通向大河·

西拉和木伦长大了。妈妈和爸爸的眼角每添一缕细小的皱纹，他们的身体就长高一寸。等到他俩长到6岁，山坡上那棵山丁子树由小拇指粗长到擀面杖那么粗时，他们家房后的那条小河也改道了。这条河原来离家十几步远，现在离家50多步远，河面比过去宽了。

小河的河面虽说变宽了，也不过只有3尺多宽。西拉和木伦刚出生时，这条河只有1尺多宽，但它也是一条河，从远处流过来，又流到远处，日夜不息。像这么窄的小河，在其他地方，比如在南方，就叫小溪，但在草原它还叫河。

西拉和木伦的家乡是一片大沙漠，沙漠的名字叫查干宝棱，这是蒙古语，意思是白色的角落，或者吉利的角落。

“沙漠很美啊！”爸爸门德常常这样说，妈妈桂丽丝花也这样说。

门德说：“在沙漠上穿鞋子走路完全是浪费。这么干净的沙漠，光脚走最舒服，就像在地毯上行走一样。”

桂丽丝花说：“每天早上东方的太阳升起，给高低起伏的沙漠披上一层金红色的光，好像望不到边的红纱巾从沙漠顶上铺到了沙漠脚下。”

在他们的家乡，天空一直湛蓝，很少有下雨天。因为不下雨的缘故，云彩也很少，只有敢到远处旅行的白云才能飘到这里。白云飘到这里往下看看，除了沙漠什么也没有，它们就飘到有水鸟的西拉木伦河流域去了。

沙漠里有小片的草和芦苇，爸爸妈妈养羊、养牛，到这里放牧。他们挤牛奶，做成奶食品到城里卖掉，买回粮食。

门德对城里的生活不习惯，他觉得走土路硌脚，还有城里人多，人走路的时候看到前面人的后脑勺儿，前面的人又在看前面人的后脑勺儿，这让他不舒服。在沙漠里多好，眼前是沙漠，往远处看还是沙漠，多么辽阔。

沙漠里最宝贵的是什么？你猜对了，是水。西拉和木伦家房后的这条小河不知流了多少年，现在还在流。小河虽然窄，但河水足够牛羊喝了。牛羊根本喝不完小河的水，它们喝饱了，水还在往前流。

爸爸妈妈不让西拉和木伦到河里玩耍，说要保持河水纯净。他们也不在河里洗衣服、洗澡，平日里他们都是用盆把水从河里舀出来，在盆里洗。

西拉和木伦知道，离家10多里地有一条大河叫西拉木伦河，房后的小河是它的小岔流。大河是什么样子呢？他们不知道。他们跟爸爸说："我们什么时候去西拉木伦河看一看啊？"

爸爸说："等你们长大了，我带你们去看大河。"在孩子们心里，看西拉木伦河好像是一个节日里要做的事情。

·男童节·

说到节日，这里独特的节日是男童节，这是从古代流传下来的部落节日，男孩6岁生日那天要过男童节。那天，男孩的上唇用锅底灰抹两撇黑胡子，表示他们是男人了，要跟大人摔跤并得到礼物。从那天起，别人不能叫他们"男孩"了，要称呼他们"男子"或者"小伙子"。

这个月，西拉和木伦就要过6岁生日了。正值夏天，爸爸妈妈带他们来到夏营地，为了让羊吃到更好的草，牧民一般会在夏季选择一片最好的牧场，扎一顶蒙古包住下来放牧。爸爸妈妈带的家什很简单，西拉和木伦很关心，在这里爸爸妈妈能送给自己什么礼物。

西拉和木伦猜测自己将要得到的礼物是什么，他们拼命动脑筋想象着世界上有哪些好东西，幻想那是父母给他们的礼物。可是，他们生活在沙漠里，见到的东西少，他们没见过城里小孩的漂亮书包和玩具，或者五花八门的零食饮料。在他们的家乡，一出门就是细腻的沙子，一直延伸到天边。他们家有一群咩咩叫的羊、一匹枣红马、一条黄狗、一只猫和一座房子，没有其他东西了。他们的礼物会是什么呢？

· 云彩里有人吗？ ·

按当地的风俗习惯，接受礼物的人不能问礼物是什么，一问就破坏了得到礼物的惊喜。

西拉战胜不了自己的好奇心，他问：“过男童节的时候，爸爸会给我什么样的礼物？”

爸爸看了他一眼，西拉用衣襟缠绕着自己的手指，很羞涩的样子。爸爸说：“我会给你一个很好的礼物，你一定喜欢。”

西拉说：“那是什么礼物，可以告诉我吗？”

爸爸回答：“我可以告诉你，还会让你看到这个礼物。”

说着，爸爸领着西拉走出蒙古包，让他往天上看。为什么往天上看呢？难道要送给他一只大雁吗？

爸爸先往南边的天空看，然后看东边的天空，最后看北边的天空，他指着北方天空的一朵白云说："我把这朵云彩送给你。"

云彩？这是西拉完全没有想到的礼物。他远远地望着云彩，它像一座膨胀的宫殿。可是，云彩有什么用处呢？

爸爸说："哟，云彩可有用呢！你有了这朵云彩，可以把它铺在咱家门前的沙漠上。沙漠像铺上了棉花一样，走上去更软和了。"

西拉问："羊群是不是也爱钻到云彩里，让狼怎么找都找不到它们？"

爸爸说："对呢。云彩还有一个用处，它会下雨。想下雨的时候，云彩把自己的身体变成黑色，使劲儿咳嗽。这就是人们听到的打雷的声音，随后，雨就会哗哗落下来。"

西拉点头说："那云彩还有什么用处？"

爸爸说："下雪之前，咱们用云彩把房子盖上，这样雪花就不会落在屋顶上，屋里就暖和了。"

西拉说："我们还可以拿云彩当被子，把牛呀，羊呀，都包起来。"他又问爸爸："咱们屋后的小河用不用也拿云彩包起来？"

爸爸说："要是云彩用不完的话，也把小河包起来吧。"

西拉又问爸爸："那云彩可以牵着走吗？"

爸爸说："当然能牵走啊。我们把云彩接到地面上，给它拴上绳子，让马拉着云彩走，想到哪里就去哪里。"

西拉说："我们也坐进云彩里，让马拉着走。"

爸爸笑着点点头。

西拉指着北方天空的云彩说："现在这朵云彩里有人吗？"

爸爸说："里面很可能坐着几十个人呢。你看这朵云彩很沉重，它半天都不移动，一定有好多人坐在了里面。"

"他们在里面干什么？"西拉问。

"哎呀，"爸爸说，"干什么都可以，唱歌呀，下象棋呀，还可以摔跤。他们在云彩里摔跤，摔倒了也不会疼。"

西拉问："爸爸，你什么时候把云彩送给我呢？"

爸爸说："你过生日那天，也就是过男童节的时候，我会把这朵云彩送给你。"

西拉很满意，他原来想象着爸爸给他的礼物有可能是羊拐骨，或者是用柳条编的小筐，或者是用青草编的蚂蚱。没想到，爸爸会送给他一朵云彩。

· 送你一条河 ·

木伦听说爸爸送给西拉一朵云彩，心里很着急，问："爸爸，你送我什么礼物呢？"

爸爸说："我送给哥哥一朵云彩，送给你的礼物一定比送给哥哥的礼物更好。"

"那是什么呢？"

"我送你一条河。"

"爸爸想把房后的小河送给我吗？"

“那条小河太小了，我要送你一条大河。”

木伦很激动，他觉得大河比云彩好得多，河里有鱼有虾，河水还能倒映出天上云彩的影子，把野鸭子漂到远方。

木伦问：“这条大河在哪里呢？”

爸爸说：“我不能告诉你它在哪里，这样礼物就不神秘了。”

西拉听着木伦和爸爸的对话，有一些嫉妒。他对木伦说：“弟弟，一条河有什么意思呢？要不，你把这条河送给我吧，我用那朵云彩和你交换。”

木伦说：“我才不会交换呢。云彩里有什么？云彩里有鱼吗？有虾吗？云彩会唱歌吗？我的河里什么都有。”

西拉有点失落。他说：“到时候，你随便到我的云彩里玩，你也要允许我到你的河里去玩。”

木伦说：“当然可以。”

他们两个都高高兴兴地等待着男童节的到来。

· 妈妈在缝蒙古袍 ·

从那天以后，西拉和木伦开始为这个节日做一些准备，具体说是为云彩和大河的到来做准备。

有一天，木伦发现西拉把一根绳子拴在山丁子树上，绳子的另一头背在自己的肩膀上。他用双手拉着绳子往前走，显然他走不动，因为他不可能把树拔出来。

木伦说：“哥哥，你在做什么？”

西拉用手臂擦了一下前额的汗，其实他的前额上并没有汗，只是擦一下这个动作让他看上去很像勇士。他说："我在练习牵云彩，爸爸把云彩送给我之后，我要用绳子牵着云彩到东边的草场，然后到西边的草场，还要到南边的山上。山脚下有好多松林，牵着云彩穿越松林肯定很费力气，我先练一练。"

木伦听哥哥这样说，非常佩服他，觉得哥哥既勇敢又有智慧。他来到房后的小河边，注视着清澈的河水，在心里说："在遇见大河之前，我要做哪些准备呢？"

河水没有说话，缓缓向前流淌，好像把全部的心思都用在冲倒站着的水草上了。

木伦采来野花，把花瓣儿摘下来，双手捧着放到河面上。他看着花瓣儿被河水冲走了，心里说："花瓣儿啊，你流到大河的时候，请你告诉它，我就要和它见面了。"

男童节要到了，妈妈桂丽丝花在为西拉和木伦做新衣服。她用蓝绸子为西拉和木伦缝了两件蒙古袍，蒙古袍的领子、前襟和袖口都有白色的绲边。

妈妈还给他们每人缝制了一双布靴子，靴子上有云彩的图案。你想一下，如果一个孩子穿着有云彩图案的靴子在草原上跑，他一定会感觉很得意。

蓝色的蒙古袍是西拉和木伦过男童节那天要穿的。6岁之前的蒙古族小孩子没有蒙古袍，蒙古袍是礼服。

蒙古族崇尚蓝色，这是天空的颜色，也是河流的颜色，它代表着永恒。蒙古袍上绲边的白色是牛奶的颜色，象征着纯洁和富裕。

妈妈在缝蒙古袍的时候，西拉和木伦在边上站着，他们想象自己穿上蒙古袍的样子，再蹬上蒙古靴，那就更威武了。他们俩跑到外边，边跑边喊："男童节什么时候才到来啊？快一点吧！"

· 星星是天上的银钉子 ·

这天夜里，爸爸轻推西拉和木伦的肩膀："起来啦，起来啦，我们要去旅行了。"

西拉以为自己在做梦，他晃了晃肩膀接着睡，爸爸继续推他的肩膀。西拉坐起来，揉着眼睛，往蒙古包的顶上看，顶上露出的天空还是黑黑的。看到天还这么黑，他不愿意起来。

爸爸把他们两个拽起来，妈妈为他们穿上了新蒙古袍，腰间扎上了白绸带。接着，妈妈蹲在地上，为他们两个穿上了新缝的靴子。西拉和木伦把衣服穿好之后，看看自己的衣服，又互相看了看，咧嘴笑了。

西拉问妈妈："我们今天要过男童节吗？"

妈妈点点头。

爸爸说："今天是你们的生日，爸爸妈妈带你们过一个特别的男童节，我们要去一个好地方。"

他们走到蒙古包外，外面漆黑，这时候是凌晨3点左右，天色最黑。妈妈牵着西拉和木伦的手往前走，西拉和木伦觉得自己像在闭着眼睛走一样，眼前什么都看不见。

走了一小会儿，妈妈把他们抱起来放在一个东西上坐下。他们俩用手摸一摸，感觉像是棉被，问："这是什么呀？"

妈妈说："你们坐好，这是牛车。"

西拉问妈妈："你在哪儿？"

妈妈说："我挨着你们坐呢，我赶牛车。"

木伦问："爸爸呢？"

爸爸在旁边说："我骑马跟着你们呢。"

爸爸妈妈真厉害，在这么黑的夜里骑马、赶牛车。马和牛也厉害，在这么黑的夜里走路。

西拉和木伦从没在这么黑的夜里旅行过，风吹过来，像用凉水洗脸一样，他们身上一激灵。爸爸说："你们往北方看。"

西拉问："哪边是北呀？"

爸爸说："我指给你们看。"

黑夜里，他们根本看不清爸爸的手臂。

爸爸说："你们看到天上那颗明亮的星星了吗？"

"看到了。"

爸爸说："那就是北极星，它永远待在正北方向。看到北极星，我们在夜晚就不会迷路了。"

木伦问："我们要去哪里？"

妈妈说："我们沿着小河一直走到西拉木伦河的岸边。"

西拉抬头往天上看，地面虽然黑，天上却澄明，它像一顶用深蓝色的布缝制的巨大的蒙古包，顶上镶嵌着无数颗银钉子，这些都是星星。如果你盯着哪一颗星星，想把它看清楚是不可能的，它们好像在晃，又好像有风在吹它们。

西拉对木伦说：“弟弟，咱俩比赛看星星吧。”

木伦说：“怎么比赛呢？”

西拉说：“我们数天上有多少颗星星。”

他们6岁，下半年才上学。西拉数到12就数不下去了，他小声嘟囔着：“11，12，10，19，14，18，13……”木伦最多数到7，他不断地说：“1，2，3，4，5，6，7；1，2，3，4，5，6，7……”所以，他们谁也没数出来天上到底有多少颗星星。

木伦说：“我们不如选一颗最亮的星星吧。”

他们发现，凡是大的星星都很明亮，而小的星星，若隐若现，仿佛很遥远。

木伦看到天上有一条星河，那是由密密麻麻的星星组成的天河，像成千上万的白蝴蝶排成纵队从东方飞到西方。他感到夜空又像是一片大海，他们坐在海底向上张望，头顶那些星星是游过的鱼群，它们的白肚子发出星星的光芒。

· 太阳的金剑刺破了云彩 ·

说着话，四周渐渐亮了。西拉看清了远处孤零零的树木，像有人打着伞在那里行走，低矮的灌木像人蹲在地上看蚂蚁。木伦看见爸爸骑在马上的剪影像一座塑像。妈妈侧身坐在牛车左前方，两只牛角像两个弯月亮那样一耸一耸的。顺着牛角往前看，隐约能看出草原上的道路。

小河在哪里呢？在这样的光线里，西拉和木伦看不清小河，用耳朵听，右侧有哗啦啦的声音。

天色一点点亮起来，周围的景物渐渐清晰。草原的灌木刚才还像乌龟背着黑色的大筐睡觉，现在露出了枝条。远处的山峦浮现起伏的曲线。虽然天空黑沉沉的，但大地和天空之间出现了一道白亮的分界线。

他们又走了一会儿，天色更亮了，马莲草灰绿色的长叶子和冰草短短的浅绿叶子都能看清楚。野花骄傲地站立着，等待新一天的到来。

西拉和木伦从牛车上跳下来，在草原上奔跑。他们穿的靴子有点大，所以跑不快。

他们跑到牛车前面回头看，妈妈穿着粉色的蒙古袍，头上围了一块白纱巾，两条辫子垂在胸前，很好看。妈妈对他们微笑，风吹起她额前的碎发。

爸爸骑在马上，比妈妈正好高出了半个身子。他双手拎着马缰绳，穿着紫色的蒙古袍，腰上系一条绿绸带。

“快看啊！”木伦指着东方，“妈妈爸爸快回头看。”

太阳出来了！

西拉和木伦第一次看到草原上的日出，他们惊奇而又激动。

太阳这时候像一个烧透的铁球，半圆形，红里透着金色，在东方地平线慢慢上升。刚升起的太阳不算大，它的上空铺满了金光。这些金光像金箭一样刺穿了天上的云彩。

西拉对木伦说：“快看你的脸，金红色。”

木伦指着西拉的脸说：“你的脸也是金红色。”

妈妈爸爸的脸都是金红色，他们好像站在熊熊烈火的炉膛前。

啊，想不到日出这么好看！刚才还是灰白色的草原，霎时间铺满了金光。

西拉用脚在大地上踩了踩金光，金光并没有变少。小草站立着向东方眺望，它们的身体虽然很矮，只有几寸高，但也被金光拖出长长的影子，这让每株草看上去都是那么骄傲。

西拉举起手臂说：“太阳你好！”

木伦也跟着喊：“太阳你好！”

他们还想多说一些赞美太阳的话，但不知道说什么。

木伦在草地上打了一个滚儿，西拉学他也在草地上打了一个滚儿。

打完滚儿，西拉抬头望着天空，原来洒满天空的星星看不见了，只剩下几颗大的金色的星星。他们头顶的云彩正穿着红衣在快速移动，风吹来，草原上的草像大海的波浪一样翻滚。风好像要把草身上的金光带走，但草不愿意被风带走金光，它一边躲闪着风，一边把金光甩到旁边的草身上，旁边的草又把金光甩到更远的地方。

“哥哥，你来看小河！”跑到了远处的木伦招呼西拉。

西拉追过去，顺着木伦手指的方向看——那是一片草原，但跑到跟前才知道草原上藏着小河，和他家房后的小河很像。但这里的草不一样，他家房后小河边的草长得矮，趴在地上。这里的草很高，一根一根站立着，草顶上有手指肚那么大的红棒棒。

“快看啊！”木伦又喊。

西拉跑过去。木伦指着一棵结满红红的山丁子的树。他们小心地摘了一颗放进嘴里，山丁子果很酸，他们张开嘴往前跑，让风把嘴里的酸味带走一些。

西拉和木伦在草原上尽情嬉戏。远处的山峦这一会儿有些朦胧，它们的身上披着白雾，好像一条青色的蟒蛇钻进了云彩里。

·太阳认识我们吗？·

西拉在草原上跑了一会儿，抬头向天空看去，不禁喊道：“快看！”

木伦抬头看过去，太阳升高了，红彤彤的，离开了东方的地平线。

西拉激动地问爸爸：“太阳每天都是这样升起来的吗？”

“是的。”

“太好看了。”

“那当然。太阳是世界上最好看的东西，它给我们带来了温暖；对于草和树来说，它带来了能量。”

木伦问：“什么是能量？”

妈妈说："植物接受阳光的照射才能成长，它成长的力量来自太阳。"

爸爸说："如果没有太阳，大地永远是黑暗的，被冰雪笼罩。"

木伦问："太阳认识咱们吗？"

妈妈笑了，说："太阳认识天下每一个孩子，它喜欢孩子。孩子们跑跑跳跳、唱歌跳舞，让太阳很高兴。"

西拉问："太阳喜欢马吗？"

爸爸说："太阳当然喜欢马，马跑得那么快，那么有力，太阳当然喜欢它。"

木伦问："太阳喜欢糖块儿吗？"

爸爸说："太阳喜欢大地上的每一样东西，它把阳光送给这些东西，给他们带来祝福。"

西拉和木伦又跑又跳，出了一身汗，他们脱掉蒙古袍和靴子，光着脚在草地上跑，跑累了回到牛车上睡着了。在他们睡觉的时候，骑马的爸爸和赶牛车的妈妈来到了西拉木伦河的河边。

· 见到西拉木伦河 ·

大河像银色的哈达，从地平线这一端流向另一端，两岸都是绿色的草原。

妈妈回头对西拉和木伦说："孩子们，起来吧，看看咱们到哪儿了。"

在牛车上酣睡的西拉和木伦醒过来，他们站在车上望着大河惊呆了——1万条小河加起来也没有这条河里的水多啊！河水浩浩荡荡，前呼后拥，席卷而去。

鸟儿在河的上空飞翔。仔细看，白色的鸟儿拖着长长的黑腿在飞，有的鸟头冠为红色，有的鸟通体黑色。这些都是他们没有见过的大鸟。

河对岸有一排排柳树，它们和草原上的树不一样。草原上的树常常是孤零零的，人们看到一棵树，要走很远才看到下一棵树。树在河岸边长得密密麻麻，挤在一起，比在河岸上喝水的牛还要多。

西拉和木伦下了车，没有跑跳，也没有大声欢呼，他们静静地看着这条河。

爸爸说："这就是西拉木伦河，你们两个人的名字——西拉和木伦，就是从这里来的。你们有这样的名字多幸福啊！河流灌溉万物，代表着清洁、奔走、恒久。"

爸爸从牛车上拿过一个盆子，到河里舀满了水，给他们俩洗脸、洗头和洗手。爸爸仔细洗他们的眼睛、眉毛和耳朵，说："今后你们会看得更远、听得更清楚，西拉木伦河赐予你们力量。"

妈妈说："西拉、木伦，你们要永远在一起不分离，像河流那样一直往前跑。"

风停了，河面飘来了云彩，那是天空的云彩在水面上的映象。仔细看，河面上有细微的水纹。这时，小鸭子游过来，一对一对地往前游。

西拉看着河水发呆，他想：河为什么会流淌？河底下有村庄和动物吗？有没有神话里说的龙王和水晶宫殿？

西拉把这个想法告诉了木伦。木伦比他还兴奋，说：“我们一定要知道这件事情。但是，怎么才能知道呢？”

爸爸说：“等你们长大了，学了知识，就会知道问题的答案了。不过，你们要记得，除了学知识，人还要懂得爱。比如，我们要保护河流，保持河水的洁净，不能污染河流。”

木伦问：“爱是什么？”

“有些事情是说不出来的，爱就是这样，它只藏在我们的心底。”

· 草原上的大鸟 ·

西拉问：“我们在这里过生日吗？”

妈妈说：“不，我们要溯流而上。”

西拉问：“什么叫溯流而上？”

“就是沿着河岸、朝着河水流淌的相反方向往上走，找到河的源头。”

木伦问：“什么是源头？”

妈妈说：“源头就是这条河的家。你别看河很大，它说不定是从很小的泉眼里流出来的，水流越来越大。”

西拉问：“我们能找到那个地方吗？”

爸爸说：“能，我们只要沿着这条河走，就能找到它。

所有的河都有源头，西拉木伦河也有源头，它的源头叫百尔赫，在浑善达克沙地。”

妈妈说：“源头离这里还有10里地，我们中午就到了。”

他们沿着河流往上游走，河的北岸有树，但南岸平坦开阔，没有树。妈妈赶着牛车走在离河岸稍远的路上，爸爸牵着马跟西拉和木伦在河边走。他们有时走过河滩，有时走过红柳地，一棵棵红柳树有两尺多高。

西拉发现河边的沙子比他家附近沙漠的沙子更白，颗粒更大，捧起来仔细看，半透明。再凑近，沙子几乎是透明的，形状是方形的小晶体，像冰糖一样。

他们路过一片芦苇，看见好多大鸟，他俩拍起手来。西拉和木伦在沙漠里看到的鸟是天空上的小黑点，他们从没在近处看过鸟儿长什么样子，这回终于看清楚了。

这些鸟的个头比西拉和木伦都要高，它们腿长、脖子长，而且脖子还是弯的，如果伸直了会更长。爸爸说这是白鹭。它全身白色，脑袋后边垂下两根细长的装饰的羽毛；喙黑色，腿也是黑色，脚蹼黄绿色。这些白鹭并不飞，它们迈开腿慢慢地往前走，把翅膀背在后背上，就像人背手沉思那样。

西拉问爸爸：“它们会飞吗？”

爸爸说：“它们很能飞的。白鹭从俄罗斯的西伯利亚飞过来，飞到咱们这里。天冷的时候，它们再飞到南方。”

爸爸指着前方的一只鸟说：“那是苍鹭，黑头顶，肚子下面是灰色的。”

还有一只大鸟，黄喙、黄脖子、黑羽毛，它站在浅水里朝这边看，爸爸说它是草鹭。在河边，如果遇到白翅膀、黄脖子、黄脑袋的鸟，那就是牛背鹭。

他们往前走，到了一个河水回旋的地方，水面没有浪花，像一片湖。这里的鸟不在岸上站着，都在水里浮游。3只脖子弯曲的大天鹅排成一排往前游，它们白羽毛，喙是黄黑相间的。离大天鹅不远的地方还有几只小天鹅在游，喙是黑色的。

天鹅游动时，身旁的水纹不经意地扩大。它游远了的时候，这些水纹变成了一个很大的三角形。

西拉觉得天鹅很舒服，它自己不动，河水推着它往前走，像坐在一把椅子上。

爸爸说："天鹅一直用脚在水底下划水呢，只是你看不到它们的脚。天鹅的脚上有蹼，兜水。"爸爸张开自己的5个手指，指着手指之间的缝隙说，"天鹅脚上这些地方都是有蹼的。"

· 骨头上的肉要吃干净 ·

太阳已经很高了，西拉和木伦一家人走到一棵榆树下，树下有一块树荫。

爸爸提议大家休息一会儿。他把牛从车上卸下来，用水桶从河里舀水饮牛饮马，然后把水桶里的水泼在马身上刷马。

刷马前，爸爸用一个木片刮马身上的汗，他要先刮净马身上的汗才能用凉水给它清洗，不然马会得病。爸爸用棕毛刷子给马刷身体。马抖着头，打起响鼻，看上去非常舒服。

老牛在榆树边的草地上吃草，吃几口草抬起头慢慢反刍，好像要从草里面品尝出“仙丹”的滋味，带着青草汁液的涎水从它嘴角成串流下来。

妈妈在做饭。她在地面挖个小坑，把3块石头架在坑边，放上小黑铁锅，铁锅下面烧的是自己带的晒干的牛粪饼。铁锅里的水开了，放进昨天煮好的羊肉，过一遍沸水。羊肉热好了，他们每人拿一块骨头啃。

蒙古族人吃肉讲究把骨头上的肉吃干净，他们用指甲和牙把骨头剔得干干净净。他们会笑话那些啃不干净骨头的人，说他们不会吃羊肉。这里面有礼让的含义。大家在一起吃肉，啃骨头啃得慢，等于把更多的肉让给了别人；如果吃得快，吃了一块又一块，那么别人就没有肉吃了。这是自古至今的习俗。

吃完饭，爸爸把河水煮开泡茶，他喝完了茶后大家才动身。这时候，牛和马也吃饱了。

· 你们俩的蒙古袍呢？ ·

远处是高山，一家人往前走，进入了一个峡谷。

峡谷两边的山上长着榆树、松树和栎树，树下有阳光透过的地方开着野花，野花的数量比草原上要多，让人感觉花的家在山上。

西拉木伦河环绕着山体流淌，地势越高，河水流得越急，激起白色的浪花。

妈妈问：“你们的蒙古袍呢？”

西拉和木伦互相看了看，说：“我们没穿蒙古袍啊！”

妈妈说：“你们忘啦？早晨出来给你们穿上了蒙古袍和蒙古靴啊。”

西拉说：“想起来了！早晨，妈妈给我们两个穿着蓝色的蒙古袍，还有蒙古靴子。”

妈妈问：“你们把蒙古袍和靴子放在哪儿了？”

木伦摇摇头：“我想不起来了。”

现在，他们俩身穿背心和短裤，光着脚。

爸爸说：“他们一定是跑热了，把蒙古袍脱下来放在了一个地方。咱们回去找吧。”

爸爸把西拉和木伦抱上马，沿着来时的路往回走。

草原这时候比早上看上去更开阔了，天看着更高了。早上青草的叶子还有露水，现在露水被风吹跑了。他们行走的方向和西拉木伦河水流的方向一致。大地像有一股力量推着河流往前走，水流一拱一拱地翻出波浪。

河流在早上是白色的，这时候闪耀着蓝光。他们看到，河对岸不光有柳树，还有黑色的榆树。榆树的枝杈弯弯曲曲，好像是老年人在河边锻炼身体。

西拉回头看，妈妈正站在榆树下面望着他们，她的身体很小，头上的白纱巾随风飘舞。

爸爸说："你们想一下，把蒙古袍放在哪里了。"

西拉和木伦摇着头，说不记得了。

草原辽阔，草浪在风的吹拂下，要么旋转，要么摇晃。哪里有蒙古袍的影子！随着马蹄踏过，蚂蚱蹦得很高，草里不时会飞起一只鸟，那是百灵鸟，唱歌很好听。

爸爸用手拍马脖子催马快些走，马的步伐加快了。大约走了3里地，爸爸终于在河边的草丛里找到了蒙古袍。

西拉和木伦下马跑过去，发现两双靴子摆在地上，蒙古袍放在河边的土包下面，那里有草，蒙古袍只露出了一点点边角。

爸爸下马，说："你们为什么把蒙古袍塞到这里来？这是一个兔子洞。"

西拉说："我不记得把蒙古袍放在这里啊！"

爸爸走过去，用鞭子碰了碰蒙古袍。这时，一只灰色的兔子从洞口探出头来，立起两只长长的耳朵。

爸爸说："这只兔子受伤跑不动了。"

木伦问："爸爸怎么知道的？"

"人都走到跟前了，兔子为什么还不跑呢？它一定是受伤了。兔子把蒙古袍拖到这儿，自己藏在里面。"

"它为什么这么做？"木伦问。

爸爸说："兔子等着路过的人来救它，蒙古袍显眼啊！兔子知道，蒙古族人不会伤害受伤的动物。"

爸爸检查兔子的脖颈，果真在它的脖子上发现了两个对称的牙咬的伤口。

爸爸说：“你们看，这是被狼或者狐狸咬的伤口，咬得很轻。狼或者狐狸把它叼回窝，准备带给幼崽当食物，但是遇到了更强的野兽，厮杀搏斗中就松开了兔子。兔子逃走，钻进了蒙古袍里。”

西拉说：“我们要救救这只兔子。”

爸爸说：“你们两个穿好蒙古袍，我抱着这只兔子，把它带走，送到安全的地方。”

西拉和木伦都想抱兔子。

爸爸说：“你们两个不要抢了，兔子的伤口疼，你们抢来抢去会加重它的疼痛。西拉先抱兔子，到牛车上木伦再抱它。”

西拉抱着兔子上了马，3个人到榆树下和妈妈会合，继续向西拉木伦河的源头走去。

· 用草药为兔子敷伤 ·

木伦在牛车上抱着这只灰兔子，它的两只耳朵笔直地贴在脊背上。

木伦问：“兔子脖子上的伤口都流血了，它为什么不喊疼呢？”

妈妈说：“老天爷没有赋予动物喊疼的能力，它们疼的时候只能默默忍受。叫喊只会引起敌人的注意，而且得不到帮助，它们不如沉默。”

西拉说：“多可怜啊！”

爸爸说："你们别担心。我会找到一些草药，让兔子身上的伤口早些愈合。"

爸爸跟当猎人的爷爷学过草药知识，而爷爷的草药知识是跟动物学来的。动物们如果身上有伤，会找到有特殊疗效的草药，咀嚼这些草，涂在伤口上促进愈合。

爸爸从马上跳下来，用一根木棍在草里拨弄，找到了给兔子治伤的草。爸爸管它叫多尔衮草，专门治疗外伤。爸爸把草叶放在嘴里嚼，嚼得稀烂，再用手把它抹在兔子脖颈的伤口上。爸爸说，过不了几天兔子的伤就好了。

又走了一段路，他们的右侧是西拉木伦河的河床，浪花冲击着石头，声响很大；他们的左侧是山石，道路变得狭窄了。

妈妈把牛车停在山石下面，卸下牛。他们牵着牛和马，沿着这条狭窄的小路往上走。山路比刚才更窄了，树越来越多。

跑在前面的西拉看见一根漂亮的羽毛落在路边的榆树上。

爸爸说："这是野鸡的尾羽。"

这根羽毛比西拉的3个手掌加起来还要长，它的色彩由黑色过渡到紫色，然后是红色，闪闪发亮。

西拉爬上树取下这根羽毛，爬下树时，脚下的泥土松动，他摔倒了，顺着斜坡滚到沟里，沟底全是石头。

木伦惊呆了，他看到哥哥滚下去，躺在沟里，吃惊地问妈妈："哥哥摔伤了吗？"

妈妈摇摇头。让木伦更吃惊的是，妈妈和爸爸并没惊慌，也没有大喊。在平常，他们肯定会赶紧跳下去把西拉抱起来。

西拉睁开眼睛往上看，再看看自己的腿。他的腿有好几处伤口，流血了。他看到爸爸妈妈平静的样子，不禁大哭起来。

爸爸说：“西拉，你爬上来吧。”

西拉说：“我走不动，我的腿摔坏了。”

妈妈说：“你能走上来的。”

西拉站起来，一瘸一拐地往斜坡上走。石头哗啦哗啦地滚下去，他只好两手两脚并用往上爬，像一条小狗。爬上来之后，西拉坐在地上大声哭起来。

· 男童节前的最后一次哭泣 ·

爸爸抱起西拉，用手擦去他的眼泪，对他说：“西拉，这是你最后一次像孩子一样哇哇大哭，到了山顶上，你就过男童节了。所有过了男童节的小伙子都不能再大声哭泣了，你知道吗？”

西拉没说话，目光落在妈妈身上。妈妈点点头。

他站起来，看看自己腿上的伤口，又想哭。想起爸爸刚才说的话，西拉咬住自己的嘴唇不哭出声来，但大颗大颗的眼泪吧嗒吧嗒地往下掉。

木伦问爸爸：“为什么过了男童节，男孩子就不许大哭了？”

爸爸说：“过了男童节，你就是男人了。男人要学会勇敢。”

木伦说：“那眼泪忍不住流出来了，怎么办？”

妈妈说：“眼泪可以洗刷悲伤，但哭声只能让你软弱。人听到自己的哭声之后，身上的力量就没有了。想做有力量的人，就不要让自己脆弱地放声大哭。”

木伦说：“我以后被钉子刺破手指、从树上摔下来都不哭。”

爸爸说：“你现在还可以哭，过了男童节就不能哭了。”

过了男童节，一辈子都不能大哭了，必须勇敢面对困难。西拉和木伦互相看了看，表情变得很严肃。

走了一会儿，西拉对爸爸说：“我一想到男人不许哭，腿就不疼了。”

爸爸说：“是的，人的信念可以战胜痛苦。”

木伦把兔子还给西拉，说：“哥哥，你抱一会儿兔子吧。你们两个受伤了，但都非常勇敢。”

西拉抱起了兔子，觉得自己和兔子都是英雄。

· 在大河源头沐浴 ·

眼前的山路开阔了，他们看到有一片小湖像蓝色的宝石镶嵌在金黄的沙窝里。

爸爸说：“这就是西拉木伦河的源头百尔赫沙湖。这个沙湖的下面有很多泉眼，泉水日夜不息地从这里流出来，流到山下，形成一条河。河往山下流的时候，从其他泉眼流出的溪流也汇集到这条河里，河水越来越多，到了山下就变成一条大河了。这就是西拉木伦河。”

爸爸接着说：“西拉木伦，和你们两个人的名字一样，所以我和妈妈带你们到大河的源头来过生日、过男童节。现在，你们脱掉衣服，用泉水清洗身体吧。”

西拉和木伦把衣服都脱掉了，他们像两根站立的白萝卜，抱着膀子，很羞涩。

爸爸用水盆舀来源头的泉水为西拉洗浴，先洗头，然后洗脸、洗耳朵、洗脖子，还有肩膀、后背、肚子、屁股和腿，最后把手和脚丫都洗干净了。

妈妈认真地给木伦洗浴。两个人都洗完了，爸爸说：“西拉木伦河的水洗干净了西拉和木伦，现在你们是男人了，穿上蒙古袍吧。”

他俩穿好蒙古袍，爸爸和妈妈把两条白绸带系在他们腰上。

爸爸说：“我们来摔跤吧！”

他们像摔跤手那样跳起鹰舞，爸爸分别跟西拉、木伦摔跤，证明他们是男人了。

爸爸说：“成为男人后，要勇敢，不能哭泣；要有爱，对世上的一切都要用温柔的心来对待；要勤劳，劳动的人才会幸福。”

西拉和木伦被冰凉的泉水洗过，穿着蒙古袍跟爸爸摔过跤，觉得身上充满力量。他们问：“我们还做什么？”

妈妈说：“我们从家里的小河边上带来了野花的秧苗和树苗，把它们栽在源头上。”

木伦问：“为什么？”

妈妈说：“这些野花和树是西拉木伦河的儿女，它们发现自己来到了源头会很幸福。”

说着，妈妈用铲子在地上挖了几个小坑，让西拉和木伦栽上这些野花和小树，给它们浇上水。

妈妈说：“你们长大之后，可以再来看这些树和花。”

西拉和木伦点点头。

爸爸让他俩从牛车上抱下那只受伤的兔子，放进树丛中。

兔子立起耳朵，往左右看了看，一蹦一蹦地跑远了。

爸爸说：“把兔子放在这里，它就得救了，不然那只咬过它的野兽还会来找这只兔子，它知道兔子受伤了跑不远。”

接下来，爸爸妈妈领着西拉和木伦往小湖后面走。他们穿过红柳树林，看到眼前立着一块青色的大石头。这块石头比一间房子还要大，石头上方向前探出。

爸爸领着他俩走到石头侧面，问：“你们看这块石头像什么？”

西拉说："像老虎。"

木伦说："像狮子。"

爸爸说："这是远近闻名的霍克巴尔斯——青色的狮子，它日夜守护着西拉木伦河的源头。西拉木伦河有了它的守护，永远清澈甘甜。你们今天见到了它，就是见到了自己的守护神。爷爷给你们起名叫霍克巴尔斯，是希望你们像青色的狮子一样，勇敢坚定，守住本心。"

听了爸爸的话，西拉和木伦的眼睛变得更亮了。

在霍克巴尔斯的边上，爸爸拿出一块布铺在地上，说："我们现在为西拉和木伦过男童节，大家一起吃饭、唱歌吧。"

妈妈把带来的奶豆腐、炒米、红糖放在地上，递给爸爸一瓶酒，给西拉、木伦和自己倒上酸奶，他们举杯庆祝西拉和木伦度过自己的6岁生日和男童节。

爸爸从兜里掏出一个纸包，里边包着一坨锅底黑灰。他用手指蘸锅底灰给西拉和木伦两个人画上了黑胡子，还把胡子尖儿特意往上挑了挑。

爸爸说："祝贺你们成为男人了！西拉，我送给你的礼物是云彩。云彩在哪儿呢？云彩在天上，你把天上的云彩放在心里，就是收下了我的礼物，心永远向着远方。木伦，我送给你的礼物是大河。你来到了河的源头，就等于收下了这份礼物。河水奔腾，河水歌唱，以后你要像河水一样一往无前，把心放在远方。"

爸爸说："有些礼物用钱能买到，有些礼物用钱买不到。我没有钱，但我送给你们的礼物是用钱买不到的志向。志向藏在心里，它吃不光、用不完，一辈子都有用处，比钱更有用。好了，下面我们唱歌吧。我先唱一首《鸿雁》。”

爸爸唱《鸿雁》的时候，从河里飞来的鸟儿在他们头顶飞翔。爸爸的歌声粗犷又悠扬，即使听不懂词，也知道他在赞美家乡。妈妈唱的是《两座山》，西拉和木伦合唱了《嘎达梅林》，他们觉得还是爸爸唱得好。最后，他们一起合唱《鸿雁》，歌声中，西拉和木伦觉得一家人就像西拉木伦河的4只鸿雁，两只大鸿雁在前面游，两只小鸿雁在后面跟着，鸿雁们都感觉心里很幸福。

马头琴的故事

摘自散文集《马群在傍晚飞翔》

天快亮的时候，草原上的万物毛茸茸地露出了形状。有山峦、灌木和湖泊，还有云登的两只小羊。

云登是一个牧童。他在这么宽阔的草原上放两只羊，感觉很孤单。

一年过去了，云登的羊产下了两只羊羔，现在他有4只羊了。

但是云登还是感觉孤单。他想要一匹马。

他连马的名字都想好了，就叫云彩。可是，马在哪里呢？

有一天，云登见到了他想要的马，这匹白马从天边飞来，比他想象中的还要漂亮。云登伸出胳膊搂住马的脖子，正要上马时突然醒了。

原来是一个梦。

天亮后，云登去放羊。

他想起做的梦，心想，这世上一定有一匹白马在等着他。

就在这一天。大地猛然间刮起了旋风，云登感觉头晕目眩。醒来时，他发现自己到了山的另一边，羊也不见了。

这时候，远处传来了马的嘶鸣！

云登朝马嘶鸣的方向跑过去。

在一个山坳里，在一棵山杏树旁，一匹白马在等着云登，边上还有4只小羊。

云登搂住白马的脖子，他闻到了马的汗味儿。这不是做梦。

他又抱了抱自己的4只羊，它们都是真的羊。

白马对云登说："我是可汗山的儿子。我的父王听说你喜欢马，让我来和你一起玩耍。可是，我只能陪你七七四十九天。"

云登不懂算数，他不知道49天是多少天。白马说："49天后，山杏会长到人的眼睛那么大，那时我就该走了。"

从那天起，云登和白马，还有他的羊，每天都在一起。

他们在河边和山岗上跑跑跳跳，很愉快。

白马跑起来比风还快，它的鬃发像旗帜一样在头顶飘。它的眼睛温顺又俊美，像宝石一样。

骑手骑在马上，心里想的事情，马都知道。

黄昏时，云登和马站在草原上，身上披着金光，影子倒映在湖水里。

慢慢地，山杏悄悄地长大了。

一天下午，一队白云像马群一样从天边飞来，越飞越低。

白马见到云阵，高声嘶鸣，飞奔而去，一直跑到白云里。

云登突然想起，49天过去了，马要回到可汗山身边了。他难过得哭了起来。

云登的眼泪落在地上，越积越多，变成了一汪泉水。突然，泉水中显现出白马的身影。白马说："别哭了，我们一起歌唱吧。"

这时，云登的耳边传来白马的嘶鸣声。

云登伴着马嘶声唱起了牧歌，唱着唱着，他感觉白马没有走，仍在他身旁。

后来，山杏树长大了，云登也长大了。

他用那棵山杏树制作了一把琴，在琴柱的上面雕刻了一个马头，草原上的人们叫它"马头琴"。

从此，马头琴在辽阔的草原上流传开来。每当人们思念亲人、思念朋友、思念家乡的时候都会拉起它。

你看，那棵山杏树下，有一个少年在拉马头琴，人们说他在思念一匹马。

上天池

原载《小说月报　大字版》2023 年 10 月刊

·海松爷爷在窗台上办公·

海松的爷爷早上起来，穿上衣服，趴在窗台上往外看，一直看到太阳落山。他每天都这样，右胳膊袖子在窗台上磨出了一个洞。爷爷瘫痪了，不能走路。奶奶给爷爷的命名是窗台的忠诚守卫者。

海松家的窗台宽，上面放着爷爷的黄铜烟袋锅、打火机、装烟灰的小黑铁碗，还有泡刺五加叶子的搪瓷大茶缸子。窗台是爷爷的办公桌。

从玻璃窗往外看，公鸡和母鸡满院子溜达。它们没啥吃的就啄地上的沙子，脖子像弹簧那样一伸一缩，下颌的红坠跟着哆嗦。

从窗户到黑色火山岩砌的院墙有四五米远。海松家住在长白山里。山上到处是火山喷发凝固的熔岩。黑色的岩石带杏仁状的孔。

院墙外边是树。有刺楸、白桦，还有灌木。刺五加、毛榛都是灌木。灌木边上长着开黄花的杓兰，还有银莲花，翻开五瓣叶子，花瓣是白的，也有蓝花瓣和红花瓣，但花蕊是绿的，特别好看。

再往前一两百米，就是落叶松林。松林南边有条河，名字叫玻璃河。海松经常拿抄网到玻璃河去捉鱼。这条河洗手、洗脸都不行，水特别凉。玻璃河的河水扎骨头，这是从冻土带流过来的水。

这里是长白山的西坡，爬上去能到达峰顶。峰顶就是天池。海松没到过天池，他不认识路。山不是随便爬的，要在草丛、岩石里找到路，护林员才知道路在哪儿。

海松的爸爸和爷爷都没到过天池。他们是庄稼人，平时种地，捡点山货卖钱，谁没事上天池啊？天池上啥也没有，就是一个湖。

海松住的村子叫英格村。村里的人谁都没上过天池。一个老实巴交的农民走七八个小时的山路上天池，看上去很傻。海松听人说，登上长白山峰顶，也不一定能看到天池。天池顶上，10天有八九天有云雾遮挡，看不到水面。上去也白上。

· 海松家的情况 ·

海松今年9岁，名字是从长白山的树木得来的。海松就是红松，长白山漫山遍野都是松树，有落叶松、樟子松、长白美人松和红松。针叶树还有冷杉和兴安圆柏。

有人说：“海松啊，你就是红松呗。”

海松说：“不是红松，我是南方的海松。”起名的人说，南方海边有一种树叫海松，不怕火烧，能做烟斗。

别人说：“这名真好，又是树，又不怕火烧，真吉利。”

海松会上树，能放羊。他红脸蛋，连带耳朵也是红的，嘴唇也红，黑眼珠，黑头发。他要是用自己的中指抠拇指的指甲，就是在想主意呢。

在山里生活的小孩，心里没主意可不行。山上有野猪、狗獾、狼獾、黄羊和鹿。和动物打交道必须有办法。打交道，不是和动物搏斗。动物那么聪明，远远地，它听到你的脚踩在落叶上的声音就跑了。如果你身在上风头，动物闻到人的气味也跑了。打交道的意思是用各种办法见到这些动物。当然野猪除外，没有人喜欢见到野猪。

海松喜欢的动物是黑琴鸡，它是野生的鸟类，但不怎么飞，在地上跑得飞快。黑琴鸡身体漆黑，红冠子，尾巴翅膀各长3根白色的、镰刀形的羽毛，特神气。海松还喜欢流苏鹬，它前胸有夸张的白色流苏，好像是一个贵族老爷。花尾榛鸡也招人喜欢，像个圆球，走到哪里都爱咯咯叫。

海松喜欢的好多鸟都生活在长白山里。这些鸟很会隐蔽，见到它们并不容易。

海松的爸爸叫李大顺，这个名字和长白山的植物没什么关系。他身高力大，正面和侧面一样宽，像一棵大松树。爸爸平时种庄稼，到山里采山货卖钱。

海松的妈妈叫李翠玲，这个名字好像是一种野果。妈妈平时种庄稼，采山货，还要做饭。奶奶叫什么名字，海松不知道，就管她叫奶奶。

他们家住的3间房子是自己盖的，房后有一块天然的大石头，替房子挡北风。房子东山墙是用桦木做成的羊圈，他家养五六只羊，海松放。房子西山墙是用火山熔岩垒的猪圈，边上是鸡窝。鸡睡觉不在地面站着，它们要站在木棍上，所以鸡窝像二层阁楼。天黑了，鸡钻进去抓着木棍睡觉。鸡窝门口扣一个筐拿石头挡上，防止黄鼬半夜下来偷鸡。这都是海松的活计。喂猪的事复杂，妈妈做。她拿镰刀割野菜，剁碎，拌谷糠，用大锅熬熟了就是猪食。这么难吃的东西热气腾腾地倒进猪食槽里，猪一边吃一边呜呜地称赞。

下面说说他爷爷。村里的人当面管海松爷爷叫老李头，背后叫他李瘫巴。他天天趴在窗台往外看，上厕所怎么办？海松的爷爷上厕所有一套。他身体轻，用胳膊支撑身体，三下两下就到了炕边。他的胳膊像类人猿的胳膊一样又长又有力量，但双腿交叉在一起，动不了，关节强直了，肌肉萎缩。这种病叫类风湿。

爷爷敏捷地翻身下炕，坐在带4个小铁轱辘的木板车上。这是海松爸爸给爷爷做的上厕所的专车。爷爷像滑冰车一样，手撑着地，坐着小车嗖嗖从里屋滑到外屋，再到房后，就把上厕所的事解决了。

外屋原来有门槛子，农村家家都有门槛子。为了方便爷爷，爸爸把门槛子锯掉了。没了门槛子，刮南风的时候，呼呼往屋里灌风。也有可能钻进来黄鼬一类的小动物。他家水缸后边冒出来一只刺猬，就是从外边钻进来的。后来，他家晚上睡觉插上门闩，门槛子下边挡一个木板，这活儿也是海松的。

这就是海松家的情况。

· 爷爷问，天上有啥呀？ ·

差不多有一年了，爷爷时不时冒出一句话——天上有啥呀?

他第一次说这话是在傍晚，远处落叶松树林的天空堆着大片火烧云。爸爸、妈妈和奶奶一起包野菜刺嫩芽馅饺子。他们听到爷爷这句问话，哈哈大笑。

爷爷并不笑，过一会儿，又问："天上有啥呀？"

奶奶说："天上有云彩。"

爸爸说："天上有啥？啥都没有。天上要有东西，早掉下来了。"

海松听了爷爷的问话，觉得问得有道理，也跟着琢磨：天上有什么呢？他站在当院往天上看，天上只有白云，偶尔飞过小鸟。如果从天上往地下看，肯定就不一样了。

“天上有啥呀？”爷爷隔三岔五说这句话，没有第二句，说完叹一口气。

奶奶说：“天上有麻雀。”

爸爸说：“天上有风。”

妈妈说：“天上有雨水。”

爷爷对他们的答话并不回应，还是看着窗外。隔三五天或者隔半个多月，他又要问：“天上有啥呀？”

爸爸、妈妈和奶奶把小鸟、风、云彩、太阳、月亮这些答案说完了，没啥可说的了，便一律不回答。

有一次，爸爸对爷爷说：“您老别老问这句话，问我们也答不上来，天上有啥？我们哪知道天上有啥？”

爷爷不搭腔，隔一段时间他还要问：“天上有啥呀？”

奶奶和妈妈嘀咕：“爷爷得老年性痴呆了吧？”

妈妈说：“问就问呗，总得说说话啊。”

有一次，爷爷半夜说梦话还是这句“天上有啥呀”，爸爸吓醒了，他坐起来想了半天，把妈妈推醒，问：“你听到了吗？”

妈妈问：“听到什么？”

爸爸说：“咱爸做梦还问天上有啥呢。”

妈妈说：“说就说呗。”

爸爸说：“不对，这里边有事儿。”

妈妈问：“啥事儿？”

爸爸说：“我也不知道。”他倒头又睡了。

第二天早晨，爸爸跟奶奶说：“咱们得给爸准备后事了。”

奶奶问：“你爸咋了？”

爸爸说：“他老问天上有啥呀，可能是要归天的意思。”

奶奶吓了一跳，想了想说：“可能是这个意思。”

妈妈说：“可别这样啊。”

奶奶说：“准备啥呀？”

爸爸说：“倒也没啥可准备的，先做思想准备吧。”

他们住在山上，离医院太远，下山不方便。所以真没啥可准备的。

有一个多月的时间，爷爷没提天上的事。到了8月份，这是采山货的季节。爷爷又说上了“天上有啥呀”。家里人听了很紧张，表情肃穆，等待即将发生的事，但什么也没发生。爷爷继续看窗外，吸烟袋锅子的烟，喝刺五加叶子泡的水，一切都很正常。

就在那一天，爸爸想到一个计划，他对着自己脑门儿连拍了3下，说：“我以前咋就没想到呢？”

妈妈问：“想到啥了？”

爸爸说：“坐飞机呀！”

妈妈问：“坐什么飞机？”

爸爸说：“让爷爷坐一回飞机，靠窗户坐，不就看见天上有啥了吗？他就不再问了。”

妈妈说：“你知道坐飞机得多少钱？”

爸爸说：“不知道啊。”

妈妈说："爷爷坐飞机一个人不行，还得有一个人陪着，两人一起坐，不少钱呢。"

爸爸问："不少钱是多少钱？"

妈妈说："我没坐过，不知道多少钱。"

爸爸说："管他钱多钱少，让咱爸坐一回飞机，他心里的愿望就落地了，这辈子也没白活，不能让他带着遗憾离开啊。"

妈妈说："坐飞机上哪儿，你想好了吗？"

爸爸说："没想好。"

妈妈说："飞机不可能一直在天上飞，你得去一个地方。"

爸爸说："我哪知道去哪儿啊？"他反问妈妈："飞机都往哪儿飞呀？"

妈妈说："我哪知道飞机往哪儿飞，我连飞机都没看过。"

爸爸说："我找人问问，飞机都往哪儿飞，挑个近点儿的地方落下再飞回来。"

妈妈说："你看，落下再回来，两个人往返，这钱就更多了。"

爸爸说："那也不能到那个地方不回来啊。"

妈妈说："说的是呢。"

这个事儿，他们说到这儿就不聊了。

有一天，爸爸说，他打听到了，坐飞机得去白山机场，爷爷腿脚不方便，他们村到山下又没有缆车，就得背爷爷下山。他们下了山，坐出租车到二道白河镇，再从二道白河镇坐火车到白山机场，爷爷受不了。

妈妈说：“肯定不行。再说，坐上了飞机，往窗外一看，天上啥也没有，那不是白坐了吗？”

爸爸说：“那倒也是，天上能有啥？除了云彩啥也没有。”

他俩又商量了一会儿，说不坐飞机了，这个事儿就这么定下来了。

后来，海松听妈妈对串门的双喜奶奶说，不是坐不起飞机，坐飞机那点钱不算啥。妈妈说，她打听过了，把爷爷背下山，打车到二道白河镇花100元，坐车到白山机场200元，从白山机场坐飞机到长春，两个人每人600元。往返1500元钱够了。但是坐飞机能看到啥？天上啥也没有。

双喜奶奶说：“你正好说对了，天上啥也没有，坐飞机不是花冤枉钱吗？”

爸爸对爷爷说：“您老人家以后别老问天上有啥，人家气象局的都不这么问。我跟您老说过，天上啥也没有，以后别问了。”

· 做一个轿椅 ·

打那以后，爷爷不提这件事儿了，好像忘了一样。

有一回，海松家里来了3个人，穿一模一样的红色冲锋衣，进屋说：“把户口本、身份证拿出来给我们看一看，我们是搞人口普查的。”

爸爸把证件拿出来，他们在桌子上边登记边说：“你看看人家长白山深处的农家多好，这空气，这生活。”他们欣赏了外屋的咸菜罐子、酸菜缸、镐头、铁锹、镰刀、鸟笼子、饸饹床子，称赞不已。他们说：“多好，这生活多幸福，四周是大山，门前是森林，小鸟在天上飞来飞去。”

在他们要走的那一刻，爷爷喊：“你们别走。”

这3个人站住了。

爷爷问：“天上有啥呀？”

他们愣了片刻，爆发出一阵大笑。戴眼镜的那个人说：“老爷爷，天上有啥？您老比我们都知道，有星星、月亮、太阳，还有浩瀚的宇宙。”

爷爷问：“你说的那个宇宙在哪儿呢？”

这个人说：“宇宙在哪儿，这我倒没想过。但是你望星空，不就看到了宇宙吗？”

爷爷问：“天上除了宇宙还有啥呀？”

他们又哈哈笑了一阵，像有人胳肢他们。那个人说：“老爷爷真幽默，一定能活到100岁。”他说完就走了。

他们走后，爸爸责怪爷爷：“您老咋又提起天上的事儿了？不知道的以为你有老年性痴呆呢。”

爷爷不吱声了。有一天，他又开始问：“天上有啥呀？”

奶奶说：“把你绑到家雀背上，你自己飞到天上看去。”奶奶类似的回答还有：“把你绑到苍蝇背上，把你绑到蚊子背上，把你绑到老鸹背上，把你绑到喜鹊背上，你自己去看吧！”

奶奶这个奇妙的说法启发了爸爸。他对妈妈说：“我要做一个轿椅，背咱爸上长白山顶上看看。到了峰顶，他四外一看就看到天上有啥了。”

妈妈说：“背到长白山峰顶？可别扯了，那不得累死你。再说，你也没上过峰顶，不认识路啊。”

爸爸说：“那倒是。”从那天开始，爸爸顺着西坡登长白山峰顶，第一次往返用了15个小时，凌晨3点出门，晚上6点回来。第二次，爸爸往返用了20个小时，中间迷路了。后来，爸爸又登了两次，他说找到路了，坡不陡，是采药人走的路。

接下来，爸爸开始制作轿椅。世界上并没有轿椅这种东西，这是爸爸想象出来的。让爷爷坐在上面，捆上带子，爸爸背他登山。

轿椅是这么做的：先用桦木杆做一把椅子，套上两个布带子，背到肩上。椅子上绑一块长木板，也是桦木的，桦木轻，爷爷坐累了可以躺着。

爸爸让海松坐在椅子上，海松体重轻，他让海松在怀里抱一个20斤重的玉米口袋。爸爸发现这把椅子有缺陷：上坡的时候坐在椅子上的人往后坠，背椅子的人没法走路。爸爸又在椅子上绑了两根长桦木杆，像扁担一样。上坡的时候，用手按住这两根桦木杆，身体就平衡了。当然，用这把椅子背爷爷上山会很累，在山上走七八个小时会更累。

有一天夜里，爸爸把海松推醒。海松睁开眼看天，外面黑着呢。爷爷身穿棉袄、棉裤，戴了一顶红毛线帽子，精神矍铄地坐在炕沿上。

海松问："干啥呀？"

爸爸说："现在凌晨3点多了，咱们上山。"

海松说："这么早上山，天还黑呢。"

爸爸说："上山就要起早，要不然天黑前到不了峰顶，那就麻烦了。"

爸爸把那个像马车架杆一样的椅子放在炕上让爷爷坐在上面，用布带子捆好爷爷，背起来。桦木杆前面坠着两个口袋，一个口袋里装5瓶水，另一个口袋装着奶奶烙的白面烙饼、炒鸡蛋和咸菜疙瘩。

爸爸脚下穿高筒的胶皮鞋，裤腿用绳子扎严实。他给海松穿上小羽绒服，戴上手套，出门上路了。

·爷爷听见狼的喘气声·

你觉得黑夜黑吗？山区才是伸手不见五指。平川地的夜，天空比大地亮。除了星光，地平线还有长长的光柱射出微光。在山区，地平线的光被山挡住了，从山峰和树林里露出的夜空并不大，四周完全是黑的，走路看不清自己的脚，也看不见地面，不小心撞到树上也不奇怪。

海松和爸爸从小生活在山区，尽管夜里很黑，他们还是能识别脚下的地面。脚也是聪明的，每走一步，脚能判断是石头，还是草。

爸爸背着爷爷走在前边，这叫蹚路，海松跟在他们身后。爸爸怕海松丢了，让他边走边说话，好判断海松是不是在自己身后。

海松说：“我还没睡醒呢，不愿意说话。”

爸爸说：“不愿意说也得说。”

海松说：“我不知道说啥。”

爸爸说：“你把你会讲的故事讲一遍。”

海松开始讲故事。他说，有一只兔子偷吃农民种的胡萝卜。那一年农民没种胡萝卜，种的是人参。小兔子偷吃了3根人参，半夜睡觉开始长个儿。它长啊长，把兔子窝顶破了。

第二天，其他兔子看到它，说它变成一只毛驴了。

这只兔子说：“我不是毛驴。”但它发现伙伴们变得特别渺小，整个身体还没自己的耳朵长。它们没法在一起玩耍了。

这只兔子到村里去找毛驴玩儿。毛驴看到这只兔子吓了一跳，它耳朵比毛驴耳朵长，一只耳朵耷拉下来，垂在腮边，谁也没见过这样的毛驴。而且，它的尾巴很短，没有鬃毛。更可怕的是这只兔驴不会走路，只会跳跃。它一跳五六米远，简直像个怪物。

兔驴对毛驴说：“你们不要害怕，我是你们的好朋友兔子。”

毛驴围过来看，它是有点儿像兔子，三瓣嘴，长着白胡子。但让毛驴们接受不了的是这只兔驴两只眼睛像山楂那么红。它们觉得，只有吃了很多动物才能有这么红的眼睛。

毛驴说：“抱歉了，我们不和你一起玩儿。”

兔驴说：“请问我可以当毛驴吗？”

毛驴说：“不可以，我们毛驴从来没有像你这样子的。”

兔驴说：“我和你们一起耕耕地，拉拉车，学习驴叫，其乐融融。”

毛驴说：“你拉车后腿往天上弹，会把毛驴车弹碎，而且我们不相信你能学会驴叫。世界上其他动物都学不会驴叫，这叫锯声。

兔驴说：“我不信，你叫一下我来学。”

一只胆大的驴抬起头，用嘶哑的声音喊叫。它的喊叫就像用一把生锈的锯在锯酸菜缸。驴叫的长音结束后，还有短促的“啊啊啊”的捯气儿，不好学。

兔驴说：“学驴叫太容易了。”它抬起头，对着天空叫起来。它的声音变成“哈哈哈哈”，像大笑。

毛驴说：“你叫得不庄重。驴叫的声音是有信息的，意思是天空你好，大地你好，河流你好。驴叫得非常有礼貌，你叫得太肤浅了。”

兔驴再次哈哈大笑，毛驴被吓跑了。

爸爸问：“这个故事是谁讲的？”

海松说：“老师讲的。”

爸爸问：“老师说没说这是哪里的故事？”

海松说：“老师说这是朝鲜族民间故事。”

爸爸说："这个故事很有意思，你接着讲吧。"

海松说，兔驴变得很孤单。兔子们抛弃了它，毛驴也抛弃了它，它要去找新的朋友。

这时候，有一只老鹰在天空盘旋。大家知道，老鹰是兔子的天敌，专门抓兔子吃。但这只老鹰没发现兔驴是一只兔子，以为它是一只绵羊。

兔驴对老鹰说："老鹰你好，你下来吧。"

老鹰说："你这只傻绵羊，为什么说兔子的话？"

兔驴说："我舅舅是兔子，所以我会说兔子话。"

老鹰一边盘旋一边往下落，它落在了一块石头上，说："我怎么看你有点像兔子呢？"

兔驴说："这是你要发疯的表现，我是一只地道的白绵羊。"

老鹰说："我不信，拉一泡屎看看，看是兔子屎还是绵羊屎？"

兔驴说："你说话文明点，没事拉屎干啥？你还是看看我的脚掌吧。"

老鹰走过来低头看兔驴的脚掌，被它的后腿踢到，踢出了十几米远，翅膀被踢坏了，它只能行走，没办法飞行了。兔驴这一脚把老鹰的喙也踢劈叉了，上边的咬钩向左，下边的咬钩向右，合不上了。老鹰说："真倒霉，被一只绵羊打败了。这个消息传出去，一定会让动物们笑话。"

爸爸大笑："哈哈哈，老鹰喙被兔子踢劈叉了，哈哈哈，朝鲜族民间故事太有意思了。你再讲一个故事。"

爷爷说话了，刚才他一直没说话。爷爷说：“你们听见啥没？”

海松感觉四处静悄悄的，没什么声音。

爷爷问：“你们听到了吗？”

爸爸说：“我们什么也没听到。”

爷爷问：“海松你听到了吗？”

海松说：“我听到了咱们的脚步声，没有别的声音。”

爷爷说：“狼！”

海松吓一跳，问：“狼在哪儿？”

爷爷说：“跟着咱们呢。”

海松吓得紧跑几步，抓住了爸爸的衣襟。他问爷爷：“狼在咱们前边呢，还是在后面呢？”

爷爷说：“离咱们很近，可能就在左边。”

爸爸说：“狼走路一点声音都没有，您老怎么听到了狼的脚步声？”

爷爷说：“不是脚步声，我听到了它喘气的声音。”

爸爸说：“您老耳朵平常都听不到我们说话，还能听到狼的喘气声吗？”

爷爷说：“这是生死关头，肯定能听到。”

海松紧张地问爷爷：“你听到了一只狼喘气，还是两只狼喘气？”

爷爷说：“最少两只狼，一只喘粗气，像老狼。另一只喘细气，像狼崽子。”

海松问：“狼跟着咱们干啥？”

爷爷说："吃咱们呗，你说狼跟着咱们干啥？"

海松看黑暗的四周，他们像在锅底行走。这里明明有高大的森林，却看不清轮廓。他仔细听，仿佛听到了喘气的声音。

爷爷说："停下，把我放下来。"

爸爸说："这黑灯瞎火的停下干啥，没有狼，您老就放心吧。"

爷爷说："不行，你把我绑到椅子上了，要是狼冲过来，你们跑了，狼肯定先吃我。"

爸爸说："我背着你呢，往哪儿跑？我能扔下你跑吗？您老可别胡思乱想了。"

爷爷说："不行，快放下我。"

爸爸说："不能说放下就放下，我得找一个高地方给你放下。"

爸爸似乎找到了一块石头，踩上去，发现是毛榛灌木。再往前走，找到了一块平坦的石头，爸爸把爷爷放在上面，解开布带子。

爷爷说："别说话，你们听。"

他们一动不动地站在黑夜里倾听，海松还是什么都没听到。

爷爷说："狼喘气的声音怎么没了？狼可能站下了。"

爸爸说："根本没有狼喘气的声音，狼跟着咱们干啥？狼怕人，躲还躲不过来呢，跟咱们一起有什么意义？"

爷爷说："这就奇怪了，刚才我清清楚楚地听到狼喘气的声音，咋没了呢？”

爸爸说：“这儿不是歇脚的地方，咱们还是往前走吧。”他背起爷爷，双手搭在长长的桦木杆上往前走。

爷爷说：“咱们一走，狼就跟上来了，我又听到了喘气的声音。快停下。”

这回爸爸没听爷爷的话，他继续往前走，海松拉着爸爸的衣襟跟在后边。

爷爷说：“快停啊，狼喘气的声音越来越急促了。”

爸爸站下，问：“你说那个声音还有吗？”

爷爷说：“没了。”

爸爸说：“那是我喘气的声音。我背你这么沉，又是走山路，能不喘息吗？我给你听一下。”

爸爸背起爷爷，用力吸气，缓缓呼气，再用力吸气，缓缓呼气，问：“是这个声音吗？”

爷爷说：“是这个声音。”

爸爸说：“那是我喘气，不是狼喘气。”

爷爷说：“你倒是早说呀，可把我吓坏了。我真以为有狼跟着咱们呢。”

· 山上到处是野花 ·

走着走着，周围的光线有了微妙的变化。海松看见微光以难以察觉的速度出现在四周，他渐渐看清了爷爷的腿。爷爷穿黑棉裤，脚穿一双条绒黑棉鞋。过一会儿，他看到爷爷坐的轿椅的桦木杆是灰白色的。天空比刚才亮了一点，但现在还是黑夜。

海松觉得很有意思，太阳还没出来，这些光是从哪里来的呢？海松想东想西的时候，他能看见脚下的路了。虽然模模糊糊，但能看到石头和长长的草叶子。

又一会儿，他看见冷杉林的树梢在风中轻轻摇晃，天上的星星少了，天空却没有发白。就在他往天上看的那一会儿，脚下的路已经白了，他发现他们走在山脊上。

海松看到这个地方比别处高，在灰色发白的曦光下，身边露出一簇一簇的山茱萸。现在光线暗，如果天亮了，能看清它的叶子是鸡蛋形，开着青灰色的小花。

松林和冷杉林在山脊两侧的低处，像凝固的黑色石块。山脊上没有土，不生长高大的乔木，除了山茱萸，这里还长着匍匐在地的偃松和小叶杜鹃。

他们站的地方高，周围没有山和树的遮挡，亮多了。爷爷说："歇一会儿吧，你背着我走了好几个小时，肯定累坏了。"

爸爸说："在山顶上哪能歇着？风一吹人就着凉了。"

他们往下走，走到一个山坳。爸爸把轿椅放在石头上，解下布带子，把爷爷抱到一块避风的地方，在石头上垫上棉被，拿出烙饼和水，他们3个人吃早餐。

在吃饭那一会儿，天又亮了许多。海松看到爸爸脸上都是汗，前额和脖子上青筋暴露，脖子上的汗迹反射亮光。

他们吃了烙饼卷鸡蛋，喝了水。爸爸说："咱们走了有一半路了。”他把爷爷抱上轿椅，用布带子捆好，背起来继续往前走。他肩膀扛着两根长长的白桦木杆，像炮筒子。

山越来越陡了，爸爸背着爷爷，身体往后仰，不得劲。他往系在桦木杆前面的两个白布口袋里又添了几块石头，前后平衡一下。他们走着走着，越过了一座山坡。

太阳出来了，爷爷戴着红色的毛线帽子，身穿黑棉袄，身体被布袋子捆绑得紧紧的，只露出一张脸，看着很滑稽。爷爷久久地盯着东方的太阳，嘴唇在动，好像在跟太阳说话。

走过山脊，他们下坡。爸爸背着爷爷下坡很吃力，脚要是踩不稳的话，他和爷爷就一起滚下山了。爸爸拿出一根绳子，让海松系在轿椅的木头上，用手拽着，减轻他下山的力量。这还不行，爸爸用身上带的猎刀砍下一根栎树棍，一手扶着轿椅的桦木杆，另一只手用栎木棍拄着地，小心翼翼地走下山坡。

这片地方很平坦，看不清枝叶的山茱萸开放着青灰色的小花。长着红褐色枝条的是野蔷薇，叶子背面带白绒毛。开花的灌木不光有山茱萸，柳叶绣线菊也开花了，开的是紫花。灌木边上的草地上开着各种各样的花，如果不是亲眼看到，谁也不相信在长白山深处开着全世界最好看的花。锦鸡灌木开黄花，鼠李开小白花，唐松草开红花，草乌头开蓝花。

这些花朵在晨风里微微颤动，野蜜蜂嗡嗡地飞来飞去。站在这里往东边看，太阳升得比刚才又高了，超过了松树的树顶。它不再是金色，变成一轮红日。

爷爷说："快停下，我要好好看看这些花。"爸爸弯腰下蹲，慢慢把轿椅放在地上，然后解开爷爷身上的布带子。爷爷像滑冰车那样用手撑着地，迅速地移动到野花边上。

· 暴雨倾盆 ·

爷爷用手举起一朵金莲花，拿鼻子闻了闻，对着太阳看了看。他说："我多少年没到山上来了，山上这么好，真是神仙待的地方。我真是没福气，咋没变成一只蝴蝶呢？我要是蝴蝶，天天在这片草地上飞。在这朵花上歇一会儿，在那朵花上歇一会儿，多好。"

海松问爷爷："你年轻的时候上山来过吗？"

爷爷说："天天来。采蘑菇，种人参，我就靠山活着呢。"

海松问爷爷："你有多少年没上山了？"

爷爷说："打我这条腿不能下地走路，估计也有十几年了。"

爸爸说："咱们赶紧走吧，到峰顶还有不少路呢。"

爷爷说："别着急，我再待一会儿。"他用手摸了摸唐松草的红花、草乌头的蓝花，然后把头伏在地上。

爸爸说："您老干啥呢？给山神磕头呢？"

爷爷说："我闻闻土的味儿，多少年没闻着了。你说这土多神奇，能长出这么好看的花，多了不起。"

爸爸把爷爷捆在轿椅上，背起来，往山上走。他们走进一片冷杉林。冷杉是针叶树，边上生着白桦树。海松觉得，凡是生长白桦树的林子里都能闻到一股清香的气味。白桦树几棵树干从同一个树墩上长起来，像一群女孩子手拉着手跳舞。

走进树林，明显感觉到凉意，还有潮湿的气味。这里鸟多，一只流苏鹬从高高的花楸树上飞下来，落在毛榛灌木边上，胸前有一圈像餐巾一样的流苏状羽毛，在微风中飘动。

这只鸟好奇地看着海松他们3个人，可能它没见过一个人扛一把椅子，背着老汉往前走的。等他们走近，流苏鹬打起翅膀，飞到了前面。过一会儿，这只鸟又飞回来打量他们。

爷爷说："这只鸟认识我，看我来了。"

爸爸说："您老太夸张了，这只鸟也就三四岁，您老十几年没上山了，它怎么会认识你？"

爷爷说："肯定认识，要不然它怎么不飞呢？"

又走了一会儿，爷爷说："快停下！"爸爸只好把轿椅放在地上。爷爷像一只大青蛙一样，用手撑着地，爬到一棵红松树下面。

海松看到爷爷在这里发现了对子蘑。对子蘑是味道鲜美的蘑菇，成对生长，是长白山的特产。

爷爷把蘑菇采下来，装进棉袄兜里，说："没白来呀。"

爸爸说："您老这么上去下来的，咱们什么时候才能走到峰顶啊？"

爷爷说："好不容易出来一趟，我得转转啊。"

他们接着往前走，海松觉得空气里传来腥味儿。不是臭鱼烂虾的腥味儿，而是土壤水面发出的气味。

爸爸说："完了，要下暴雨了。"他的话音刚落，周围的树枝便开始抖动，仿佛空气中有看不见的力量在摇这些树。紧接着，耳边传来呼呼的风声。树上枯干的树枝被风刮得咔咔响，有的断裂了，落在地上。

爸爸说："不好了，咱们赶紧找一个地方躲起来。"

这里是宽阔无边的原始森林，到哪里去躲避？爸爸有办法。他横着穿过风的气流，海松跟在他身后。

他们感觉风力逐渐小了，爸爸说："这里肯定有山挡住了风。"他们继续往前走，果然看见一座拔地而起的山峰，周围是毛榛灌木。

爸爸贴着石头往山里走，凑巧遇到了一个山洞。其实它不算山洞。两块高高的石头搭在了一起，所以前后都是通的。

爸爸把爷爷放在地上，说："马上就要下雨了，咱们在这儿避雨。"

他来回走，察看地形，说："这个地方不行，过一会儿下雨，从山顶下来的急流会冲到这里，咱们跑都来不及。"

爸爸再次背起爷爷往前走，找到了一个真正的山洞。这个山洞在高处的岩石里，就算洪水冲过来，也冲不进山洞。

爸爸说："咱们就在这儿待着吧。"没过一会儿，风小了，狂风穿过树林发出的嘶吼声减弱了。雨水噼里啪啦地落下来，天空的云彩模糊了，变成了灰蒙蒙的雨幕。被雨浇过的山峰现出褐红的本色。

雨越下越大，海松很兴奋。他从来没在山里看过下雨。下雨是多么壮观的事情啊，雨点先是落在石头上，“啪啪”响，后来变成沉闷的“哗哗”声。再后来，山顶流下急流，到处都能听到急流的呼啸。他们待在这个山洞浇不到雨。他们像看电视一样看外面的雨景，只不过雨下最大的时候，什么也看不到。山峰被雨遮住了，一片白茫茫。

爸爸说：“咱们再吃点儿东西吧，待着也是待着。”

海松把口袋里的白面烙饼拿出来，炒鸡蛋也拿出来。这两样食物放在两个塑料袋里，还有一个塑料袋装着深褐色的咸菜疙瘩。

他们一边吃烙饼，一边喝矿泉水瓶子里的水。可能咸菜太咸，5瓶水都喝完了。

爸爸伸出胳膊，用矿泉水瓶子接雨水，接了3瓶。

爷爷说：“给我喝点儿雨水。”爷爷接过矿泉水瓶喝雨水，说：“太甜了。”

爸爸说：“您老又夸张，雨水能甜吗？”

爷爷说：“这你就不知道了，这些水落在山上，山上的土和石头把雨水过滤了一遍。所以水是甜的。”

暴雨下得急，收得也快。不知不觉中，雨停了。

海松听到鸟鸣。在雨后，听到空山鸟鸣是愉快的事。这只鸟先是怯生生地啼叫几声。对面的山坡传来另一只鸟的呼应。这两只鸟一问一答，如同久别重逢的谈话。

爸爸背上爷爷，小心地从山洞走出来。雨后路滑，他生怕走不稳，和爷爷一起滚下山涧。他们走进刚才那片松树林，爸爸才松一口气。他说："刚才我太紧张了，一脚没踩稳，就得掉到山下。"

爷爷说："掉山下也挺好。上哪儿找这么好的送终的地方啊，又有山水，又有鸟唱歌。人来了就不想走了。"

太阳出来后，林中小溪反着光，曲曲折折地布满森林。

大雨过后，树林里唱歌的鸟越来越多。有"邦邦邦"啄树的黑红翅啄木鸟，还有在地上飞跑的黑琴鸡。这些鸟用尖细的、圆润的、短促的声音，各自诉说着对大雨的感想。很快，他们走出红松林，前面是一条小河。

· 梅花鹿掉进陷阱 ·

山上的河水曲曲弯弯流过毛榛灌木丛，河边长着灰柳和红柳。河边最高的植物是什么？采药的人都知道，是白芷。

白芷是一味中药，能长两三米高，像墙一样，挡住了小河的身影。小动物们到河边喝水，就从草窠钻进去。

爸爸把爷爷放在地上，然后走到河边。他脱光身子在河水里洗头、洗脸、洗胳膊。他早已脱掉外衣，只穿半截袖，全身是汗。

海松到河边采了两朵毛茛草的黄花，它像菊花，花瓣细细地卷着，像针一样。

爸爸说："快扔了，这种花有毒。它叫烂肺草。"

两只山喜鹊一蹦一蹦地靠近爷爷。爷爷说："你们看，喜鹊认出我来了。当年我上山，它们见过我。”

爸爸说：“您老又来了，这些喜鹊都是当年生的，才一岁，怎么会认识您？您老也不是山神爷。”

爷爷说：“山上好啊，山上多好。要是腿脚灵便，我天天上山。”

爸爸说：“这不带您上山来了吗？”

爷爷说：“以后你一个月带我来上山一趟。”

爸爸说：“那得把我累死。”

说着话，爸爸猫下腰，小心翼翼地往草丛走，走到那边，站住脚，说：“梅花鹿。”

海松快步跑过去，他听说过长白山里有梅花鹿，没见过真的。

他跑过去，看见在一人多高的草里，地上有一个坑，坑里躺着一只半大鹿。它的皮毛是栗黄色的，上面有浅浅的白斑，耳朵里边有白毛，鼻孔黑而发亮，两只黑眼睛亮晶晶的。它趴在地上一动不动。

海松问：“这只鹿为什么不动？”

爸爸用手拨开地上的草，说：“这是小梅花鹿。它的后腿被夹子夹住了。”

海松问：“谁下的夹子？”

爸爸说：“还有谁？偷猎那伙人呗。”

海松问：“警察咋不抓他们？”

爸爸说：“咋不抓？在长白山偷猎动物、偷挖植物都犯法。梅花鹿是国家一级保护动物，偷猎的人被抓住是要判刑的。”

海松问：“有警察抓，偷猎的人为什么还下夹子？”

爸爸说：“他们不要脸，而且不要命。长白山这么大，警察也看不过来呀。”

海松问：“这只鹿怎么办？”

爸爸蹲下，观察这只鹿的后腿。果然，一个黑铁夹子别在它的后腿上。爸爸小心地晃了晃鹿的脚，鹿脚软软地晃动，像没知觉一样。爸爸说：“骨头碎了。”

海松感到奇怪的是，这只小梅花鹿不喊叫，静静地窝在土坑里。海松问：“夹子把鹿骨头打碎了，它不疼吗？”

爸爸说：“咋不疼呢？疼。”

海松问：“鹿疼，它怎么不喊叫呢？”

爸爸说：“喊不出来，它疼得和人一样。”

海松说：“偷猎的人太缺德了。”

爸爸说：“老缺德了，像鹿这么好的动物，怎么忍心用夹子夹呢？鹿吃草，喝水，也不害人类，真能下得了这样的毒手。”

海松问：“您怎么知道这里有鹿？”

爸爸指着右边陡立的山崖说：“这个地方叫蜂蜜砬子，动物们半夜下山到河边喝水，这是必经之路。偷猎那帮人在河边下夹子，捕猎动物。”

海松问：“偷猎的人怎么不带走这只梅花鹿？”

爸爸说：“白天，他们不敢。天黑了，他们拿刀直接把猎物杀了，偷偷扛下山。”

海松问：“小鹿还能走吗？”

爸爸说：“它走不了。”爸爸把这只小鹿抱起来，放在地上。小鹿立刻瘫倒了，它左边的后腿上有凝固的血迹。

爷爷看到梅花鹿说：“这不是梅花鹿吗？今天真是一个吉利日子，上山看着梅花鹿了。”

爸爸说：“吉利啥？这只小梅花鹿被那帮坏种用夹子夹断腿了。”

爷爷说：“伤天害理呀！你说老天爷打那么多雷，咋不把这些偷猎的人劈死呢？这些雷不都白打了吗？你快给鹿包扎包扎。”

爸爸说：“我包扎没有用，我得把这只小梅花鹿送下山，送到野生动物保护站。”

海松问：“爷爷怎么办？”

爸爸说：“爷爷就在这里休息，你陪着爷爷。”说着，爸爸把爷爷屁股底下坐的棉褥子放在轿椅的木板上，把小梅花鹿抱上去，用布带子拴好。他背起轿椅说：“我下山了，你们哪儿也别去，在这儿等着我。我把鹿送到地方就赶回来。”

爸爸身穿红色的半截袖，双手把着轿椅的白桦树杆。轿椅后边躺着小梅花鹿。它下巴和肚子的毛是白色的，两只晶莹的眼睛看着山上的草木，好像在思索它为什么被铁夹子夹断了腿。

海松说：“爸爸，你走的不是咱们上山的路。”

爸爸说：“我知道。这条路是通向旅游点的。那儿有野生动物保护站的人。”

海松问：“远吗？”

爸爸说：“不远，比从咱们家上山近多了。”

海松说：“你快点儿回来，爷爷要有啥事儿，我不知道怎么办。”

爸爸说：“你别害怕，我到那儿就回来，耽误不了多长时间。”

·爷爷腿肚子抽筋了·

爸爸说很快就回来，但海松等了很长时间，还没见到他的踪影。

现在是早上7点多，身上感受到阳光射过来的温暖，爷爷解开了棉袄的扣子，闭眼，脸对着太阳晒。

大石砬子边上是云杉、冷杉和野花。石头上有灰绿的苔藓。小河边上，岳桦树底下生长三叉叶子的酢浆草，海松吃过它的叶子，微酸，跟野菠菜味道差不多。草地上，样子最好看的是蕨菜，叶子对生，像文竹一样。这里还有灌木杜香，这种树长得高，越是新出的树枝就越细。

爷爷问：“你爸干啥去了？”

海松说：“他把那只梅花鹿送到山下。”

爷爷说：“他不能把咱俩扔在山上，不管了吧？”

海松说：“怎么会呢？过一会儿我爸就上山了，他让我在这儿照顾你。”

爷爷说：“我喝水。”

海松从地上的口袋里拿出矿泉水瓶子，只剩一瓶水了。他递给爷爷。

爷爷咕咚咕咚喝了半瓶水，说：“我饿了。”

海松把塑料袋里的白面烙饼、炒鸡蛋递给他。

爷爷说：“我不吃这个，吃好几顿了，我要吃点软和东西。这么大岁数了，能上顿下顿吃烙饼吗？”

海松问：“软和东西在哪儿？”

爷爷说：“软和东西多了，蜜蜂啊，小鸟啊，都挺软和。”

海松知道爷爷故意这样说，他说：“爷爷，您别动，等着我。我出去给你采点好吃的东西。”

爷爷说：“我能动还好了呢，早就自己上山了。”

海松没敢走远，他沿着河边走，采到了蔓越橘果，装进兜里。采到像小手指肚大的野草莓。幸运的是，他发现了一棵狗枣子藤，从上面摘了3个大枣那么大的野生猕猴桃。这种灌木虽然叫狗枣子藤，结的果却是猕猴桃。

海松把这些野果装进兜里，回到爷爷身边。他把野果放在石头上，说：“爷爷你吃吧，都是软和的。”

爷爷先用手捏野果，看哪个软和。他吃了几颗蔓越橘果，又吃了两粒草莓，咬了一口野生猕猴桃，扔掉了，说太酸了。然后他问海松：“你爸干啥去了？”

海松说：“跟你说过了，我爸下山送小梅花鹿去了。”

爷爷说：“这么半天了，咋还不回来呢？”

海松说："路远呗。"

爷爷说："你爸爸脑子不好使，缺根弦。"

海松问："咋的啦？"

爷爷说："发现动物被偷猎，报警就完事了，非把梅花鹿扛下山，这不是傻子吗？"

海松说："我爸没手机，没法报警。"

爷爷说："没手机，你应该下山把警察找过来。告诉警察，鹿在什么地方，这叫保护现场。你把梅花鹿背下去算啥？不知道的，还以为你是偷猎者呢。"

海松说："爷爷你说得不对。小梅花鹿不知道在陷阱里待了多长时间，不把它送下山喂吃的喝的东西，它饿死了咋办？"

爷爷说："反正你爸这个人太笨。"

海松说："爷爷，你还吃这些浆果吗？"他看见放在石头上的这些浆果，早就眼馋了。那是给爷爷采的，他没动。

爷爷说："我不吃了，多难吃啊。这些玩意儿是野猪吃的东西，人哪有吃这些东西的，你给我找点松子吧。"

海松说："松果在松树上挂着呢，那么高，我够不着。"

爷爷说："松鼠都能够下来，你还够不着，我看你跟你爸一样，太笨。"

爷爷说不吃这些浆果了，海松把浆果飞快塞进嘴里。味道太好了，又甜又酸，带着露水的新鲜味道。没吃完，他听爷爷喊："哎哟妈呀，完了！"

海松问爷爷："你咋了？"

爷爷说：“我肚子疼。”

海松看爷爷，爷爷眉头紧皱，用手揉肚子。他过去帮着揉。

爷爷说：“你是不是给我喝雨水了？”

海松说：“是，在山洞那儿接的雨水。你还说甜。”

爷爷说：“啥甜，雨水能喝吗？老虎、野猪、鹿、黄羊都不喝雨水。人家喝山泉水，你给我喝雨水，这回完了。”

海松问：“那咋办？”

爷爷说：“哎哟哟，哎哟哟。”

海松说：“你别光说哎哟哟，应该咋办？”

爷爷说：“你给我吃野果了吧？”

海松说：“你刚才吃了野草莓和蔓越橘果。”

爷爷说：“完了，它们碰上雨水肯定是毒药，今天我得死在这儿了。”

海松说：“爷爷你千万别说这话。你说这话我害怕。”

爷爷说：“肯定活不了了，哎哟哟，哎哟哟。”

因为爸爸不在身边，海松着急了。他说：“爷爷你别喊了，我害怕。”

爷爷说：“害啥怕？死在山上挺好，比在炕头强多了。死在家里，人嫌乎。我要是死在山上多省事。”

海松的眼泪一下从眼睛里涌出来，他用手背擦眼睛，说：“爷爷你可千万不能死，我爸不在身边，我不知道怎么办。”

爷爷说：“没事，等我死了，你就下山告诉他们，说爷爷死了，就完事了。”

海松听这简直像真的一样，坐在地上哭起来，边哭边说：“爷爷你别死。”

爷爷说：“死不死，我说了不算啊。哎哟哟，哎哟哟。”

海松哭了一阵，觉得平静一点了，他擦干眼泪，把鼻涕擤干净，说：“爷爷你觉得好点吗？你要是觉得好点，我下山找我爸去。”

爷爷说：“可能好点了，人要死的时候，感觉不出疼来了。”

海松说：“爷爷你别这么说，我不下山了，在这儿陪着你。”

爷爷说：“你快下山吧，把你那个倒霉爹找回来，我还有好多事没跟他交代呢。”

海松说：“你死了咋办？”

爷爷说：“死不了，今天不是我死的日子。你快下山吧。”

海松站起来，往山下跑。爷爷喊：“快回来！”

海松跑回来。爷爷说：“不行，我腿抽筋了，快给我揉一揉。”

海松用手揉爷爷的腿肚子。爷爷说：“不管事儿，你快找一块石头，拿石头在腿肚子上来回蹭。”海松找来一块鹅卵石，在爷爷腿肚子上来回蹭。

爷爷冒汗了，长出一口气，脸色也红润了。刚才他的脸煞白发青。

海松问爷爷："你感觉咋样？"

爷爷说："好像没事了。"

海松说："那我下山找我爸去了，你可千万不能死，在这儿等着我们。"

爷爷说："行，等你们回来我再死。"

· 警察口才不行，说不过海松 ·

海松飞也似的往山下跑，身上一会儿就热了，他把羽绒服脱下来，两个袖子系在腰间。风吹过来，耳边呼呼响。

怪不得爸爸从这里走，脚下有一条路，依稀能看出车辙，草长得少。顺着这条路往下跑，坡很缓，路边长着刺楸树和兴安圆柏。一只黑琴鸡在他前面跑，这种鸟身上漆黑，红冠子，翅膀和尾巴有白羽毛。它跑得特快，跑到前面，躲到灌木丛里。

海松向四处看，透过右手边的岳桦林，看见掩映在落叶松林里的蓝色彩钢屋顶。他穿过岳桦林，直奔蓝屋顶跑过去。

这是一片空场，有人搭棚子卖汽水，卖雪糕，卖旅游纪念品和爆米花。

海松问一个胳膊戴红箍的保安："你见到我爸了吗？"

保安问："你爸长啥样？"

海松说："我爸身高体胖，他背一把椅子，上面拴着小梅花鹿。"

保安说："谁敢背着梅花鹿走，这不是犯法吗？"

海松说："我爸发现被盗猎者捕获的梅花鹿，送下山救治。"

保安往前指，说："前面有个警务室，你到那儿问问吧。"

警务室是一个彩钢房子，有蓝色和白色的装饰，玻璃窗户上面挂着警徽，写着英文"police"。

海松敲敲铁皮门，出来一个警察。

海松问："见到我爸了吗？他背一只受伤的梅花鹿。"

警察看了他一会儿，问："你是他啥人？"

海松说："我是他儿子。"

警察问："你从哪儿来？"

海松说："我从蜂蜜砬子过来。"

警察说："你跟我走吧。"他领海松到一个砖瓦房的办公室。屋里坐着四五个警察。

这个警察说："这个小孩知道梅花鹿的事。"正在打电脑的老警察问海松："咋回事？"

海松说："我找我爸，他背一只梅花鹿，要送到野生动物保护站。"

老警察问："你家住哪儿？"

海松说："西坡英格村。"

老警察问："你爸叫啥名？"

海松说："李大顺。"

老警察问："你们上山干啥来了？"

海松说："看天来了。"

老警察问："天上有啥？"

海松说："我爷爷天天像你这么问话，他问天上有啥，我爸打了一把椅子，背他到天池，让他看看天上有啥。"

警察哄堂大笑。老警察说："小孩你说话还挺逗呢，你们在哪儿发现的梅花鹿？"

海松说："在蜂蜜砬子下边一条小河边上，那个梅花鹿被夹子夹断腿了，在那儿躺着呢。我爸把它救出来，背下山了。"

老警察问："你咋证明你爸不是盗猎者？"

海松说："太好证明了，我爷爷看着了，我也看着了。"

老警察说："你们爷儿仨是一家人，互相不能证明。"

海松说："梅花鹿能证明我们不是害它的人。"

警察们又笑了。老警察说："知道了，你回去吧。"

海松说："那不行，我来找我爸来了。你们把他抓起来了吧？"

老警察喝了口水说："不能叫抓起来，他要配合我们接受调查。"

海松问："他在哪儿呢？"

老警察说："这你就别问了。"

海松说："你肯定把他关到小黑屋了，不行，你们快把我爸放出来。"

老警察说："调查清楚就把你爸放出来了，你先回去吧。"

海松涨红了脸，眼中带着泪光，说：“你们算啥警察，连好人、坏人都分不清，我爸救了梅花鹿，你们反而把他关起来了。”

一个年轻警察说：“不是关起来，我们找他了解情况，没事就放出来了。”

海松说：“不行，现在就放出来。”

老警察说：“呵呵，口气挺硬啊，这屋你说了算，还是我说了算？”

海松说：“谁有理谁说了算。”

警察们又笑了。海松说：“我爷爷在山上快死了，你们必须把我爸放出来，去救我爷爷。”

老警察吃了一惊，问：“你爷爷咋的了？”

海松说：“他先肚子疼，后来腿抽筋，这会儿在山上待着呢。”

这几个警察互相看了看，老警察对海松说：“你先出去，在门口等着，我们商量一下。”

海松被警察推出门外，门关上了。他把耳朵贴门上，想听警察说话，但什么也没听到。

海松想，再过一会儿，他们不把爸爸放出来，他就一脚把门踹开，进屋讲理。警察要是还不放爸爸，他就在地上打滚儿哭。

正这么想着，门推开了，差点把海松推倒。推门的人是爸爸，他脸上挂着笑容，摸着海松的头说：“咱们走吧。”

海松说：“爷爷病了。”

爸爸问：“咋的啦？”

海松说：“爷爷肚子疼，腿抽筋。”

爸爸说：“没事，他是喝雨水了？”

海松说：“是。”

爸爸说：“闹肚子了，再加上地上凉，肚子不合适了。”

老警察跟在他们身后。海松说：“你跟着我们干啥？”

老警察说：“你爸带我去偷猎者下夹子的现场，我要拍照，还要没收夹子。咋的，你不欢迎我啊？”

海松说：“你们警察没能耐。”

老警察问：“咋没能耐了？”

海松说：“你们应该把那个盗猎者抓住，你们没抓着盗猎者，结果盗猎者把梅花鹿的腿给夹断了。这都怨你们。”

老警察说：“好好好，我们接受你的批评，虚心改正。”

海松说：“要不是我爸把梅花鹿背下来，估计梅花鹿这工夫都死了。

老警察说：“你爸救治国家级保护动物的事，如果属实，我们给他报上去，他还能得奖励呢。”

海松说：“太应该奖励了。”

爸爸说：“别那么说，人家警察成年累月在山上维护治安，够辛苦的了，咱们老百姓应该感谢他们。”

说着话，他们来到了蜂蜜砬子。爷爷没在原来的地方，他坐在一块青石板上，脱了棉袄，秋衣也脱了，光着膀子晒后背呢。他身边有蜜蜂飞来飞去。

爸爸吓了一跳，跑过去说：“您老可别瞎整了，感冒了咋整？”

爷爷说：“全靠太阳了，我肚子疼也好了，腿也不抽筋了。这些事指不上你们，都得靠我自己。”

爸爸把秋衣给爷爷穿上，再穿上棉袄，把红毛线帽子也给他戴上了。

爷爷说：“我刚才想死了，后来一想，无缘无故地死了，你回家没法和你妈交代呀，就用这个方法治过来了。咋的，你把警察领过来了？”

老警察微微一笑说：“大爷你好！”

爷爷说：“你不去抓盗猎那些人，上这儿干啥？”

老警察说：“大爷你说得对，我到盗猎者犯罪现场拍照来了。”他举起手里的相机。爸爸领老警察到小河边上，警察在陷阱边上拍了照，把那个铁夹子装进双肩背包里。

他对爷爷说：“李大顺是好样儿的，他救了一只梅花鹿。”

爷爷说：“可不是咋的，他要是看不见这只梅花鹿，这只鹿要不自个儿死了，要不就让盗猎那伙人扛下山了。”

老警察说：“您老说得对。”

爷爷说：“可不是咋的。”

爸爸说：“咱们上天池吧。”

爷爷说：“咋去呀？你那个椅子和桦木杆子呢？”

爸爸说：“派出所没收了。”

警察说：“不是没收，因为李大顺是用那个东西把梅花鹿背下山的，咱们派出所要把工具留下，调查清楚了返还你们。”

爷爷说：“你们留下了，我怎么上山啊？”

老警察说：“您老别着急，我背您上山。”

爸爸说：“不用你背，我背就行了。”说着，他把爷爷背在后背上，往山上走。老警察和海松在后边跟着。

爷爷说：“警察你咋还跟着我们，不放心呀？”

老警察说：“不是不放心，李大顺老弟背您一段，我再背您一段。一个人背多累呀。”

爸爸和警察轮流背爷爷，轮流休息，走了一个多小时才到达峰顶，峰顶这个地方就是人们说的天池。

·天上光芒万丈·

天池是中外闻名的旅游胜地。到了天池，你就知道这里有多火，上面游客太多了，导游手举着小红旗、小绿旗，一队一队地往天池边上走，不知道他们是怎么上来的。

老警察把爷爷背到天池边上。今天不凑巧，云雾遮盖了天池，看不到湖水。

爸爸对爷爷说：“您老问天上有啥，就这个，您老看吧。”

爷爷说：“这不就是雾吗？有啥看头。”

爸爸说：“这是云。你在上面看是雾，在地面看就是云。”

爷爷说：“云和雾不是一回事吗？这些人上来就来看这

个来了？”

老警察说：“游客上来看天池。一会儿云雾散了，天池就露面儿了。也可能云雾一天都不散，有时候一个礼拜都不散。”

爷爷说：“看这个干啥呀？”

爸爸说：“这就是天上的东西，您老看吧。”

爷爷说：“我不看这个，回家吧。”

老警察说：“大爷，您老别着急，我领您转转。”他背起爷爷走进一个博物馆，也可能是气象站，反正是公家的地方。爸爸和海松也走了进去。

屋里墙壁上挂着展览图片，老警察没看这些图片，直接把爷爷背到后边，进了一个屋。他把爷爷放在椅子上，说：“您老先休息，我去整点饭菜。”

这个警察挺厉害，这里的人谁都跟他打招呼，管他叫赵所。

过了一会儿，这个赵警察端上来一盆热气腾腾的菜，里边有炖大骨头、酸菜和血肠。他又拿来酒和杯子，把酒倒上。

爸爸说：“你咋这么客气呢？”

赵警察说：“应该的，你为保护野生动物立了功，我得招待你。”

爸爸说：“这又吃又喝，得花不少钱吧？一会儿我结账。”

赵警察说：“可不用你结账，这点钱我拿得起。”他往杯里倒满酒，端起酒杯说：“谢谢你们一家人，为保护长白山野生动物做出贡献。我敬你们！”

海松看到，赵警察端起酒杯只用嘴唇抿了抿，根本没喝。

海松说：“你没喝酒，装假呢。”

赵警察说：“我上班呢，警察上班不让喝酒，你们喝吧。”

爸爸回敬了赵警察，他们连吃带喝挺高兴。爷爷说：“你这个饭菜比烙饼、炒鸡蛋强多了。你说我又吃烙饼，又吃鸡蛋，又喝雨水，又吃蔓越橘果，肚子能不疼吗？”

赵警察说：“大爷，您可别那么说，李大顺老弟和海松多孝敬你啊，你有这样的好儿孙都是前世修来的福。”

爷爷说：“凑合吧。”

赵警察说：“你们就在这个屋里歇着，晚上住这儿。外边有雾，看不到天池。我明天早晨来找你们，咱们一块儿看天池。”

爸爸站起来，想客气客气，他张着双手说：“你看看，这咋说的，又让你破费，你又给我们找住处。不行，我们回去得了。”

赵警察挥挥手说：“我有事儿得走了，明天早晨再来。”

第二天早上，天刚亮，赵警察来了，他警服外面套一件黑羽绒服。进了屋，他说：“大爷休息得咋样？”

爷爷说：“睡挺好，喝点酒睡得更好了。”

赵警察说："那咱们出去看天池，一点雾都没有，天池的水看得真真亮亮的，老好看了。"

爸爸背上爷爷，他们走到天池边上。正像赵警察说的，天池上空一点雾也没有，湖水像一块碧玉安静地镶嵌在群山的怀抱中。此刻，山上还没有游客，只有他们。

他们正看着呢，天池东面的山峰顶上露出了金红色的晨曦。赵警察说："太幸运了，太阳马上就升起来了，咱们在天池顶上看日出，全托您老人家的福气呀！"

爷爷说："我有啥福气，连走道儿都走不了。"

东边的天空红光放射，好像有无数个炼钢炉在山的那一面炼钢。红光照满大地，洒在岩石、树木和松树上。成千上万根细细的松针，也涂上了太阳的红光。

海松第一次站在这么高的地方看日出。东方的地平线比他们站的位置低，天际一片云海，如同沸腾。太阳升起前，把万道金光洒向天幕，天空上每一朵云彩都反射红光，云彩的背面还是灰蓝色。

海松看见自己手上和衣服上都蒙了一层金光，他抬头看爸爸，他的脸像红萝卜一样，眼睛反光。坐在地上的爷爷，脸上也是红彤彤的。

才一会儿，太阳从云层跳了出来，像一个婴儿。圆圆的，浑身金色，一下子比刚才亮了许多。云彩好像被太阳烤得受不了，向四处逃散，每一朵云彩都带着金色的尾巴。

大地苏醒了，小鸟在天空翻飞啼鸣，唱着好听的歌，它们比人更喜欢太阳初升。

爷爷说："天上，光芒万丈啊。"

后边的事是这样的，他们看完了天池和日出，赵警察用缆车把他们爷儿仨送到山下，中间又派人上山，把轿椅拿下来。赵警察开着面包车，把他们送回莫格村，分手的时候，他们恋恋不舍。

草原覆盖着语言的光芒：

鲍尔吉·原野、汪政对谈

［访谈］

汪政，中国作家协会文学理论批评委员会副主任，中国小说学会副会长，江苏省作家协会副主席，江苏省文艺评论家协会主席，江苏省当代文学研究会副会长。

20 世纪 80 年代开始从事中国现当代文学研究与文艺评论，发表论文、评论、随笔数百万字，独著、合著十余部，如《我们如何抵达现场》《无边的文学》《解放阅读》《新时期小说艺术漫论》等。先后主编、参编大学、中学教材，并获多种文学奖项。

汪政：原野老师好！你在散文创作上深耕多年，一直想听听你关于散文创作的一些想法，包括创作初衷和你对理想读者的期待。作为作家，特别是像你这种身份比较特殊的作家，你希望作品写给谁看？你想在读者那儿达到怎样的一种阅读效果？像你这样的蒙古族作家，长期生活在东北地区，我首先想知道你的理想读者是谁？

鲍尔吉·原野：有机会和汪政老师对谈是荣幸。我最开始写作的时候，心目中没预设过读者，1987年，我29岁那年和家人一起从赤峰到沈阳工作生活，不适应，特别想家。但不能回去，因为把家人都带来了。有好几次我在沈阳拼命骑自行车，希望看到城边，但每次都骑不到城边，这个城市太大了，我感到惶恐。为了平复乡愁，我开始写作，写草原。一来草原是我家乡，二来它辽阔。写的时候播放蒙古歌，听长调、马头琴曲，喝酒，假装在草原。然而，我只有逼真地写出草原的一切——光线、气味、景色、蒙古语的词汇和牧民的脸庞，我的心才安稳下来，相信我就在草原。

汪政：这两天我在想，内地的写作和边地的写作实际上是两个类型的写作。现在大家都在提倡文化交流、文化交融。你有草原生活的经历，你写草原，你觉得很自然，甚至于没有明确的自觉的意识，自然而然地就这样写了。但是青岛的小读者或者青岛的读者，他们并不这么看。所以这个事儿你还得要想一想，因为他们拿到“鲍尔吉·原野草原童年美文系列”的时候，看到鲍尔吉·原野，对于内地的人来讲，作者的名字就跟我们张三李四不一样。

你一往情深地沉浸在你的这种写作的世界里，但是，我们不一定这样，我们会想，这跟我有怎样的关系？我为什么要读这样的书？我在书里得到什么？你可能不会想到这些，但实际上还是有这个东西在的。

就像你刚才说到了“辽阔”，我昨天也跟编辑讲到这个，你的这种写作，真的是给我们内地的读者打开了一扇门，或者推开了一扇窗，让我们看到了辽阔的世界，它让我们对时间、对空间都有了一种不同的感受。

所以，细说起来，写作还是有分别的。面向自我的写作和跟他人的分享和交流，说得朴素和简单一点，你显然希望让我们都看到草原，看到你笔下的草原。

鲍尔吉·原野：好的，汪老师。我刚才说写草原的动因是想家，写来写去，有了文化自觉。后来我适应在沈阳这个大工业城市生活了，这是在20世纪80年代末到90年代上半叶，此时中国散文正处在上升期，好多人在写散文，也有好多发表的媒体。我准备把散文写好，把自己家乡的一切告诉读者。这种诉说不是猎奇，是想把美好的东西告诉别人，核心是草原文化，更多是蒙古族文化。

我觉得我的写作深入表达了蒙古族人的价值观，他们淳朴诚实，按着成吉思汗《大扎撒》所规定的准则生活。用流行语讲，他们是与环境友好的人。

我特别喜欢看内蒙古地图上的地名，从东到西，河流、山和泉水都有美好的命名，把美好的祝福膜拜送给了河水、山峰，还有泉水。比如乌力吉木伦河、查干木伦河，都是吉祥的河。山也是，有的是神山，有的是圣山。泉水也有名字，比如往上生长的泉水、富裕的泉水，都有美好的寓意。牧区的骑手拿的马鞭子是装饰物，蒙古人不会打马，马是他们的亲人。蒙古人认为火里住着火神，引火要用干净的纸，不能从火上迈过去。可以烧牛粪，但不能烧狼粪，狼粪是脏东西。牧区有碾粮食的碾子，牧民管它叫白老汉（吉利老头），不能坐到碾子上。这些都是可爱的习俗。写草原不仅写异样的地域，更要写异质的文化，否则不具备文学内涵。

王泉根教授跟我见面时说："您所写的《乌兰牧骑的孩子》，我读来是一幅草原风情画，有真实、深入和辽阔的美感。"他说："我印象中有两本书写草原写得最好，一本是我初二读过的《草原烽火》，一本是您这部《乌兰牧骑的孩子》。"我喜欢刻画草原风情画，完成蒙古族牧民的群雕，显露他们的面庞与心灵质地。

汪政：这是你写草原的初心。你提到了孩子，提到了儿童文学，这套书也是写给孩子们的。不过在我看来，只有好的文学与不好的文学的区别，没有成人文学和儿童文学之分。

我们可能有一些共同的阅读感受。现在的一些儿童文学，只想给孩子们讲一些稀奇古怪的故事，很幼稚的故事。语言不讲究，这个问题我觉得要好好说说。孩子的成长是全方位的，有身体的成长，有心理的成长，有意志品质与情感的成长，其实还包括审美的，特别是语言的成长。他小时候接触到什么文字，可能会影响他的一生。

我们现在语言环境很复杂，也不是很理想。现在的资讯与传播又非常发达，孩子们无法把这样一个乱糟糟的语言环境给屏蔽掉。作为写作者，应该有一种使命感，用好的语言，多给世界做一点净化的、清洁的、美的工作。从某种意义上说，你的写作通俗地说，其实是带有一点唯美主义色彩的，你是努力把最干净的、最纯净的语言带给读者。

我跟你原来不认识，也没有向你打听过你的生活。所以这次一见面我就问你小时候说的什么话，你说是蒙古语。我又问你什么时候学的汉语，你说你上了半拉子学，是在社会上学的汉语。这样说起来，你实际上是有两种语言。你怎么看待蒙古语和汉语？你虽然没用蒙古语写作，但我觉得蒙古语对你的汉语写作是有影响的。我想知道，如果以蒙古语作为你的母语背景的话，你对汉语有怎样的认识？反过来也一样。

我总觉得一个从小讲蒙古语的人，现在改用汉语写作，他的语言的基因里面、血液里面，会流淌着他的母语。比如说调子，像你的作品，我们可以明显看出有一种音乐性在里面，诗意在里面。因为边地的东西，特别是少数民族的东西，它天然地就是跟艺术和诗联系在一起，比如像你刚才说内蒙古的河流、山川、大地，那里的人们对它们的命名都是沿着真善美的方向，向着神性和圣性的方向去的。

回到刚才的问题上去，你怎么看待自己童年的蒙古语生活？它对你现在的汉语写作有什么影响？我非常想以“在蒙古语的光芒之下，我们重新看待汉语”这样的题目分享你的创作。

鲍尔吉·原野：我们在探讨初心的话题。我学说话最初学的是蒙古语。在童年，父母老下乡工作，我和姐姐由曾祖母努恩吉雅带大。她用蒙古语给我们讲述民间故事《格萨尔》史诗。曾祖母是一个语言大师，她滔滔不绝地讲出整本史诗，绘声绘色。有人物出场的环境描写，草地怎么样，空气怎么样，天空怎么样，这是非常好的文学启蒙，也在我脑海架构了蒙古语的全维度的世界图景。

最初的词语被蒙古语命名了之后，再学习汉语，特别是从事文学创作，我觉得心灵手巧，知道用哪个词，不用哪个词。蒙古语告诉我一切东西都可触可视。比如桌子、碗、手、鼻子。写作时潜意识地选择一个合适的汉语的词来表达，它有光线、色彩、气味和声音。但它最初是蒙古语命名的事物。我的写作里边没有假话、大话、空话，因为我不知道蒙古语里的假话、大话、空话怎么来说。蒙古语言长于称颂万物，赞美父母与故乡，奔放婉转。这对我有深刻影响。

我赞成您所说，一个作家的责任是纯洁语言，包括美化和建设自己的语言。让语言变得优美而不是粗鄙。一个作家有责任让语言变得优美、细腻、准确、生动，而不是粗暴地对待语言。尤其是给孩子们写作的时候，用纯洁的语言跟孩子们交流，像送给他们最好的礼物。用优美的现代汉语给孩子们写作是功德。

汪政：因为不仅仅是对于儿童，对于我们成年读者来讲，读你的作品，也存在重新发现汉语，重新理解汉语文化的体验。你的作品让读者从当下的语言环境当中抽身出来，进入到一个优美的语言空间当中去，它可以纯净自己的语言生活。

这次青岛出版社推出了你的“草原童年美文系列”，借这3本书，我还是想听听你对散文的理解是什么？因为散文是你的看家文体，你在这个上面肯定是有心得的。用你一直挂在嘴边的那个词，你的散文是讲究的，也就是说，你的写作不是随意的，它是艺术创作的产物。

美是有规律，有标准的，我们的文学就要按照这些规律和标准去做。散文是艺术品，它需要构思、需要材料、需要去经营，怎么开头，中间怎么写，怎么结尾，都是有考究的，它是一个人工制品。因为你在散文方面有很高的成就，同时也有很长的创作经历，在散文界摸爬滚打这么多年，假如现在孩子们问你，请你给散文下个定义，你想如何说？你心中的好散文是什么？你的散文写作能够走到今天，支撑你写作的是什么？

鲍尔吉·原野：楼肇明老师是研究散文的前辈，20世纪90年代，我刚写散文的时候，楼老师给我好多指点。他告诉我有几种东西不要写，我都记在心上。他说语言就是一切，对语言的追求要持续到生命最后一刻。在人民面前，永远保持自己的卑微。要忠诚于自己的民族。不去解读古人的经典，用白话文稀释它。要写活生生的有血肉的散文。不要在散文中写自己，更不要美化自己。写作保持真诚，什么时候不真诚了，流于大话、套话，流于油滑，流于谄媚，流于人云亦云就不要写了。楼老师说，文学不应该粗暴，粗暴是对文学的破坏。楼老师的指导令我醍醐灌顶。

20世纪90年代，我和朋友邹静之常常在一起聊天，对我启发甚深。他说写诗歌、写散文的最高境界就是写出它的音乐性。我深信不疑，汉语分为四声，我十分愿意写出它的节奏感。比如说我散文篇目的名字——《火的伙伴》《羊的样子》《刀的道理》，朗朗上口，为我所爱。我觉得语言好，是好散文起码的和终极的标准。

邹静之说好文章要有诗意。一开始我不明白他说的诗意是什么，后来领悟。但诗意不可说，一说就没了，但是它存在。我努力在我写的作品里有一些音乐性，有一些诗意，有一些自己在语言上的发现。

汪政：我还是要追问一下，从文章这个角度来讲，你觉得你在写散文的时候，你总结自己也好，对读者的建议也好，散文它应该是一个什么东西?

鲍尔吉·原野：我觉得它首先是文学作品，是创造，有美感。杨绛先生写的散文，比如《林奶奶》《老王》，是中国散文里边特别好的作品。杨绛的散文平白如水，但味道甘醇，这就是好散文。

我以为，散文的语言应该比小说的更考究、更生动、更准确。我愿意用“琳琅满目”形容散文的语言，像珍珠在玉盘滚动起来。有人问：有这样的散文吗？有。欧阳修的散文即如此，赵元任、沈从文、孙犁、杨绛的散文也是这样。陈之藩、周涛的散文很好。有的散文带点土气，但是干净，像苇岸的散文。我说的“土气”是泥土气。苇岸孤傲，不与庸俗合流，反射在他的文字里，就是语言的纯洁，像土里长出来的。现在的问题是我们一起在糟践语言。

汪政：我们又一次说到语言。说到语言的“好”，不仅仅是保持、继承，还包括建设。一个好的作家，就是一个语言的建设者，他应该贡献一些新的东西，像你提到的《史记》、欧阳修的散文，以及现代作家沈从文的散文，都对当时的语言有很大的建设。这样的例子在各民族语言史上都存在，比如但丁的写作使意大利语发生了很大的变化，如果没有普希金，俄语也不是现在这个样子。好的作家、伟大的作家能使本民族的语言发生深刻的改变。

你刚才说得很对。在中国古代，文学性主要体现在文言文当中，古人着力建设的是文言文。五四新文化运动的一个重要标志，就是确立了白话文的文化地位。不过，白话文的文学建设时间不长，到现在其实也就100多年，从另外一个角度来说，我们语言建设的空间还很大。

从这个角度说，我们太需要像你这样的作家，这样在文学语言建设上的自觉者。你的散文作品，给我、给我们广大读者的一个最深刻的印象，就是它是一种别样的语言存在。同样的意思，我们一般不像你这样说、这样写。打开“草原童年美文系列”，这种带给读者陌生的语言现象比比皆是。比如，“我从草垛上看到一望无际的草原，草原上的草不躺着，它们站立在宽厚的泥土上”。我们一般不这么说，我们就说“草长在那儿”。这样简单的话就让我们打开了一个新的语言世界，体会到了语言的新的可能性。这是把汉字重新组合了，这一组合，就使语言发生了细微的变化。“草不躺着”这4个单字，在我们习惯的话语系统里面不会这样出现，但是你把它们放在一起了。

这不仅是语言的问题，首先，你要去看，去体验，认真去观察，不要笼统地说“草长在那儿”，我们要去看，去体会草和泥土的关系。我还可以列举出好多这类陌生化的例子，跟日常生活中模式化的语言有那么一点点错位。这样的错位形成你语言上的整体风格，与别的写作者有了区别。

鲍尔吉·原野：这个话题蛮有趣。我认为，在叙述或描写中，前一辈的写作者说“草生长着”，说完之后，他就把这句话给说死了。你得重新说，说“草不躺着，它们站立在宽厚的泥土上”，这就活过来了。

写文章是把每个字拍一拍，拍醒，让它们站起来，让它们活过来。我认为作家的创造性劳动首先是让语言活过来。一个作家如果喜欢用习惯的、他人的写法写作，实际是拉着一车僵尸，而不是生灵。

我还有一种私见，在我写得比较好的散文作品里，除了内容，还有一个价值的存在，即语言的存在。有一些作家的文章，如果除去它讲述的事情，它的语言和故事一起消失了。我的作品除了故事，还有语言的一条命在。

腾格尔对我说，“好歌有一条命”。他说得很好，语言也有一条命。故事只是故事。有些不怎么好的文学作品，除了故事之外什么也没有。我认为好的语言可以独自生存，是有生命的。

还有昨天举的例子，“河流肥胖”，这并不是拟人化的问题，而是想把它写活。“河流波浪滚滚”，这是过去的说法，已经把河流说死了。一个作家应该用活的语言来说话。

汪政：关于这活的语言，请你一定要跟读者们，尤其是小朋友们说一下，现在的小朋友们受到网络语言、流行语言的巨大影响，你一定要告诉他们一个语言的正道。

鲍尔吉·原野：小朋友们在课文里学到了好的语言。可是下了课，他们有可能使用芜杂的语言交流，互相影响，不辨美丑。

语言环境很重要，我想跟小朋友们说，学习优美的语言、优雅的语言，不使用粗暴的语言，永远不用生气的态度对待别人，把语言当成自己的财富。

汪政：原野老师，你以前有过写诗的经历吗？

鲍尔吉·原野：我最开始写作的时候写诗，很早以前我被别人称作诗人，我跟赵健雄、邹静之、林莽是写诗认识的。

汪政：出过诗集吗？

鲍尔吉·原野：没出过诗集，后来有机会出，我没出，我觉得我的诗写得不好。

汪政：我为什么问这个问题？因为说到你的散文，说到你的语言，其中一个很重要的特征就是，你在自觉地，或者自然地营造一个富于诗意的世界。

鲍尔吉·原野：我一直喜欢读诗。中国的诗歌，我长期读杜甫，读了10多年，把好几本杜诗选本读烂了，又买新的。外国诗歌也读过一些。现在微信里读诗很方便。昨天早晨，我读了瑞典诗人索德格朗的诗，"当夜色降临，我站在台阶上倾听；星星蜂拥在花园里，而我站在黑暗中。听，一颗星星落地作响！你别赤脚在这草地上散步，我的花园到处是星星的碎片"。读过这首诗，我觉得一天都会愉快。我把诗歌当作营养，当成蛋白质和纤维素。

汪政：一般来说，作家对语言的贡献都可以掰开了、揉碎了来讲。一个作家对语言有所贡献，其实就是他建构了个性化的语言风格、语言世界。再进一步，就是这种语言能够成为一种风尚乃至一种标准，人们会去学习它、模仿它、使用它。对于一个作家来讲，这是一种非常成功的标准。一个伟大的作家在若干年后能够留下来的，就是我们依然能够使用他的语言和话语的风格。

你的创作为文学语言建设提供了非常好的范例。语言建设就是要创新，要对语言重新发现，用你刚才的话说，就是起死回生，从而丰富语言的功能。比如，在言说的惯性里，“躺”这个词说的肯定是人或者动物。现在你说“草不躺着”，这样的搭配让我们认识到“躺”还可以有新的用法。再比如，对内地读者来说，什么是“辽阔”？什么叫“辽”？什么叫“阔”？这在他们的脑海里可能是一个很抽象的东西，但你的草原写作让人们对这些词，这些字有了实在的理解。你的写作，整体上让我们重新发现了许多词，并经由这些词重新认识甚至重新发现了世界，这是非常了不起的。

草原写作具有“异质性”，它不仅在文化上，也在语言上让我们重新认识了许多习以为常的、已经固化的一些事物和经验。不妨再说“辽阔”，“辽阔”是什么？你写辽阔，并不是采用词典的讲法。你的辽阔是实景的、感官的，通过写作，你带我们认识了草原，又因草原让我们知道了什么是“辽阔”。

在你的作品中，读者会知道草原，还会知道“草”，并通过草体验到色彩的丰富。草不是单一的绿色，它五光十色，早上、中午的时候都不一样，春天、夏天、秋天也不一样。它就像在不同时节生长、成熟的庄稼一样，从中我们可以体会到季节的轮换。如果你没有写，或者我们没有看到这样的作品，我们对于草原、草、颜色等词的认识就固化了。

另外，你的语法有些特别。我是语文老师，我看到你作品中有些词不在按照语法应该在的位置上，你悄悄地给它们挪了窝，一下让我们对这些字词和句子有了奇妙的感觉。在我看来，这就是一个自觉地、有心地在语言上用功的作家。你在这几方面做了很大的努力，当然，有些东西是语言的天分，语言的感觉，并不是刻意这样写，它就淌出来了。蒙古语的语法可能跟汉语不一样，可能悄悄地改变了你对汉语词的排列，你觉得那样写很自然。但对我们来讲有一点陌生。

语言的建设就是这样。第一是造出一些新词，像普希金、但丁，还有中国的鲁迅曾经那样做的，包括从其他语种翻译过来的，都可以产生新词。第二是重新激活，腾挪踢打，赋予旧词新的含义。第三是通过写作重新认识一些词，使它回到原初。在你看来，我们说的草原不是草原，我们说的草不是草，你将这些词返回到了事物的本真。第四是语法的变化，语法稍微变化一点，语感、调子就不一样了。我特别想听听你在平常怎么琢磨这些事。

鲍尔吉·原野：您总结得好。您刚才说的关于语言的几个方面，我有的做过努力，有的并没有达到，但是我觉得能这样做的话，就是一个有出息的作家。作家需要警惕语言被固化，思维被固化。世界既然多了一个作家，这个作家应该和别人不一样，又要区别于其他作家，而不是彼此相仿。一个作家应该有这样的自觉。

有些词在我看来是死的，麻袋里边是干瘪的，上面写俩字——“草原”。实际上我们可能不知道什么是草原，只不过认识这俩字，说到草也是这样。我觉得我的任务是，半夜把这些麻袋打开，在里边装上东西，让它鼓起来。我作品中的字词麻袋里边是有东西的，你解开它，能看到茂盛的草原，里边甚至有河流。

写散文是一件冒险的事情，写散文离不开日常生活，你一定会写到风，写春天，写月亮，写河流，写小孩子，写老人，这些事无数人都写过了，你还写什么？你没有立锥之地，过去说“脚无立锥之地”，说的就是散文家的处境。除非你在语言上有更新与复苏。草原的含义是你自己说的，跟屠格涅夫、契诃夫说的都不一样。你写的月亮也跟别人不一样。

汪政：你说月亮是退着走的。

鲍尔吉·原野：我觉得月亮确实在退着走。把世间所有事物重新说一遍，是一件很费力的事情，最重要的不是说得很独特，而是说得美，大家读了都知道你在说什么。我认为这不是一个风格化的问题，是你看世界的方式和别人不一样。我们谈论的话题有点接近语言哲学，像乔姆斯基或者维特根斯坦所研究的领域。席慕蓉老师对我说过，“原野，我们对自己还是有所期许的”。她说得有意味，她不说雄心壮志，不说野心，不说以后要当大作家。她说我们要对自己有所期许。我也觉得要对自己有所期许，期许我的语言还能更好一点，像福克纳所说，“我希望我写得比我以前能好一点”。比以前好一点，这个目标永无止境。

我尤其愿意跟牧民们学习语言，他们用蒙古语谈论马，相互打趣，赞颂祖先和山川河流，一语多关，鲜活生动，妙不可言。

汪政：你把语言稍微动一下，减一点东西，加一点东西，就与惯性的语言有了区别。这3本书打开来，任何一页都有这样的语言现象。比如“盎嘎骑着这匹枣红马，奔向草场”。这是我们说的话，你呢，前面也没交代，后面也没着落，你在草场前面加俩字“西边”，真的就不一样了。“西边”在你那里很重要，是吗?

鲍尔吉·原野：我固执地认为，盎嘎不能骑着枣红马奔向“草场”，世上不存在“草场”。它要么在西边，要么在东边，要么在北边。我认为这么写不是啰唆，是准确。

汪政：这里面还有一种草原生活的经验和蒙古语的经验，我猜测少数民族的语言是很感性的，对不对?

鲍尔吉·原野：我掌握蒙古语，并不像一个汉族人在大学英语系学成了英语。需要的时候用英语跟别人交流，但英语不在他心里。对我来说，蒙古语在心的底下，汉语在上边。

我掌握的蒙古语是感性的，可以摸到、看到、听到、闻到。有的作家写作使用的一些词，比如“必须”“问题”“一定要”，我觉得这都不是文学语言。蒙古族牧民不说这样的话。语言像路标一样在你心里躺着，告诉你不要用这个词，要用那个词。这样的区别就是作家与作家的区别。有人自称是蒙古族作家，却不懂蒙古语。他写得再好，也写不出草原的本色和蒙古民族的质地。

汪政：我们今天谈得最多的是语言，你的作品给我们读者启发，特别是小朋友。对小朋友来说，它有助于他们建立起语言与生活的良好关系，对成人们来说，它让我们思考如何重建人与语言的关系，重建语言与世界的关系，因此，本质上说，关系到我们的文化态度和生活态度。你的生活方式、思维方式决定了你的语言态度。当语言动起来的时候，世界也动起来，人也动起来。我们的语言生活困难重重，不能用语言跟社会，跟自然，跟人，跟我们自己建立起丰富的联系，不能用语言发现世界、表达生活。但我们好像对此都麻木了。

鲍尔吉·原野：谢谢汪老师，我赞成您所说的，一个作家要在自己的作品里重新建立人和语言的关系，重新建立语言和世界的关系，我愿意为此努力。

我特别高兴的是，汪老师把这些话送给了正在读书的小朋友们，让他们珍惜语言，向好的文学作品学习。

汪政：一些少数民族的作家，有其他语系背景的作家，他们能带给汉语很多新鲜的东西，比如阿来、张承志，他们的语言都有很独特的气质。

鲍尔吉·原野：也许他们自己没有察觉，但是确实很特别。

汪政：因此真的非常感谢你们这样带有异质性的作家，对汉语有外部的观察，再进入其中，跟我们一开始就在里面的感觉是不一样的。感谢你们为汉语做出了贡献。

鲍尔吉·原野：谢谢汪老师。

图书在版编目（CIP）数据

鲍尔吉·原野作品精选集 / 鲍尔吉·原野著. -- 南宁：广西民族出版社，2024. 10. --（全国少数民族文学创作骏马奖获奖作家作品精选集 / 东西主编）. -- ISBN 978-7-5363-7841-4

I. I217. 2

中国国家版本馆CIP数据核字第2024HP9764号

全国少数民族文学创作骏马奖获奖作家作品精选集

鲍尔吉·原野作品精选集

BAOERJI YUANYE ZUOPIN JINGXUANJI

东西　主编

出 版 人：石朝雄
项目统筹：吴柏强
项目协调：白　煜　吴桐言
责任编辑：葛智星　曾杨月
装帧设计：张文昕
责任校对：潘雯雯　黄淋冬
责任印制：梁海彪　张东杰
出版发行：广西民族出版社
地址：广西南宁市青秀区桂春路3号　邮编：530028
电话：0771-5523216　传真：0771-5523225
电子邮箱：bws@gxmzbook.com
印　　刷：广西民族印刷包装集团有限公司
规　　格：889毫米×1194毫米　1/32
印　　张：11
字　　数：230千字
版　　次：2024年10月第1版
印　　次：2024年10月第1次印刷
书　　号：ISBN 978-7-5363-7841-4
定　　价：58.00元